LA REINE LIBERTÉ

L'EMPIRE DES TÉNÈBRES

Christian Jacq

LA REINE LIBERTÉ

L'EMPIRE DES TÉNÈBRES

ÉDITIONS FRANCE LOISIRS

Édition du Club France Loisirs,
avec l'autorisation de XO Éditions.

Éditions France Loisirs,
123, boulevard de Grenelle, Paris
www.franceloisirs.com

ISBN : 2-7441-5538-1

*Je dédie ce livre à toutes celles et tous ceux
qui ont consacré leur vie à la liberté en luttant
contre les occupations, les totalitarismes
et les inquisitions de toute nature.*

Dieu fit souffler sur nous un vent contraire et soudainement, venant des régions de l'Est, des envahisseurs d'une race indéfinie marchèrent avec détermination contre notre pays et, aisément, sans combat, ils s'en emparèrent par la force ; ils destituèrent ceux qui le gouvernaient, puis ils incendièrent les villes sans pitié, détruisirent les temples des divinités et maltraitèrent la population avec une extrême cruauté, massacrant les hommes et emmenant leurs femmes et leurs enfants en esclavage.

Texte de Manéthon sur l'invasion des Hyksos,*
cité dans Flavius Josèphe, Contre Apion, *I, 14, 75sq.*

* Manéthon était un prêtre égyptien qui vécut au IIIe siècle av. J.-C. Son œuvre majeure, les *Aegyptiaca,* retraçait l'histoire des dynasties égyptiennes. Elle fut malheureusement perdue, et l'on n'en connaît que des extraits cités par les auteurs anciens.

Thèbes, dernière zone libre du territoire égyptien, 1690 avant Jésus-Christ.

1

Immobile depuis plus d'une demi-heure, Ahotep vit le dernier garde passer devant la porte principale du palais. Profitant des quelques minutes de battement avant la relève, la belle jeune femme brune de dix-huit ans bondit dans un bosquet de tamaris où elle se cacha jusqu'à la tombée du jour.

Fille de la reine Téti la Petite, Ahotep avait reçu un nom étrange qui pouvait se traduire de multiples façons : « La lune est en plénitude », « La lune est apaisée » ou bien « Guerre et Paix », car, selon les sages, la lune était un dieu guerrier qui portait en lui le mystère de la mort et de la résurrection.

La guerre... Il n'y avait aucune autre solution pour se débarrasser des envahisseurs hyksos qui contrôlaient le pays, à l'exception de Thèbes, la cité sainte du dieu Amon. Grâce à sa protection, le temple de Karnak et la ville toute proche avaient été épargnés par les barbares, mais pour combien de temps encore ?

Les Hyksos étaient arrivés par le Delta, voilà quarante ans, plus nombreux qu'une nuée de sauterelles ! Des Asiatiques, des Arabes, des Cananéens, des Syriens, des Caucasiens, des Minoens, des Chypriotes, des Iraniens, des Anatoliens et d'autres peuplades encore, le corps cuirassé ! Ils utilisaient d'étranges créatures à quatre pattes avec une grosse tête, plus hautes et plus rapides que les ânes. Ces chevaux tiraient des caissons montés sur des roues qui progressaient à une vitesse incroyable et avaient permis aux agresseurs d'exterminer les soldats de Pharaon.

Ahotep pestait contre la mollesse et la lâcheté de la pauvre armée thébaine. Certes, elle était incapable de se mesurer aux troupes puissantes et nombreuses de l'occupant, dotées d'armes nouvelles et terrifiantes ; mais l'inaction conduisait tout droit à l'anéantissement !

Quand Apophis, le chef suprême des Hyksos, déciderait de raser Thèbes, les soldats égyptiens s'enfuiraient, et la population serait massacrée, à l'exception des jolies femmes offertes au plaisir des soudards et des enfants robustes, réduits en esclavage.

Les derniers hommes libres de la terre des pharaons courbaient la tête, incapables de réagir.

Que restait-il du merveilleux royaume des bâtisseurs de pyramides ? Une province prise en tenailles entre l'occupant du Nord et ses alliés nubiens du Sud, un temple bâti par Sésostris Ier et laissé à l'abandon, et un palais qui n'avait plus rien de royal !

Sans l'obstination de Téti la Petite, on aurait même supprimé la Maison de la Reine, et les Thébains, comme les autres Égyptiens, seraient devenus les serviteurs des Hyksos.

Trop isolée, la mère d'Ahotep commençait à faiblir, et les partisans de l'indépendance de Thèbes voyaient leur nombre se réduire chaque jour.

S'il n'en restait qu'une à résister, ce serait Ahotep.

La jeune fille ne redoutait ni le combat, ni la souffrance, ni la mort. Le poignard sur la gorge, elle refuserait encore de ployer sous le joug des Hyksos.

Les courtisans se moquaient d'elle et la traitaient comme une folle plus amusante que dangereuse.

Ils avaient tort.

Aujourd'hui débutait la guerre de libération.

Avec comme seul soldat une révoltée de dix-huit ans et comme seule arme un couteau de silex bien aiguisé.

La relève de la garde avait été effectuée, Thèbes s'endormait. Voilà bien longtemps que l'on n'organisait plus de banquets dans la salle de réception aux peintures défraîchies et que l'on n'y jouait plus de musique.

Et nul pharaon ne montait plus sur un trône désespérément vide.

Ahotep voulut oublier cette vision qui lui déchirait le cœur et courut en direction de l'embarcadère.

À quai, un bateau de charge inutilisable, une barge qui avait jadis servi à transporter des blocs provenant des carrières de grès fermées par l'occupant, et plusieurs petits esquifs.

Parmi eux, une barque en bon état.

Le moyen de transport qu'Ahotep comptait utiliser afin de sortir du réduit thébain.

Avec souplesse, la jeune femme descendit dans la barque et s'empara des rames. Comme elle naviguerait vers le nord, la force du courant lui serait favorable.

Personne n'empruntait le fleuve la nuit, car les dangers étaient nombreux : hippopotames, crocodiles, tourbillons... Ahotep n'avait pas le choix. « Et, lorsqu'on n'a pas le choix, avait-elle coutume de proclamer haut et fort, on est libre! »

Avec détermination, la princesse commença à ramer.

Puisque personne n'était capable de lui indiquer avec précision où se terminait la zone libre et où commençait le territoire occupé, elle le découvrirait par elle-même. Les plus peureux des conseillers supposaient que les Hyksos avaient beaucoup progressé depuis la récente prise de pouvoir d'Apophis, dont la réputation de cruauté dépassait celle de ses prédécesseurs. Et ils pressaient Téti la Petite de quitter Thèbes sans tarder.

Mais où vivre en sécurité ?

Selon Ahotep, l'unique refuge était l'attaque. La première escarmouche se produirait sur la ligne de démarcation et, s'il le fallait, ce serait la princesse elle-même qui commanderait les lambeaux de régiments égyptiens !

Depuis quarante ans, des milliers de ses compatriotes avaient été massacrés. Les Hyksos croyaient pouvoir agir en toute impunité et continuer à faire régner la terreur sur les Deux Terres*. Ahotep leur démontrerait bientôt le contraire.

Jamais une princesse égyptienne, habituée au luxe de la cour, n'avait été contrainte de manier ainsi de lourdes rames, au risque de s'abîmer les mains. Mais la survie du pays était en jeu, et la jolie brune ne songeait qu'au but à atteindre.

Quelque chose heurta la barque, manquant de la faire chavirer. Par chance, l'équilibre se rétablit de lui-même. Ahotep entrevit une masse sombre s'éloigner, battant l'eau d'un féroce coup de queue.

Un crocodile importuné.

Refusant la peur, Ahotep continua. Grâce à l'excellence de sa vue et à la lumière dispensée par la pleine lune, elle évita les débris d'un bateau et un îlot herbeux où dormaient des pélicans.

Sur les berges, des maisons abandonnées. Craignant l'arrivée des envahisseurs, les paysans s'étaient réfugiés à Thèbes.

Au loin, une fumée.

Ahotep ralentit l'allure, se dirigea vers la rive et dissimula la barque dans un fourré de papyrus d'où jaillirent des aigrettes dérangées dans leur sommeil.

Redoutant que leurs cris ne donnent l'alerte, elle patienta avant d'escalader le talus pour se retrouver dans un champ de blé à l'abandon.

* La Haute et la Basse-Égypte.

La fumée provenait-elle d'une ferme en feu ou d'un bivouac hyksos ? Dans un cas comme dans l'autre, l'ennemi était tout proche.

— Dis donc, fillette, interrogea une voix agressive, qu'est-ce que tu fais ici ?

Sans aucune hésitation, Ahotep se retourna et, le couteau de silex brandi dans la main droite, se rua sur l'adversaire.

2

— Tuez-le, ordonna Apophis, le chef suprême des Hyksos.

Le jeune grison regarda venir sa mort.

Dans ses grands yeux doux, une totale incompréhension. Pourquoi l'abattre, lui qui, depuis l'âge de six mois, ne cessait de porter des charges si lourdes qu'elles lui avaient creusé l'échine, lui qui avait guidé sur les sentiers ses compagnons d'infortune sans jamais se tromper, lui qui avait toujours obéi aux ordres sans rechigner ?

Mais son patron était un marchand de la péninsule arabique au service des Hyksos, et il venait de s'éteindre à la suite d'une embolie. Or, chez les occupants, on sacrifiait les meilleurs ânes d'un caravanier pour en jeter les dépouilles dans une tombe sommaire.

Indifférent au massacre, Apophis grimpa lentement les marches qui conduisaient à son palais fortifié, au cœur de la citadelle dominant sa capitale, Avaris, implantée dans une zone fertile du nord-est du Delta.

Grand, le visage affligé d'un nez proéminent, les joues molles, le ventre ballonné et les jambes lourdes, Apophis était un quinquagénaire glacial à la voix rauque dont la seule vue faisait peur. On oubliait sa laideur pour se concentrer sur son regard indéchiffrable, qui prenait l'interlocuteur par en dessous et pénétrait en lui comme la lame d'un poignard. Impossible de savoir ce que pensait le maître des Hyksos, qui tyrannisait l'Égypte depuis vingt ans.

Quelles bouffées de fierté, quand Apophis songeait à l'invasion hyksos ! N'avait-elle pas mis fin à treize siècles d'indépendance égyptienne ? Inconnus de l'armée du pharaon, les chars et les chevaux venus d'Asie avaient semé la panique, rendant la conquête facile et rapide, d'autant plus que de nombreux collaborateurs, comme les Cananéens, n'avaient pas hésité à trahir pour s'attirer les bonnes grâces des vainqueurs.

Pourtant bien payés, les mercenaires avaient retourné leurs armes contre l'infanterie égyptienne, ainsi attaquée de l'intérieur comme de l'extérieur. Et ce n'étaient pas les fortins du Delta, trop peu nombreux, qui pouvaient endiguer le flot des envahisseurs.

— Belle journée, seigneur ! s'exclama le contrôleur général Khamoudi en s'inclinant.

Le visage lunaire, des cheveux très noirs plaqués sur son crâne rond, les yeux légèrement bridés, les mains et les pieds potelés, l'ossature lourde, Khamoudi faisait beaucoup plus âgé que ses trente ans. Il cachait son agressivité sous une onctuosité feinte, mais chacun savait qu'il n'hésiterait pas à tuer quiconque se mettrait en travers de son chemin.

— Les incidents sont-ils terminés ?

— Oh oui, seigneur ! affirma le contrôleur général avec un large sourire. Plus aucun paysan n'osera se révolter, soyez-en certain.

Apophis, lui, ne souriait jamais.

Son visage ne s'égayait qu'en une circonstance, lorsqu'il assistait à l'agonie d'un adversaire assez fou pour s'opposer à la domination hyksos.

Précisément, un petit village proche de la nouvelle capitale venait de protester contre le poids insupportable des taxes. Aussitôt, Khamoudi avait lâché ses chiens féroces, des pirates chypriotes que les Hyksos avaient sortis des prisons égyptiennes.

Malgré les consignes, ils n'épargnaient même pas les enfants. Après leur passage, il ne restait plus rien de la localité attaquée.

— Les récoltes ?

Khamoudi fit grise mine.

— D'après les premiers rapports, ce n'est pas fameux...

Une colère froide anima les yeux d'Apophis.

— Seraient-elles moins abondantes que celles de l'année dernière ?

— Je le crains, seigneur.

— Les paysans se moquent de nous !

— Je ferai brûler quelques villages. Alors, ils comprendront que...

— Non, Khamoudi, inutile de supprimer des esclaves dont les bras nous seront utiles. Trouvons une autre solution.

— Croyez-moi, ils seront terrorisés !

— Peut-être trop.

Khamoudi fut décontenancé.

Le chef suprême reprit son ascension, suivi par le contrôleur général, un pas derrière son maître.

— La peur est bonne conseillère, continua Apophis, mais la crainte peut paralyser. Or il nous faut davantage de blé et d'orge pour nourrir nos fonctionnaires et nos soldats.

— Ni les uns ni les autres n'accepteront de travailler aux champs !

— Inutile de me le rappeler, Khamoudi.

Le haut dignitaire se mordit les lèvres. Gros mangeur, amateur de vins capiteux et de femelles épanouies, il avait parfois tendance à trop parler.

— Nous avons conquis l'Égypte, rappela Apophis, et ce n'est certes pas la misérable enclave thébaine, peuplée de lâches et de vieillards, qui saurait nous menacer d'une quelconque manière.

— J'allais justement vous proposer de la détruire sans tarder.

— Erreur, mon ami, grave erreur.

— Je... je ne comprends pas.

Des soldats armés de lances s'inclinèrent sur le passage des deux hommes. Empruntant un couloir bas et étroit qu'éclairaient des torches, ils gagnèrent une petite pièce aménagée au centre de la forteresse.

Là, Apophis était certain que personne ne les entendrait.

Il s'assit sur un siège bas en bois de sycomore, dépourvu de tout ornement. Khamoudi demeura debout.

— Tous nos alliés ne sont pas sûrs. Je compte sur toi, ami efficace et dévoué, pour mettre de l'ordre dans notre propre maison.

— Soyez tranquille, seigneur !

— Tous les moyens seront bons... J'ai bien dit : tous. Quelles que soient les circonstances, j'approuverai et je justifierai ta façon d'agir. Seul le résultat m'importe : je ne veux plus entendre une seule voix discordante dans la coalition hyksos.

Khamoudi en salivait d'aise. Ceux qui avaient osé le critiquer, même en pensée, étaient condamnés à mort.

— Il nous reste encore beaucoup de travail à accomplir pour effacer complètement les traces de l'ancien régime des pharaons et affirmer la toute-puissance de la révolution hyksos, sans aucun espoir de retour en arrière, poursuivit Apophis.

— Donc, Thèbes doit disparaître !

— Bien sûr, mais, auparavant, elle doit servir mes plans sans s'en rendre compte. La clé de la victoire totale, c'est la collaboration. Des traîtres nous ont aidés à envahir l'Égypte, d'autres traîtres nous aideront à l'asservir. Laissons croire aux derniers patriotes que Thèbes représente un réel espoir tout en introduisant le ver dans le fruit.

— Les paysans...

— S'ils espèrent une libération, même lointaine, ils travailleront avec une ardeur retrouvée sans comprendre que pas un épi de blé ne parviendra aux résistants. Montre-toi expert dans l'art du mensonge et de la désinformation, mon ami ; organise de faux réseaux d'opposants, arrête quelques membres pour qu'aucun doute ne subsiste, et stimule l'ardeur des culs-terreux !

— Je serai donc obligé de supprimer quelques-uns de nos propres officiers...

— Choisis surtout des Cananéens, ils sont un peu trop bruyants à mon goût.

— À vos ordres, seigneur.

— Khamoudi...

Le ton du chef suprême fit frissonner le contrôleur général.

— ... tu es le seul à connaître mes véritables intentions. Ne l'oublie surtout pas.

— C'est un immense privilège dont je saurai me montrer digne, seigneur.

3

Folle d'inquiétude, Téti la Petite devait se rendre à l'évidence : sa fille Ahotep avait bel et bien disparu. La sauvageonne ne se trouvait ni dans sa chambre, ni dans la bibliothèque, où elle passait des heures à lire des romans écrits pendant la glorieuse période du Moyen Empire, ni dans le jardin, où elle aimait à jouer avec son énorme chien, une véritable bête fauve qui n'obéissait qu'à la jeune femme. En son absence, les gardes avaient attaché le molosse au tronc d'un sycomore.

— Mais toi, Qaris, tu sais forcément où elle est allée !

Qaris était la gentillesse faite homme. Enveloppé, les joues rondes, il gardait son calme en toutes circonstances et assumait la tâche difficile, voire impossible, qui consistait à maintenir un semblant de confort dans le palais royal de Thèbes, promis à un délabrement rapide.

— Hélas ! non, Majesté.

— Je suis sûre que tu as reçu ses confidences et que tu ne veux pas la trahir.

— Je ne sais vraiment rien, Majesté. La police a été alertée.

— La police... Une bande de froussards qui mourront de peur avant même l'arrivée des Hyksos !

L'intendant ne pouvait pas contredire la reine.

— J'ai également prévenu l'armée.

Téti la Petite soupira.

— Existe-t-elle encore ?

— Majesté...

— Occupe-toi du déjeuner, Qaris ; continuons à faire semblant de vivre comme une cour royale.

Les épaules voûtées, l'intendant vaqua à ses occupations. Voilà longtemps qu'il n'essayait plus de réconforter la souveraine avec de bonnes paroles auxquelles il ne croyait pas lui-même.

Lasse, la reine se rendit jusqu'à la salle du trône, aménagée à la hâte quarante ans plus tôt lorsque la cour avait fui la région de Memphis pour se réfugier dans la petite ville de Thèbes, « l'Héliopolis du Sud », dépourvue d'importance économique.

À la mort de son mari, un pharaon sans pouvoir, Téti la Petite n'avait pas accepté de se faire couronner et de lui succéder. À quoi bon s'affubler de titres ronflants qui auraient sans doute déclenché la colère des Hyksos, trop occupés à saigner le pays aux quatre veines pour écraser du talon la misérable province thébaine ?

La stratégie de la reine s'était révélée efficace, puisque les envahisseurs avaient oublié la ville sacrée d'Amon, persuadés que seuls de vieux prêtres inoffensifs y célébraient des cultes désuets. Et c'était bien ce message-là que Téti la Petite tenait à transmettre à la nouvelle capitale, Avaris, en espérant que les Hyksos laisseraient mourir en paix les derniers Égyptiens libres.

Quelle autre politique aurait-elle pu mener ? L'armée thébaine n'était qu'un ramassis d'incapables à l'armement dérisoire. L'entraînement des soldats se résumait à de grotesques parades qui n'amusaient même plus les enfants, les officiers de carrière avaient perdu tout espoir et se contentaient de maintenir en état la caserne où ils résidaient.

Lorsque les Hyksos attaqueraient, soldats et policiers déposeraient leurs armes et tenteraient de se faire passer pour des civils afin d'échapper au massacre. Et ce n'était pas le général en chef, un vieillard à la santé chancelante, qui maintiendrait un semblant de cohésion parmi ses troupes.

De temps à autre, Téti la Petite réunissait un conseil fantomatique où l'on évoquait sans rire un « royaume thébain » dont dépendaient, en théorie, quelques provinces ruinées encore pourvues d'un potentat local et d'un héraut chargé d'annoncer les décrets du pharaon. Mais plus personne ne croyait à cette mascarade. Au moindre signe menaçant de l'occupant, les maires affirmeraient qu'ils ne soutenaient Thèbes d'aucune façon et que sa reine était une dissidente passible des pires sanctions.

Téti la Petite n'était entourée que de personnages falots, incompétents ou corrompus. Elle n'avait même pas nommé de vizir, puisque ce dernier n'aurait disposé d'aucun moyen d'agir. Seules subsistaient les fonctions de ministre de l'Agriculture et de l'Économie, occupées par des courtisans âgés qui dirigeaient mollement une administration décharnée.

La loyauté avait disparu, chacun ne songeait qu'à lui-même. Par miracle, les Thébains acceptaient d'entretenir la famille royale, certes réduite au strict minimum, comme s'ils refusaient d'oublier le passé. Grâce à l'inlassable Qaris, Téti la Petite, sa fille Ahotep et leurs proches ne souffraient pas de la faim, même si l'ordinaire eût semblé dérisoire aux monarques des époques glorieuses.

Chaque jour, la reine pleurait.

Enfermée dans son pauvre palais qui ressemblait de plus en plus à une prison, elle vivait de souvenirs et de rêves dans lesquels l'avenir n'avait aucune place.

Téti la Petite s'inclina devant le trône vide que plus aucun pharaon n'occuperait. Horus, le faucon cosmique, s'était éloigné de la terre et ne descendait plus de son paradis céleste. Symbolisé par l'union des plantes du Nord et du Sud, le bonheur des Deux Terres n'était plus qu'un mirage.

Plusieurs fois déjà, la jolie petite femme, toujours maquillée avec soin malgré la raréfaction des produits de beauté, avait envisagé de se supprimer. À quoi servait une reine sans couronne, impuissante devant une révolution barbare ?

Seule la contemplation des étoiles lui donnait le courage de survivre. En elles brillaient les âmes immortelles des rois ressuscités, qui traçaient à jamais le chemin de la rectitude, au-delà des doutes et du désespoir. Aussi Téti la Petite poursuivait-elle son obscure existence, elle, la dernière reine d'Égypte.

— Majesté...

— Qu'y a-t-il, Qaris ?

La voix de l'intendant tremblait.

— La police vous demande.

— Occupe-t'en.

— Son chef ne veut parler qu'à vous seule.

— Fais-le entrer dans la salle d'audience.

Qaris regardait fixement le trône vide.

— Majesté... Penseriez-vous à...

Téti la Petite eut un triste sourire.

— Bien sûr que non.

— Si nous avions de nouveau un pharaon...

— N'y songe pas, Qaris.

La reine referma lentement la porte de la salle, désormais vouée au silence.

— Si vous désirez que je nettoie les sols et que je tente de rafraîchir les peintures..., proposa l'intendant.

— Ce ne sera pas nécessaire.

La veuve passa par sa chambre pour s'examiner dans un miroir en bronze et se coiffer d'un fin diadème en or qu'avaient porté avant elle d'autres grandes épouses royales.

Lorsque sa dernière femme de chambre avait essayé de le voler, Téti la Petite s'était contentée de la renvoyer.

La souveraine de l'enclave thébaine devait continuer à veiller sur son élégance. Par bonheur, il lui restait quelques robes dignes de son rang dont elle prenait grand soin ; elle choisit celle de lin rose et chaussa des sandales dorées.

Seul un certain maintien pouvait encore en imposer aux forces de sécurité et leur faire croire à l'existence d'une autorité, même limitée.

La reine imagina un instant que sa province était un véritable pays et qu'elle allait s'adresser à un véritable représentant de l'ordre.

Surpris par la prestance de Téti la Petite, le policier demeura muet quelques secondes.

— Majesté...

— Que veux-tu ?

— Il s'agit d'une affaire grave, Votre Majesté, très grave.

— La sécurité de Thèbes serait-elle en cause ?

— Je crains que oui. Votre fille...

La reine pâlit.

— L'as-tu retrouvée ?

— Pas moi, mais un garde-frontière.

— Est-elle... vivante ?

— Pour ça oui, Majesté, on ne peut plus vivante ! Le garde, lui, a été blessé au bras par le couteau que maniait la princesse.

— Un couteau... Tu divagues !

— Le rapport est formel. La princesse Ahotep a tenté de tuer mon subordonné, qui venait de l'arrêter. Elle était tellement déchaînée qu'il a dû appeler des renforts pour la maîtriser.

Téti la Petite s'angoissa.

— Ahotep a-t-elle été molestée ?

— Non, Majesté, car elle s'est aussitôt identifiée ! Tout d'abord, les gardes ne l'ont pas crue, mais sa véhémence les a ébranlés. De peur de commettre une erreur, ils ont décidé de la ligoter et de me l'amener.

— Cette ridicule affaire est donc close.

— Je crains que non, Majesté.

— Que veux-tu dire ?

— On ne peut considérer ce grave incident comme une simple altercation.

— Et pourquoi donc ?

— Parce qu'il est évident que votre fille quittait le territoire thébain pour rejoindre les Hyksos.

— Tu oserais...

— Les gardes et moi-même accusons la princesse Ahotep de haute trahison. Étant donné son rang, un tribunal d'exception doit être convoqué d'urgence.

— Te rends-tu compte que...

— Elle sera condamnée à la peine de mort, précisa le chef de la police, l'œil réjoui. Quoi de plus normal ? Si nous ne faisons pas un exemple, ce sera la débandade.

Téti la Petite défaillit.

— Non, c'est impossible... Tu te trompes forcément !

— Les faits sont les faits, Majesté.

— Je veux voir ma fille.

— L'interrogatoire a été bien mené, rassurez-vous.

— Ahotep a-t-elle avoué ?

— Nous aurons bientôt des aveux complets.

Téti la Petite se dressa de toute sa taille.

— Je suis la reine de Thèbes et j'exige de voir ma fille sur-le-champ !

4

Entre les deux femmes, le contraste était saisissant.

Téti la Petite, façonnée comme une statuette précieuse, mince à se briser ; Ahotep, grande, majestueuse, les cheveux défaits, les yeux d'un vert lumineux et agressif.

Aussi belles l'une que l'autre, mais sans autre point commun que l'appartenance à une famille royale observée par les regards amusés et cruels du chef de la police et de quatre de ses sbires qui maintenaient la princesse, ligotée et bâillonnée.

— Relâchez ma fille ! ordonna la reine.

— Elle est dangereuse, Majesté ! Ne prenons aucun risque.

Téti la Petite avait conscience de livrer un combat décisif. Si elle le perdait, les partisans de la collaboration avec les Hyksos lui ôteraient ses ultimes prérogatives et livreraient la cité d'Amon à l'occupant.

— Je viens de donner un ordre, rappela sèchement la reine.

Le chef de la police hésita. D'un revers de main, il pouvait balayer cette chétive créature, incapable de se défendre, et s'emparer des ultimes richesses du palais. Mais ce coup d'État se heurterait à l'hostilité des militaires et des prêtres. De ce conflit interne, personne ne sortirait vainqueur.

— Soyons prudents, Majesté, et contentons-nous d'ôter le bâillon.

Deux policiers dénouèrent le morceau de lin grossier.

— Es-tu blessée, Ahotep ? lui demanda sa mère.

— Uniquement par la bêtise de ces incapables ! Cinq pour me maîtriser... Quel exploit !

— Ils t'accusent de tentative de fuite et de trahison.

Chacun s'attendait à une explosion de colère, mais la jeune fille demeura étrangement calme.

Elle dévisagea un à un les policiers qui, impressionnés, reculèrent d'un pas.

— Qui ose mentir si effrontément ?

— Vous ne pouvez pas nier votre tentative de fuite, avança le chef de la police.

— Ces hommes sont bien des gardes-frontières ?

— Oui, mais...

— Et j'ai bien été arrêtée à la Butte-aux-Cailles ?

— Certes, mais...

— La frontière se situerait-elle si près de Thèbes ?

— Bien sûr que non !

— Alors, explique-moi la présence de tes gardes à cet endroit. Et pourquoi avaient-ils allumé un feu ?

L'un des hommes mis en cause ne put retenir sa langue.

— On était là sur l'ordre du chef... Nous, on n'est responsables de rien.

— En quoi consistait cet ordre ? demanda Ahotep, véhémente.

— Taisez-vous, imbéciles ! exigea le chef de la police.

— Vous avez pillé et brûlé une ferme, n'est-ce pas ? Au lieu d'accomplir votre devoir et de tenir des postes avancés, vous profitez de votre uniforme pour dépouiller les malheureux qui se sont réfugiés en zone libre !

Les gardes-frontières se rapprochèrent les uns des autres, tandis que leur supérieur sortait de son fourreau une épée courte.

— Vous n'avez quand même pas peur de deux femmes !

— C'est toi qui es coupable de haute trahison, décréta Ahotep, et la reine te somme de t'incliner devant elle.

Téti la Petite jeta un regard méprisant à l'accusé.

— Remets ton épée au fourreau et flaire le sol devant moi.

L'interpellé éclata de rire.

— Vous n'êtes plus rien, Majesté, et votre fille a les mains liées ! Remerciez-moi de vous offrir une mort rapide.

Un grondement menaçant alerta le soudard. En se retournant, il reconnut le molosse d'Ahotep.

Il leva son arme, mais l'attaque fut si rapide que son geste fut inutile. Le chien planta ses crocs dans l'avant-bras de sa victime, qui hurla de douleur.

— Délivrez-moi immédiatement, ordonna Ahotep.

Les gardes-frontières obéirent.

La princesse caressa son chien qui la contemplait avec une infinie douceur et un sourire satisfait, tant il était fier de son nouvel exploit.

— Comment ce fauve a-t-il pu se libérer ? geignit le blessé.

— Un tribunal sera bien réuni d'urgence, lui annonça la princesse, mais pour te juger, toi, un traître qui a osé lever la main sur ta reine et la menacer de mort.

Le chef de la police sanglota.

— Il faut me pardonner... Je ne voulais aucun mal à Sa Majesté !

— Un traître doublé d'un lâche... Jetez cette vermine en prison !

Trop heureux de s'en tirer à si bon compte, les gardes-frontières ne se firent pas prier.

La langue pendante, Rieur posa délicatement ses deux énormes pattes sur les épaules de la princesse.

— Ainsi, on t'avait attaché et tu as réussi à t'échapper !

Comme le chien n'avait pas l'habitude de mentir, Ahotep lut dans son regard qu'il avait bénéficié d'une aide indispensable.

— Je résoudrai cette énigme, promit-elle.

— Ahotep..., murmura Téti la Petite.

Voyant que sa mère était sur le point de défaillir, la princesse l'aida à s'asseoir.

— Tant de violence, ici, dans mon palais... Je n'ai plus la force de supporter de telles horreurs.

— Bien sûr que si ! Ne devrais-tu pas te réjouir ?

— Me réjouir... Mais de quoi ?

— Du faux pas commis par le chef de ta police ! Cet inutile t'a enfin montré de quoi il était capable. Remplace-le au plus vite !

Téti la Petite découvrait sa fille.

Bien qu'elle fût déjà une femme, et des plus séduisantes, la reine l'avait considérée, jusqu'à présent, comme une enfant indisciplinée ne songeant qu'à s'étourdir pour oublier l'agonie de son pays.

— Ahotep... Je suis si lasse.

— Votre Majesté, vous n'en avez ni le droit ni le loisir ! L'Égypte ne survit que par votre personne. Si vous renoncez, l'ennemi aura remporté la victoire sans même combattre.

« Comme il serait doux de fermer définitivement les yeux », pensa la reine.

Mais sa fille avait raison.

— Crois-tu vraiment que nous ayons encore la possibilité d'affronter un ennemi de la taille des Hyksos ?

— Si nous le voulons, nous le pourrons !

— Pourquoi t'es-tu aventurée si loin du palais, Ahotep ?

— Pour savoir où se situait exactement la frontière de ce que nous osons appeler « le royaume thébain ». Comme je n'y suis pas parvenue, je recommencerai.

— C'est trop dangereux !

— C'est pourtant indispensable, Majesté. Impossible d'organiser la résistance si nous ne connaissons pas les positions de l'adversaire.

Téti la Petite ôta son diadème et le posa sur ses genoux.

— La situation est désespérée, Ahotep. Nous n'avons ni Pharaon ni armée, et notre seule chance de survie revient à persuader les Hyksos que Thèbes n'est qu'une bourgade peuplée de vieillards inoffensifs qui passent leur temps à prier des dieux morts.

— Excellent, jugea la jeune femme. Aussi longtemps que l'occupant nous considérera comme quantité négligeable, il ne nous attaquera pas.

— Mais nous sommes quantité négligeable ! Puisse la déesse Ciel nous permettre de mourir ici, sur notre terre, dans une illusion de liberté.

— Je refuse.

La reine regarda sa fille avec étonnement.

— Je refuse d'accepter une fatalité qui n'en est pas une, poursuivit Ahotep avec passion. Si Amon a préservé l'indépendance de Thèbes, n'est-ce pas pour lui confier une mission ? En nous recroquevillant et en tremblant de peur, nous fermons nos oreilles et nous n'entendons plus sa voix.

— Pas un seul homme n'aura le courage de lutter contre les Hyksos, estima Téti la Petite.

— Alors, ce seront les femmes !

— Ne perds-tu pas la tête ?

— Toi, ma mère, n'es-tu pas la représentante de Maât sur cette terre ?

La reine eut un pauvre sourire.

Maât, la déesse de l'harmonie, de la rectitude et de la justice ; Maât, incarnée par une femme portant sur sa tête la rectrice, la plume qui permettait aux oiseaux de s'orienter ; Maât, le socle sur lequel les pharaons avaient fondé leur civilisation et sur lequel étaient dressées les statues des ressuscités, dont les ritualistes ouvraient les yeux, la bouche et les oreilles.

— Même Thèbes n'est plus un lieu d'accueil pour Maât, déplora Téti la Petite.

— Bien sûr que si, puisque tu es la reine et que Maât s'incarne dans la fonction que tu exerces !

— Elle n'est plus qu'un rêve, Ahotep, un rêve lointain, presque effacé...

— Maât ne se nourrit pas de rêve mais de réalité ! C'est pourquoi il nous faut reconquérir notre territoire pour le lui offrir.

La princesse s'agenouilla devant la reine.

— Majesté, j'ai pris les armes. Je ne dispose que d'un couteau de silex, mais ce n'est pas un si mauvais début. Bien manié, il se révèle efficace.

— Ahotep ! Tu ne songes tout de même pas à te battre ?

— Je viens de le faire, Majesté, et je recommencerai.

— Tu es une jeune femme, pas un soldat !

— Où sont-ils, nos valeureux soldats ? Si personne ne les sort de leur torpeur, ils s'endormiront à jamais ! À nous de les réveiller.

Téti la Petite ferma les yeux.

— C'est insensé, ma fille chérie... Oublions toutes ces folies.

La princesse se releva.

— Elles sont mon unique raison de vivre.

— Ta détermination serait-elle inébranlable ?

— Elle est aussi solide que le granit.

La reine soupira.

— Puisqu'il en est ainsi, Ahotep, je t'aiderai de toutes mes forces.

5

Les cheveux longs, mal rasés, seulement vêtus d'un pagne de jonc, une dizaine de paysans progressaient lentement dans un marécage, non loin de la nouvelle capitale des Hyksos. Ils tiraient quatre gros bœufs en direction d'un îlot où poussaient des souchets, moelleux à souhait.

— Avance plus vite, grogna leur chef, un moustachu, en apostrophant un retardataire.

— T'as pas fini de jouer les gardes-chiourme ?

— Regardez plutôt devant vous, recommanda un troisième larron, couvert de boue pour se protéger des moustiques. Par une belle journée comme celle-là, avec un ciel dégagé et un petit vent du nord, pourquoi s'énerver ?

— Parce que les occupants ont confisqué mon champ ! répondit le Moustachu.

— Ne finit-on pas par s'habituer à tout ? S'occuper des bœufs, ce n'est pas si désagréable.

— Sans liberté, rien n'est bon.

Le Moustachu pensa aux longues heures consacrées à irriguer, à entretenir ses outils, à semer, à récolter, à discuter avec les scribes du Trésor pour faire baisser ses taxes... Que de tracas et quelle lutte constante avec la nature, à la fois généreuse et impitoyable ! Il se plaignait sans cesse de son sort, ignorant ce que l'avenir lui réservait.

Non contents de l'avoir dépouillé, les Hyksos l'obligeaient à diriger ce groupe de miséreux, habitués à faire paître les bœufs dans une zone souvent inondée. Les querelles étaient fréquentes, l'atmosphère étouffante.

— On va manger du poisson grillé, annonça un joufflu en passant la langue sur ses lèvres. Je l'ai pêché avant l'aube, et, celui-là, on ne le déclarera pas à l'officier !

Chaque matin et chaque soir, des soldats hyksos contrôlaient les bouviers. En échange de leur labeur, ils n'avaient droit qu'à une galette d'épeautre, à des oignons et, une fois par semaine, à du poisson séché, souvent immangeable.

— S'ils aperçoivent la fumée, on sera bastonnés !

— On est trop loin dans le marais pour qu'ils la repèrent.

À l'idée du festin, tous salivèrent.

— Attention, les gars... Il y a quelqu'un sur l'îlot !

Les cheveux couverts d'un turban, le visage mangé par une barbe noire, assis dans une nacelle en papyrus, un homme étrange faisait rôtir un ragondin.

— Drôle de tête, constata le Moustachu.

— Un mauvais génie du marais, c'est sûr... Fichons le camp !

— Profitons plutôt de son feu, recommanda le Joufflu. Contre nous tous, il ne fera pas le poids.

Les bouviers s'approchèrent.

L'homme se leva lentement et fit face aux arrivants.

— Déguerpissons, je vous dis... Ce n'est pas un être humain !

L'étranger brandit une fronde. Dès que le paysan paniqué tourna les talons, l'arme virevolta à une vitesse incroyable, une pierre en jaillit et frappa le fuyard à la nuque.

Le blessé s'effondra dans l'eau glauque. Si le Moustachu ne l'avait pas rattrapé par les cheveux, il se serait noyé.

— Venez jusqu'à moi, les amis... Vous n'avez rien à craindre.

Morts de peur, les bouviers avaient peine à le croire.

Le Joufflu préféra obéir, ses camarades le suivirent.

— N'oubliez pas vos bœufs, recommanda leur hôte avec un sourire ironique.

Fatigué, l'un des quadrupèdes mugit et refusa d'avancer. Des coups de baguette sur l'échine le firent changer d'avis.

Un à un, les paysans grimpèrent sur la butte. Les animaux se secouèrent et purent enfin brouter.

— Qui est votre chef? interrogea le barbu.

— C'est lui! répondit le Joufflu en désignant le Moustachu. Et toi, qui es-tu?

— Appelle-moi l'Afghan.

Les paysans se consultèrent du regard. Aucun d'eux ne connaissait ce mot-là.

— C'est quoi, un Afghan?

L'étranger fouilla dans la poche de sa tunique brune et en sortit une pierre bleue, qui semblait contenir des particules d'or.

La merveille éblouit les bouviers.

— Ça doit valoir une fortune! On dirait... du lapis-lazuli!

— Il n'en existe pas de plus beau, affirma l'Afghan. Où as-tu déjà vu une pierre comme celle-là?

— Mon cousin était prêtre du dieu Ptah. Lors de son décès, ses collègues lui ont offert un scarabée de cœur en lapis-lazuli, et j'ai été autorisé à l'admirer avant qu'il ne fût placé sur la momie. Comment aurais-je pu oublier une telle splendeur?

— Le lapis-lazuli provient de mon pays, l'Afghanistan. Quand un pharaon régnait sur l'Égypte, mes compatriotes lui en livraient une grande quantité qu'ils échangeaient contre de l'or. Seuls les temples étaient autorisés à le façonner. Aujourd'hui, tout a changé. L'occupant hyksos ne se préoccupe ni de rites ni de symboles, et l'achat du lapis-lazuli ne l'intéresse plus. Il faudrait le lui donner, comme le reste! À cause de lui, l'Afghanistan est privé de sa principale source de richesses.

— Alors, tu serais un ennemi des Hyksos ?

— Je suis l'ennemi de quiconque m'appauvrit. Ma famille est propriétaire du principal gisement de lapis-lazuli. Elle vivait dans une demeure somptueuse, employait de nombreux domestiques et possédait tant de têtes de bétail qu'elle ne les comptait plus. Depuis que le commerce avec l'Égypte est interrompu, c'est la pauvreté. L'année dernière, ma mère est morte de désespoir, et je me suis juré de me venger des responsables de son décès.

— Tu veux dire... les Hyksos ?

— Ils m'ont ruiné et ont condamné les miens à la misère. J'appartiens à un peuple de guerriers qui ne supportent pas de tels affronts.

— Tu ferais mieux de rentrer chez toi, conseilla le Joufflu ; l'armée de Pharaon a été anéantie, et il n'existe plus aucune opposition à l'occupant.

— Oublierais-tu Thèbes ? s'étonna le Moustachu.

— Thèbes... Ce n'est qu'un mirage.

— N'est-ce pas la cité sacrée du dieu Amon ? questionna l'Afghan.

— En effet, mais elle n'abrite plus qu'une reine sans pouvoir et quelques vieux prêtres confits en dévotion. Du moins, c'est ce qu'on prétend.

— Serait-ce inexact ?

— Je l'espère !

— Existe-t-il une résistance organisée ?

— Si c'était le cas, trancha le Joufflu, ça se saurait ! Et pourquoi ça te passionne tant, l'étranger ?

— Tu n'as toujours pas compris, l'Égyptien... Je veux vendre mon lapis-lazuli, redevenir riche et restaurer le prestige de mon clan. C'est mon unique but, et je lui consacrerai mon existence, quels que soient les risques. Si les Hyksos avaient été d'honnêtes commerçants, je me serais entendu avec eux.

Mais jamais ils ne concluront un traité commercial, car ce sont des prédateurs sans foi ni loi. Une seule solution : les chasser et favoriser le retour d'un pharaon qui, lui, ne modifiera pas les règles du jeu à sa guise.

Le Joufflu éclata de rire.

— Tu es un comique sans égal, l'Afghan ! Dans ton pays, on ne doit pas s'ennuyer.

— Mon père a livré des lapis-lazulis à Thèbes et il a été grassement payé. J'ai entendu dire qu'Amon n'était pas le seul dieu de la région et qu'il avait comme allié Montou, incarné dans un taureau vigoureux et capable de terrasser n'importe quel adversaire.

— Les dieux ont quitté les Deux Terres, estima le Moustachu.

— Pourquoi ne reviendraient-ils pas ?

— Parce que, bientôt, il n'y aura plus personne pour les accueillir.

— Pas même le prince de Thèbes ?

— C'est une reine qui contrôle la ville, mais personne ne sait si elle est encore vivante.

— Alors, la révolte naîtra ici, dans ce marais.

— Avec qui ? s'inquiéta le Joufflu.

— Avec ceux d'entre vous qui accepteront de m'aider.

— Mais... tu es complètement fou !

— Aucun ennemi n'est invincible, surtout quand il se croit tout-puissant. Le dard d'une petite guêpe n'inflige-t-il pas une violente douleur au colosse qu'elle parvient à piquer ?

Le Moustachu était intrigué.

— Quels sont tes projets ?

— Former un essaim. Mais asseyez-vous donc et fumons une plante de mon pays qui détend l'esprit et le rend plus clairvoyant.

Abandonnant le ragondin trop cuit au Joufflu qui n'en fit

qu'une bouchée, au grand dam de ses camarades, l'Afghan alluma de petits rouleaux de haschisch qu'il distribua aux paysans.

— Aspirez lentement, laissez la fumée sortir par les narines et par la bouche... Peu à peu, vous oublierez la peur.

Tous commencèrent par tousser, mais le bon rythme fut vite adopté.

— Ce n'est plus un marais, mais un jardin paisible, constata le Joufflu.

Plusieurs bouviers opinèrent du chef. Seul le Moustachu semblait réticent.

— Fumer cette plante n'ouvre pas seulement les portes du rêve, précisa l'Afghan, car elle possède une autre qualité qui nous sera très utile.

— Laquelle ? demanda le Joufflu, dont les pupilles s'étaient dilatées.

— Elle oblige les traîtres à se dévoiler.

— Ah bon... Et comment ça ?

— Ils perdent contenance, suent à grosses gouttes, bredouillent des explications inconsistantes puis finissent par avouer... Avouer qu'ils espionnent leurs camarades pour le compte des Hyksos. Comme toi, par exemple.

— Moi ? Mais comment... ? Tu dis... tu dis n'importe quoi !

— Je t'ai vu, hier, en compagnie d'un officier. Vous m'avez pris pour un mendiant et vous ne vous êtes pas méfiés de moi. Tu lui as promis de dénoncer un à un les bouviers comme résistants afin de toucher une prime.

Des regards haineux convergèrent vers le Joufflu.

— Non, ce n'est pas vrai... Enfin, pas tout à fait... il faut me comprendre... J'ai menti à cet officier, c'est évident... Jamais je ne vous aurais vendus et...

Des poignes vengeresses l'agrippèrent par sa tignasse et le plongèrent dans le marais.

Le Joufflu ne se débattit que quelques instants, et son cadavre s'enfonça dans la vase.

— À présent, déclara l'Afghan, nous pouvons parler de l'avenir en toute sécurité. Tous ici présents, nous devenons des résistants, et nous risquons donc l'arrestation, la torture et la mort. Mais, si nous sommes vainqueurs, nous deviendrons très riches.

6

— C'est moi, le responsable ! déclara fièrement un jeune homme en barrant le passage à la reine et à la princesse Ahotep qui sortaient du palais sous la protection de Rieur, le molosse.

À la surprise de sa maîtresse, il ne montra pas les crocs.

— Je m'appelle Séqen, princesse, et c'est moi qui ai détaché votre chien pour qu'il vous vienne en aide. Le voir ainsi impuissant m'a fait comprendre que vous étiez en danger. Alors, j'ai agi.

Timide et nerveux, Séqen avait débité son discours avec précipitation. Guère plus âgé qu'Ahotep, il était maigre et n'avait pour lui que la profondeur de son regard, laquelle faisait oublier un visage ingrat et un front trop grand.

— Félicitations... Tu as sauvé la vie de Sa Majesté.

— Et la vôtre aussi, princesse !

— Ne devrais-tu pas t'incliner devant la reine d'Égypte ?

Le jeune homme s'exécuta gauchement.

— Relève-toi, ordonna Téti la Petite. Je ne t'ai jamais vu au palais, mon garçon ; où résides-tu ?

— Dans le faubourg sud. Je suis venu de la campagne pour apprendre à me battre.

— As-tu été admis à la caserne ? questionna fougueusement Ahotep.

— Malheureusement non... Je ne suis pas assez costaud, paraît-il. Alors, je me suis fait engager comme aide-jardinier. Mon patron me mène à la dure, et j'en suis ravi ! D'ici quelque temps, j'aurai les muscles nécessaires.

— Comment savais-tu qu'il s'agissait de mon chien ?

— C'est mon patron qui me l'a appris. Il m'a conseillé de rentrer chez moi et d'oublier que j'avais vu le chef de la police l'attacher à un arbre.

Le molosse posa une énorme patte sur la poitrine de Séqen et faillit le renverser. À l'évidence, Rieur n'avait pas la mémoire courte.

— Tu ne dois pas être bien logé, je suppose ?

— Je ne suis pas mécontent, princesse. La veuve qui me loue une chambrette est une vieille dame charmante, et j'aime l'écouter quand elle parle des temps heureux.

— Si Sa Majesté y consent, proposa Ahotep, tu habiteras désormais dans une dépendance du palais et tu t'occuperas de la volière, des chats, des ânes réservés à l'intendance et, bien entendu, de mon chien.

Séqen parut frappé par la foudre.

— Princesse, je...

— Approuvé, décida Téti la Petite.

— Tu commences tout de suite, précisa Ahotep. Rieur a besoin d'une longue promenade.

Encore sous le choc, le jeune homme sentit à peine une épaisse langue bien rose lui lécher doucement la main.

— Rieur n'aime pas être tenu en laisse, ajouta la princesse ; mais prends-en quand même une, au cas où il croiserait quelqu'un de désagréable. C'est un chien plutôt expansif, et il n'a pas l'habitude de dissimuler ses sentiments.

Ahotep vivait un moment de grâce.

Non seulement la reine ne l'avait pas éconduite, mais

encore était-elle décidée à la faire bénéficier de son expérience pour réformer le gouvernement thébain et préparer la reconquête de l'Égypte. Comme la princesse avait eu raison de se lancer dans l'aventure ! Par sa seule attitude, elle réveillait des forces endormies et ranimait la volonté de Téti la Petite.

— Par où commençons-nous, Majesté ?

— Par l'essentiel.

— Allons-nous enfin nommer un véritable général en chef ?

— Je te parle de l'essentiel, Ahotep.

— Qu'y a-t-il de plus important, aujourd'hui, qu'un bon chef et une bonne armée ?

— Aujourd'hui, comme hier et comme demain, le plus important, c'est le temple. Si tu persistes à entreprendre cette lutte insensée, tu dois pénétrer en son cœur. Mais ce n'est pas sans danger.

— Je suis prête à prendre tous les risques !

— Les anciens pharaons bâtissaient des demeures pour les dieux et ils savaient dialoguer avec eux. À côté de ces géants, nous sommes plus chétives que des naines.

Ahotep contint sa fougue. Elle pressentait le caractère redoutable de l'épreuve évoquée par la reine.

— Renoncer ne serait pas une lâcheté, estima Téti la Petite.

— Comment dois-je me préparer ?

— Autrefois, tu aurais eu le loisir de t'entretenir avec des sages... Mais aujourd'hui, le temps presse.

Ahotep n'avait jamais entendu sa mère s'exprimer de manière aussi ferme.

— Je vous suis, Majesté.

Dès l'âge d'or des grandes pyramides, le site de Thèbes avait été considéré comme sacré ; mais il avait fallu attendre le règne du premier des Sésostris* pour voir Karnak devenir un temple digne de ce nom, quoique beaucoup moins imposant que les édifices d'Héliopolis, de Memphis ou d'Éléphantine.

À cause de l'invasion hyksos, l'élan des bâtisseurs avait été brisé. Puisque Pharaon ne régnait plus, les chantiers avaient été interrompus ; comme les autres sanctuaires, fussent-ils grandioses, le modeste Karnak s'enfonçait dans un sommeil mortel.

Selon l'enseignement des sages, en effet, tout édifice était regardé comme un être vivant en perpétuelle croissance ; c'est pourquoi chaque roi devait prolonger et amplifier l'œuvre de ses prédécesseurs, et c'est pourquoi jamais un sanctuaire n'était censé être achevé.

Mais le chant des outils ne résonnait plus, et pas un seul tailleur de pierres n'était au travail. Ne vivaient à Karnak que quatre « Serviteurs du dieu », quatre ritualistes et dix « prêtres purs », chargés d'effectuer les tâches matérielles, tous âgés et si peu préoccupés du monde extérieur qu'ils n'avaient plus franchi depuis plusieurs années l'enceinte de briques crues.

Téti s'immobilisa devant la porte en cèdre du Liban.

— Voilà si longtemps qu'elle ne s'est pas ouverte pour laisser sortir la statue divine ! Et voilà si longtemps qu'un pharaon ne célèbre plus, à l'aube, le réveil de l'énergie divine... Pourtant, Amon demeure présent parce que quelques fidèles le vénèrent encore.

— Quel péril pourrait me menacer dans ce lieu de paix et de méditation ? s'étonna Ahotep.

* Ce sont des pharaons du Moyen Empire, les Montouhotep, qui fondèrent Karnak ou, plus probablement, développèrent un ancien sanctuaire érigé sur le site. Amenemhat Ier (1991-1962 av. J.-C.) y bâtit un temple, puis Sésostris Ier (1962-1928 av. J.-C.) créa de remarquables monuments que nous allons évoquer. Il en subsiste la célèbre et magnifique « chapelle blanche », reconstituée grâce aux blocs retrouvés dans le troisième pylône de Karnak.

— Connais-tu le nom de l'épouse d'Amon ?

— La déesse Mout, la mère universelle.

— Son nom signifie également « la mort », révéla la reine. Aussi est-elle représentée sous la forme d'une lionne aux colères terrifiantes. Dans sa statue se sont concentrées des forces de destruction que nous n'avons pas expurgées depuis l'invasion.

— Pourquoi ne pas les utiliser contre les envahisseurs ?

— Parce qu'elles détruiraient tout sur leur passage, Thèbes y compris.

— Et c'est pourtant Mout que je dois affronter ?

— Uniquement si tu le désires, Ahotep. Quelle autre puissance te rendrait capable de combattre un ennemi que tu n'as aucune chance de vaincre ? Hélas ! cette puissance-là est trop violente pour être maîtrisée.

Ainsi, la reine avait amené sa fille sur le seuil du temple afin de lui faire percevoir l'inanité de ses projets.

— Tu voulais me donner une bonne leçon, n'est-ce pas ?

— Ne serais-tu pas suffisamment intelligente pour admettre que ta révolte ne conduirait qu'à un sanglant échec ?

Ahotep contempla longuement l'enceinte du temple.

— M'est-il interdit de rencontrer la déesse Mout ?

Téti la Petite se renfrogna.

— Mes mises en garde sont donc vaines...

— Je veux me battre, Majesté ! Et puisqu'une divinité peut m'aider, pourquoi refuserais-je son concours ?

— Tu es folle, ma fille ! Mout t'anéantira.

— Mourir de la main d'une déesse, n'est-ce pas une belle destinée ?

Résignée, la reine guida Ahotep jusqu'à une petite porte que gardait un prêtre pur.

— Conduis la princesse auprès de Mout, lui ordonna la souveraine.

— Majesté... Vous ne parlez pas sérieusement ?

— Obéis.

— Mais vous savez bien que...

— Telle est la volonté de la princesse Ahotep, et personne ne la fera changer d'avis.

Éberlué, le prêtre pur fit se déchausser la princesse, puis lui lava les pieds et les mains avec de l'eau puisée dans le lac sacré.

— Je dois prévenir le supérieur. Attendez-moi ici.

Découvrir l'intérieur du temple de Karnak enchantait Ahotep, bien que la peur d'affronter Mout lui serrât la gorge.

— Adieu, ma fille, dit Téti la Petite, navrée. Toi, au moins, tu ne connaîtras pas l'humiliation de l'ultime vague d'invasion hyksos qui submergera Thèbes.

— Ne m'accordes-tu vraiment aucune chance ?

— Adieu, Ahotep. Que l'éternité te soit douce.

La mère embrassa tendrement sa fille.

Alors que la reine s'éloignait, un vieillard qui marchait avec une canne s'approcha de la jeune femme.

— C'est toi, la princesse qui ose défier la déesse aux yeux de feu ?

— Je ne la défie pas, je lui demande sa force.

— Aurais-tu perdu la raison ?

— Au contraire ! Il n'existe pas de solution plus sensée pour que Thèbes retrouve sa dignité et son courage.

— Toi, tu n'en manques pas... À moins qu'il ne s'agisse d'inconscience !

— Les prêtres sont-ils toujours aussi bavards ?

Le vieillard serra le pommeau de sa canne.

— À ta guise, princesse. Rencontre la lionne sanguinaire, puisque telle est ta décision. Auparavant, contemple une dernière fois le soleil.

7

Un instant, Ahotep ne fut plus qu'une jeune fille apeurée, redoutant de perdre la vie dans une aventure insensée. Mais dès qu'elle vit se dessiner un sourire ironique sur les lèvres du vieux prêtre, elle oublia ses craintes.

— Les hymnes n'affirment-ils pas que le soleil se lève chaque matin pour les justes ?

— Aurais-tu la prétention d'en faire partie, princesse ?

— Certes, puisque mon unique désir est de libérer mon pays !

— Alors, suis-moi.

Tout en frappant le sol de coups de canne, le Serviteur du dieu longea une magnifique chapelle en calcaire dont les bas-reliefs, d'une perfection à couper le souffle, étaient consacrés à la fête de régénération de Sésostris Ier. Le pharaon y communiait avec les divinités, qui lui donnaient la puissance indispensable pour transformer le Un en multiple et créer ainsi les provinces d'Égypte, à la fois diverses et indissociables.

— J'aimerais m'arrêter ici quelques instants.

— Pas le temps, princesse.

À regret, Ahotep suivit le prêtre jusqu'à un jardin aménagé devant le temple principal de Karnak, formé de deux portiques bâtis par Sésostris Ier, l'un à piliers carrés, l'autre à piliers servant de support à des colosses d'Osiris, bras croisés sur la poitrine et tenant les sceptres de résurrection.

Ici, avant l'invasion hyksos, le roi agissait en tant que « maître de l'accomplissement des rites » et il éveillait à l'aube le dieu caché, Amon, qui s'unissait à Râ, la lumière créatrice de l'origine.

— Contemple l'Orient éternel présent sur cette terre, princesse, l'île de la flamme où, hors de la présence humaine, Maât continue à vaincre l'injustice, le mal et le chaos.

— Donc, rien n'est perdu !

— Nul pharaon n'a été couronné depuis que les Deux Terres sont prisonnières des ténèbres. C'est pourquoi ce temple fonctionne seul, comme si nous n'existions plus. Personne, aujourd'hui, ne sait maîtriser la magie des divinités.

— Pourquoi ne pas essayer ?

— Parce que la déesse Mout a dressé des barrières infranchissables. À cause de notre lâcheté et de notre incapacité, celle qui était notre mère est devenue notre mort.

— Et vous acceptez cette déchéance sans réagir ?

— Nous ne sommes que des ritualistes, princesse ; il nous est impossible de modifier le destin. Si tu oses pénétrer dans ce sanctuaire, tu n'en ressortiras pas. La colère de Mout te brûlera, et il ne restera de toi que des cendres.

Ahotep était fascinée par la noblesse des colosses osiriens, preuve du triomphe de la vie sur le néant. La puissance divine elle-même avait guidé la main des sculpteurs.

La jeune femme s'avança vers la porte axiale en granit rose.

— Ne va pas plus loin, princesse ! supplia le prêtre.

— Ma mère m'a dit adieu. Puisque je suis déjà morte à ses yeux, je ne crains plus rien.

Quand Ahotep pénétra dans le temple, le vieillard fit volteface et regagna sa demeure de fonction, près du lac sacré. Voir ainsi sacrifiées la jeunesse et la beauté lui serrait le cœur, mais il ne pouvait rien faire pour sauver la princesse.

Le silence.

Le vrai silence, sans un murmure, sans un souffle.

Oppressée, Ahotep explorait un univers inconnu où régnaient le calcaire et le granit. Découvrir les scènes de couronnement du pharaon, dont le nom était inscrit sur l'arbre de vie, l'avait encouragée à poursuivre son chemin.

Certes, les tables d'offrandes étaient vides ; mais les nourritures gravées dans la pierre continuaient à alimenter l'invisible. Et la barque d'or, posée sur son support, voguait dans des espaces inaccessibles aux humains.

Oui, ce temple vivait d'une vie intense, au-delà du malheur et des bassesses. Elle se diffusait pour elle-même, en circuit fermé, et Ahotep avait l'impression d'être une intruse que l'édifice ne tarderait pas à rejeter avec violence.

Néanmoins, elle ne battit pas en retraite.

Sa seule présence ne brisait-elle pas un tabou qui condamnait Thèbes à l'immobilisme ?

Ahotep franchit une nouvelle porte de granit qui lui donna accès à une salle à colonnes en partie à ciel ouvert. Y régnait une clarté diffuse, presque irréelle, propice au recueillement.

L'endroit était si apaisant que la jeune femme n'avait plus envie d'en sortir. Le bonheur ne se trouvait-il pas là, au cœur de ces pierres si vivantes ? Il suffisait de s'asseoir, d'oublier la réalité extérieure et de laisser le temps s'abolir de lui-même.

Le premier piège !

Ahotep se releva, furieuse contre sa somnolence. Peut-être un vieux sage, au soir de sa vie, avait-il le droit de goûter un moment comme celui-là, mais pas elle !

S'arrachant à l'assoupissement, la princesse poussa la porte du temple couvert où régnait l'obscurité.

Consciente d'aborder un autre monde dont les lois lui étaient inconnues, elle se figea sur le seuil.

Instinctivement, elle s'inclina devant l'invisible.

— Mon père Amon, je sais que tu ne nous as pas abandonnés ! Mais pourquoi ta voix ne se manifeste-t-elle pas avec vigueur ?

Seul le silence lui répondit.

Mais il ne s'agissait pas d'un mutisme, car Ahotep perçut une présence semblable à celle d'un paysage qui prenait l'âme en prononçant des paroles que seul pouvait percevoir un cœur aimant.

Le sanctuaire s'habituait à elle, il ne la chassait pas.

À cet instant, la princesse vacilla.

Elle ignorait les paroles de puissance qui lui auraient permis d'ouvrir les portes des trois chapelles et de voir les divinités incarnées dans leurs statues. Sans célébration d'un rituel précis, ne se comporterait-elle pas comme une profanatrice ?

Ouvrir ces ultimes portes risquait de déclencher un feu destructeur qui ravagerait Thèbes avec davantage de hargne que n'importe quelle invasion. Mais retourner en arrière serait une autre forme de défaite, encore plus impardonnable, et jamais Ahotep ne saurait si les forces divines consentaient à devenir ses alliées.

La chapelle centrale... Elle devait être réservée à Amon, qui demeurerait dans le mystère tant que sa ville ne serait pas victorieuse.

La princesse choisit la porte située à la droite du dieu caché. Elle brisa le sceau posé sur le verrou, qu'elle tira lentement.

Ahotep hésita.

Les légendes ne parlaient-elles pas de redoutables gardiens à face de crocodile ou de serpent qui tranchaient la tête des curieux d'un seul coup de couteau ?

Ils n'étaient pas plus cruels que les envahisseurs... Et, au moins, elle périrait au cœur d'un temple intact, sur un site inviolé !

Ahotep poussa la porte de la chapelle.

Horrifiée, elle découvrit une lionne prête à la dévorer !

Mais les yeux du grand fauve, sculptés avec un incroyable réalisme, se contentèrent de la fixer avec férocité.

— Je viens en paix, Mout ! Donne-moi ta force, pour que Thèbes puisse enfin lutter contre l'empire des ténèbres !

Tombant d'une lucarne creusée dans l'une des dalles du plafond, un rai de lumière éclairait la statue de granit, plus grande que la princesse. Sur la robe de Mout, des étoiles à cinq branches tracées à l'intérieur d'un cercle. La déesse tenait un sceptre en or dont la tête était celle du dieu Seth, tandis que son extrémité inférieure avait la forme d'une fourche.

Le sceptre *ouas,* « puissance », qui avait donné son nom à la ville de Thèbes, *Ouaset,* « la Puissante » !

Ahotep contemplait l'emblème sacré de la cité sainte d'Amon, que seules les divinités étaient aptes à manier.

— Mout, me permets-tu d'utiliser ce sceptre ?

Les yeux de la lionne rougeoyèrent.

— J'en ferai bon usage, je te le jure !

À l'instant où Ahotep tenta de retirer l'emblème de la main de Mout, une brûlure atroce l'obligea à lâcher prise.

Et la gueule du fauve s'ouvrit pour dévorer l'imprudente.

— Vous devriez manger un peu, Majesté, suggéra l'intendant Qaris.

— Ma fille s'est suicidée, et tu voudrais que j'aie faim !

— Peut-être la déesse aura-t-elle eu pitié de sa jeunesse et de sa beauté...

— Crois-tu vraiment que la flamme de Mout éprouve ce genre de sentiment ?

L'intendant baissa la tête. Ahotep avait été le dernier

sourire d'une cour royale qui agonisait. Sans elle, Téti la Petite ne tarderait plus à déposer son diadème, et les partisans des Hyksos pourraient enfin offrir Thèbes à l'occupant.

Incapable d'aider la reine, Qaris préféra s'éclipser.

Au sortir des appartements de la souveraine, il se heurta à Séqen, qui montait la garde avec Rieur.

— Un prêtre de Karnak désire voir Sa Majesté.

— Je vais la prévenir.

Téti la Petite reçut aussitôt le vieillard au visage fermé.

— Parle, vite !

— Les dieux sont les dieux, Majesté, et nul ne saurait transgresser leurs lois.

— Ma fille...

— Ne connaissait-elle pas les risques de sa démarche insensée ?

La reine faillit éclater en sanglots, mais elle se reprit en songeant à la nécessaire dignité de sa fonction.

— Quel que soit l'état de son cadavre, je veux le voir. Et je dirigerai moi-même les funérailles.

8

Apophis pouvait être fier d'Avaris*, la capitale de l'Empire hyksos. Déployée sur plus de deux cent cinquante hectares, elle était la plus grande ville d'Égypte et du Proche-Orient. Dominée par une citadelle imprenable dont la seule vue aurait terrifié un éventuel agresseur, Avaris occupait une position stratégique qui en faisait la porte nord-est du Delta. Bâtie sur la rive orientale des « eaux de Râ », la branche pélusiaque du Nil, elle se trouvait au point de jonction entre les routes terrestres et maritimes donnant accès à la Méditerranée orientale, à la Syro-Palestine et à la Basse-Égypte. Au nord, une percée dans le vaste système de drainage aménagé par les anciens au cœur d'une succession de lacs permettait de rejoindre le chemin d'Horus qui conduisait au Sinaï.

Contrôler Avaris, c'était régner sur le monde.

Dès l'arrivée des Hyksos, la colonie étrangère qui résidait dans la bourgade avait collaboré avec enthousiasme. Et les nouveaux maîtres du pays avaient offert les monuments et le quartier égyptien en pâture aux « coureurs des sables », ennemis jurés du pouvoir pharaonique.

* En égyptien *hout-ouâret,* « le château du terrain pentu » ou « la fondation royale du district ».

Le nouveau temple principal était dédié à Seth, divinité de la foudre, expression de la puissance absolue que nul ne pouvait vaincre. En comprenant que la violence était la meilleure des politiques, les Hyksos avaient anéanti une civilisation millénaire. Apophis puisait dans le déchaînement séthien la capacité de terrasser n'importe quel ennemi.

Du haut de la citadelle, il contemplait les rues à angle droit. Le quadrillage rigide facilitait la surveillance des pâtés de maisons, dont les moins laides étaient réservées aux militaires de haut rang.

Le port fluvial d'Avaris, le plus important d'Égypte, abritait navires de guerre et bateaux marchands, dont les mouvements incessants avaient consacré la bourdonnante cité comme centre commercial de l'empire.

Aux yeux d'Apophis, rien n'était plus beau que la formidable citadelle dont les murs à contrefort étaient larges de neuf mètres à la base ! Il aimait monter au sommet de la tour de guet qui gardait l'accès nord de cette forteresse bâtie sur une plate-forme et, de là-haut, étendre le regard sur son domaine. Lui, le fils de rien, l'Asiatique sans lignée et sans fortune, était devenu le maître de l'Égypte et il ne cessait d'accroître sa zone d'influence.

Un petit sourire égaya son visage ingrat au nez proéminent quand ses yeux se fixèrent sur le jardin planté d'arbres aménagé dans la cour intérieure, à l'abri des fortifications. Un caprice de son épouse, une Égyptienne du Delta, collaboratrice émérite qui détestait ses compatriotes.

Bientôt, Apophis recevrait des ambassadeurs étrangers, en provenance des quatre coins de l'empire. Ils se prosterneraient devant lui, admettant ainsi sa suprématie et son éclatante réussite. Cet heureux événement s'accompagnerait d'une décision spectaculaire qui porterait le maître des envahisseurs au faîte de la renommée.

Par chance, la nuit était noire. Des nuages cachaient la lune naissante, et il fallait bien connaître la zone des silos à grains, proche du port d'Avaris, pour ne pas s'y perdre.

Le Bossu était né là, et il se souvenait des moindres recoins du quartier où l'on échangeait volontiers des marchandises à l'insu des agents du fisc. L'administration pharaonique n'était déjà pas drôle, mais celle des Hyksos se révélait franchement sinistre ! En saignant les travailleurs aux quatre veines, elle les réduisait à une misère larvée.

Excellent négociant, le Bossu avait monté un réseau de troc dont l'occupant ignorait l'existence. Il ignorait aussi que tissus, sandales et onguents, certes en trop faible quantité, étaient destinés à la dernière ville libre : Thèbes.

Quoique sa mère fût syrienne, le Bossu vouait un culte à l'Égypte et haïssait les envahisseurs, une bande de soudards qui appauvrissaient le peuple chaque jour davantage et ne songeaient qu'à renforcer leur dictature militaire.

Vivre à Avaris devenait un cauchemar. Aussi, lorsqu'un habitant d'Edfou*, fidèle à la cause thébaine, avait contacté le Bossu pour tenter de livrer des céréales à la résistance, ce dernier s'était enthousiasmé.

Et ce soir-là, le premier chargement allait partir sur un vieux bateau qui, d'après les papyrus comptables, transportait des poteries. L'équipage était sûr, à l'exception d'un rameur cananéen qui serait éliminé en cours de route.

Depuis de longues années, le Bossu n'avait plus passé d'heures aussi exaltantes ! Enfin, quelques Égyptiens redressaient la tête. Une minorité dérisoire, certes, mais dont les premiers succès susciteraient forcément des vocations.

Premier exploit en vue : ouvrir les portes de plusieurs silos annexes, prélever une partie des réserves de grains et l'expédier

* Ville de Haute-Égypte, au sud de Thèbes.

à Thèbes, qui manquait de tout. Et puis renouveler l'opération aussi souvent que possible.

Une chouette hulula.

Ou, plus exactement, quelqu'un imita le hululement de l'oiseau de nuit.

Le Bossu répondit de même, en forçant sur les aigus.

L'autre rétorqua en accentuant les graves.

Le Bossu et son contact se dirigèrent l'un vers l'autre.

— As-tu les bonnes clés ? lui demanda l'habitant d'Edfou.

— Les bonnes et des papiers en règle pour le transport. Le bateau franchira sans problème les barrages militaires et la grande douane d'Hermopolis.

— L'équipage est prêt à embarquer les céréales. Ne perdons plus un instant.

Les deux hommes empruntèrent une ruelle qui menait au quai.

— Je ne comprends pas, s'étonna le résistant. Le bateau est bien là, mais où se trouvent les marins ?

— Ils sont peut-être restés à bord, suggéra le Bossu.

— Mes instructions étaient pourtant précises !

Un homme apparut sur la passerelle, qu'il descendit à pas lents.

Le rameur cananéen.

— Salut, les amis ! Il est bien tard pour rôder dans le coin, non ? Dis donc, le Bossu, à quoi te sert ce trousseau de clés ?

Tétanisé, l'interpellé demeura muet.

— Ce ne serait pas pour ouvrir des silos, par hasard ? Un véritable délit, tu sais... Et toi, son complice, tu ne serais pas cet habitant d'Edfou qui cherche à rallier de pauvres fous à la cause thébaine ? Ah oui, vous pensez aux marins de ce rafiot ! Ils ont tous été arrêtés et seront exécutés à l'aube devant la citadelle.

Le Bossu et son allié tentèrent de s'enfuir, mais une cinquantaine de soldats hyksos leur barrèrent le passage.

Un officier leur passa des menottes en bois puis leur cracha au visage.

— Quels imbéciles ! s'exclama le marin cananéen. Comment avez-vous pu supposer un seul instant que vous échapperiez à la vigilance d'Apophis ?

— D'autres prendront la relève, rétorqua le Bossu.

— Détrompe-toi, l'infirme ! Nous avons identifié tous les groupuscules terroristes. Quand le soleil se lèvera, il n'en subsistera plus un seul.

C'est avec un plaisir affiché que le Cananéen égorgea l'habitant d'Edfou, un fauteur de troubles particulièrement habile qui le faisait courir depuis trois ans.

— Tue-moi aussi, espèce de lâche ! exigea le Bossu.

Le marin brandissait de nouveau sa dague lorsque les soldats s'écartèrent pour laisser le passage à Khamoudi, le bras droit d'Apophis.

— Seigneur... Quelle heureuse surprise ! Comme vous pouvez le constater, mon plan est une réussite totale.

— Arrêtez ce traître, ordonna Khamoudi.

— Seigneur... Mais pourquoi ?

— Parce que tu es le complice des résistants.

Le Cananéen protesta.

— En me mêlant à eux pour les démasquer, j'ai strictement respecté les consignes !

— Tu t'es pris d'amitié pour ces gens-là et tu as trafiqué avec eux. C'est pourquoi tu viens de poignarder celui qui allait te dénoncer.

— Vous vous trompez, seigneur !

— Moi, me tromper ?

— Non, je voulais dire que...

— En m'insultant, tu aggraves ton cas, constata Khamoudi.

— Je vous jure que je suis fidèle à notre grand roi Apophis, que j'ai exécuté les ordres, que je...

— Qu'on l'emmène.

Indifférents aux hurlements du marin, les Hyksos le ligotèrent et le firent avancer à coups de pied dans les reins.

— Quelle douce nuit, commenta le contrôleur général en passant la main dans ses cheveux noirs luisants d'huile de lin. J'ai fait un excellent dîner et je m'offre comme dessert l'extermination d'un réseau prothébain. Tu ne te réjouis pas, le Bossu ?

— Cette vermine de Cananéen avait raison : vous vous trompez.

Khamoudi le gifla.

— Ne sois pas insolent, toi aussi !

— Jamais nous ne renoncerons à vous combattre.

— La résistance est définitivement décapitée, et chacun sait qu'il lui faudra soit collaborer, soit disparaître.

— Chacun saura surtout que vous infiltrez des espions dans nos réseaux, et la méfiance sera désormais la règle. Bientôt, vous serez aveugles et sourds !

Khamoudi aurait volontiers fracassé la tête du Bossu, mais cet acharné méritait mieux.

— Crois-tu vraiment à ce que tu dis ?

— Le souffle d'Amon balaiera les Hyksos !

— Tu t'es battu pour rien et tu mourras pour rien ! Mais auparavant, tu me donneras le nom de tous tes complices. Le palais compte de remarquables spécialistes de la torture. Si j'ai un conseil à te donner, c'est de parler avant de leur être confié.

9

— Votre fille est vivante, Majesté, révéla le médecin du palais. La voix du cœur est profonde et régulière. Je ne distingue aucun signe de maladie grave.

— Pourquoi reste-t-elle inanimée ? s'étonna Téti la Petite.

— Je suis incapable de l'expliquer.

— Il existe forcément un remède pour la réveiller !

— Je vais consulter les anciens traités.

— Hâte-toi !

Ahotep était allongée sur son lit, les yeux ouverts et fixes. Un ritualiste de Karnak l'avait découverte gisant sur le seuil de la chapelle de Mout, et les prêtres avaient porté son corps jusqu'au poste de garde de la résidence royale.

L'étonnant diagnostic du médecin ne rassurait pas Téti la Petite ; si Ahotep ne sortait pas de cette horrible léthargie, pouvait-on prétendre qu'elle vivait ?

Un bruit sourd la fit sursauter. Un autre, puis un autre encore, comme des coups de bélier frappés contre la porte de la chambre !

La souveraine ouvrit, et elle n'eut que le temps de s'écarter pour laisser s'engouffrer Rieur, qui s'accroupit au pied du lit en grognant.

Désormais, plus personne ne pourrait s'approcher de la princesse.

Sur l'esplanade précédant l'allée qui menait au temple de Seth étaient disposés plusieurs centaines de soldats en rangs serrés. Leurs cuirasses et leurs lances scintillaient sous le soleil. Fiers de symboliser la puissance hyksos, ils contenaient la foule avide du spectacle promis par les hérauts. Une bonne partie de la population d'Avaris s'était massée là afin d'assister à l'exécution du dernier réseau de résistants.

Quand apparut Apophis, vêtu d'une tunique grenat et suivi de son fidèle Khamoudi, des acclamations fusèrent. D'un caractère taciturne et peu attiré par les festivités, le maître de l'empire ne détestait pas, de temps à autre, être l'objet de la ferveur populaire.

Étant donné ses grands projets, cette cérémonie tombait à point : plus aucun Égyptien n'ignorerait que le pouvoir suprême était exercé avec la plus extrême rigueur.

— Combien de Cananéens as-tu arrêtés, Khamoudi ?

— Quatre. De bons agents de renseignements qui nous ont permis d'identifier une centaine de révoltés.

— Au moment de mourir, ne pousseront-ils pas des glapissements ?

— Aucun risque, seigneur : je leur ai fait couper la langue.

Apophis apprécia l'efficacité de son bras droit, qui savait prendre des initiatives sans empiéter sur le pouvoir absolu de son maître.

— Le Bossu a-t-il parlé ?

— Une demi-heure de torture a suffi.

— Révélations intéressantes ?

— Rien que nous ne sachions déjà... Seulement des confirmations.

— La résistance est-elle enfin éradiquée ?

— Il n'existe plus aucun réseau organisé ni à Avaris ni dans le Delta. Peut-être quelques individus isolés chercheront-ils à se regrouper, mais les dispositions que j'ai prises et la délation nous permettront de les détruire.

Apophis comme Khamoudi détestaient le soleil et la chaleur, qui faisaient enfler les jambes du premier et palpiter le cœur du second. Aussi le discours du maître de l'empire fut-il des plus brefs.

— Peuple d'Avaris, d'infâmes criminels ont tenté de mettre en péril l'ordre hyksos. Ils vont être suppliciés devant vos yeux, et le même sort sera réservé à tous ceux qui suivraient leur funeste exemple. Obéissez-moi, et vous n'aurez rien à craindre.

Au signal des officiers, la foule acclama de nouveau Apophis, qui se retirait pendant qu'une cohorte de bourreaux finissait d'affûter ses haches.

C'est en hurlant le nom de « Thèbes ! » que le Bossu fut le premier à être décapité.

Les bourreaux ramassaient têtes et cadavres pour les jeter aux vautours. Aucun Égyptien n'avait droit à une momification, même sommaire.

— Tu as vu ça, dit le Moustachu, au bord des larmes. Les Hyksos sont plus féroces que les monstres du désert. Personne ne parviendra à les vaincre.

— Ne te laisse pas envahir par le désespoir, recommanda l'Afghan qui, avec son petit groupe, avait assisté au massacre. Pour le moment, ils sont les plus forts ; mais ils ont forcément des points faibles.

— Mais tu as vu...

— Regarder cette horreur était nécessaire. Nous devons nous endurcir en étant pleinement conscients du péril qui nous guette à chaque instant.

— Je ne suis pas un guerrier, l'Afghan !

— Moi, si. Et toi, tu le deviendras. Moi, je veux devenir

riche ; toi, tu veux venger les tiens et chasser les envahisseurs. Nos intérêts convergent, c'est l'essentiel.

Sans états d'âme, les employés du temple de Seth lavaient à grande eau le parvis ensanglanté.

La mine dépitée du médecin suffit à Téti la Petite pour comprendre qu'il n'avait trouvé aucun remède.

— Désolé, Majesté. Mais le cas de la princesse n'est pas de mon ressort.

— As-tu consulté les prêtres de Karnak ?

— Ils sont formels : votre fille a été très imprudente.

— N'existe-t-il aucune formule contre le sort jeté par la déesse Mout ?

— Pas à ma connaissance.

— Si Ahotep ne s'alimente pas, elle va mourir !

— La constitution de la princesse est d'une exceptionnelle robustesse.

— Un magicien devrait réussir à briser cette léthargie !

— Ne tombez pas entre les mains des charlatans, Majesté. Il faut vous rendre à l'évidence : notre science est incapable de guérir la princesse.

— Sors d'ici !

Vexé, le thérapeute s'inclina avec raideur avant de disparaître.

Rieur montait la garde en refusant toute nourriture. Même la reine ne pouvait s'approcher d'Ahotep.

— Votre chambre est prête pour la nuit, Majesté, annonça l'intendant Qaris.

— Je reste ici.

— Majesté, vous devez vous reposer.

— Ahotep peut avoir besoin de moi.

— Dois-je vous apporter un lit ?

— Un fauteuil me suffira.

— Majesté...

L'intendant semblait bouleversé.

— Qu'y a-t-il, Qaris ?

— D'après des rumeurs que propagent des marins, d'atroces événements viendraient de se produire à Avaris. Mais peut-être ne désirez-vous pas savoir...

— Parle.

10

Lorsque le désespoir lui serrait le cœur, Téti la Petite se maquillait. Si sa fille disparaissait, elle n'aurait plus aucune raison de continuer une lutte perdue d'avance, comme le prouvaient les révélations de l'intendant Qaris.

Tout en se forçant à songer aux rares moments de bonheur qu'elle avait connus, la reine sortit d'une corbeille ovale un peigne en bois, une aiguille démêloir en albâtre, un tampon à farder et une coquille nacrée dans laquelle elle mélangea des onguents. Il ne lui restait plus beaucoup de produits de première qualité que les laboratoires des temples, naguère, mettaient une quarantaine de jours à fabriquer.

À base de galène broyée, l'onguent préféré de Téti la Petite purifiait sa peau et la protégeait des agressions du soleil ; il présentait aussi l'avantage d'éloigner les insectes, tout en soulignant la finesse des traits de la souveraine.

Autrefois, une maquilleuse, une coiffeuse, une manucure et une pédicure se seraient occupées d'elle avec respect et compétence ; mais aujourd'hui, Téti la Petite se passait elle-même de l'ocre rouge sur les lèvres.

— Majesté... Venez vite !

— Qaris ! Comment oses-tu...

— Pardonnez-moi cette intrusion, mais c'est la princesse...

Téti la Petite bondit.

— Ahotep... Non, Ahotep ne doit pas mourir, pas si jeune !

— La princesse vient de se réveiller, Majesté !

La reine se figea.

— Ne me mens pas, Qaris. Ce serait trop cruel.

— Venez, je vous en prie.

Telle une somnambule, Téti la Petite suivit son intendant.

Assise dans son lit, Ahotep caressait la tête de son chien qui se léchait consciencieusement les pattes.

— Où se trouve le sceptre de la déesse ? demanda-t-elle d'une voix au timbre étrange.

— Ahotep... Tu es vivante !

La princesse considéra sa mère d'un œil étonné.

— Mais bien sûr que je suis vivante ! Toi, en revanche, tu as l'air épuisée.

— La déesse Mout...

— Elle ne m'a pas ménagée, mais j'ai pu toucher le sceptre « puissance » !

— D'après les prêtres de Karnak, précisa Qaris d'une voix posée, la déesse a repris son bien, princesse. Que vous soyez sortie d'un profond coma est un véritable miracle.

— C'est ce sceptre qu'il nous faut pour combattre, j'en suis sûre !

Ahotep se leva, et l'intendant détourna les yeux. Téti la Petite couvrit d'une tunique de lin le corps magnifique de sa fille et lui offrit à boire.

— Ne souffres-tu pas de vertiges ?

— Je ne souffre de rien, mère ! Si la flamme de la déesse Mout ne m'a pas brûlée, si elle m'a montré le chemin de la vraie puissance, c'est bien pour me confier une mission.

— Ne sois pas si enthousiaste, Ahotep.

— Et pourquoi ne le serais-je pas ?

— Parce que la situation ne nous autorise aucun espoir.

Ahotep prit la reine par les épaules.

— Je veux tout savoir.

— En es-tu bien sûre ?

— J'ai risqué ma vie et je la risquerai encore. Ne me cache plus rien !

— À ta guise. Tu peux parler, Qaris.

— Qaris... Pourquoi lui ?

— Parce que je l'ai chargé de recueillir les renseignements provenant de nos derniers partisans en zone occupée.

Ahotep fut stupéfaite.

— Toi, Qaris, tu as pris de tels risques !

— Je suis au service de la reine et de notre pays, déclara fièrement l'intendant.

— Alors, tu crois aussi que la victoire est encore possible !

La tristesse emplit le regard de Qaris.

— Sois sincère, exigea Téti la Petite.

— Les paroles des sages se sont enfuies, déplora l'intendant, les divinités ne reconnaissent plus l'Égypte. Les barques du jour et de la nuit ne circulent plus, la course du soleil est perturbée, et il finira par s'éloigner à jamais. Maât ne règne plus sur les Deux Terres, la désolation touche toutes les provinces, le mal impose sa dictature.

— Ce ne sont que des paroles désolantes ! protesta Ahotep. Seuls comptent les faits.

— L'économie traditionnelle ne fonctionne plus, princesse. Plus aucune denrée ne parvient aux temples, et la redistribution n'est plus assurée. Ceux qui produisent ne gagnent rien, seuls s'enrichissent les intermédiaires à la solde des Hyksos. Les ateliers de tissage sont fermés, on ne fabrique plus de robes de lin, on manque de perruques et même de sandales ; la saleté n'est plus combattue, les blanchisseurs refusent de laver le linge, les boulangers de faire du pain et les brasseurs de la bière. Le voleur est devenu riche, l'injustice triomphe.

— Cette détresse n'est que passagère... Et il nous reste Thèbes !

— Notre cité est si isolée, princesse !

— Comment peux-tu en être certain ?

— Je vais vous montrer.

Précédant la reine et sa fille, l'intendant les guida jusqu'à une petite pièce jouxtant sa chambre, au mobilier des plus sommaires. Il tira un rideau pour faire apparaître une maquette en bois disposée sur une table basse.

— Fabuleux ! s'exclama Ahotep. Cette fleur de lotus, c'est le Delta, la Basse-Égypte... Et cette tige qui serpente, c'est la vallée du Nil, la Haute-Égypte... Au sud d'Assouan, la Nubie.

— On distingue chaque province, avec sa capitale et ses temples, observa Téti la Petite. Arpenteurs et géographes ont réalisé un excellent travail. Grâce à nos informateurs, nous avons pu suivre la progression de l'ennemi.

— Thèbes est libre, c'est l'essentiel !

— Thèbes n'est plus qu'un îlot de liberté, rectifia Qaris. Les Hyksos contrôlent la totalité des provinces du Nord, ils occupent Memphis, le principal centre économique du pays, et ils ont établi une douane à Hermopolis.

— La ville sainte d'Abydos est-elle tombée entre leurs mains ?

— C'est probable, princesse. Et il y a plus grave : à quarante kilomètres au nord de Thèbes, la ville de Coptos n'est plus sûre. À Gebelein, trente kilomètres au sud, les Hyksos ont érigé une nouvelle forteresse.

— Autrement dit, constata Ahotep, nous sommes encerclés. Mais n'avons-nous pas un fidèle allié à Edfou, plus au sud ?

— Le gouverneur Emheb est un homme de parole, en

effet ; mais est-il encore vivant ? Quant à Éléphantine, la capitale de la première province de Haute-Égypte et la ville frontière avec la Nubie, elle subit le joug de l'ennemi.

— Les Nubiens sont des alliés inconditionnels des Hyksos, ajouta Téti la Petite, et ces derniers ne cessent d'étendre leur empire. Nous ne recevons plus d'or de Nubie, plus de cèdre et de pin du Liban, nous sommes incapables d'organiser des expéditions commerciales ou de nous rendre aux carrières, car les moyens et les voies de communication sont sous contrôle hyksos.

— N'existe-t-il plus aucune province fidèle à Thèbes ? demanda Ahotep.

— Elles ont éclaté en petites principautés, expliqua Qaris, et chaque potentat local est aux ordres d'un officier hyksos qui dirige une milice. Apophis a réussi à tisser une toile d'araignée à laquelle aucune agglomération ne peut échapper.

— Thèbes est condamnée à mort, conclut la reine. Elle mourra étouffée... à moins qu'Apophis ne se décide à l'écraser de son talon.

— Nos ressources agricoles ne sont-elles pas indemnes ?

— Leur gestion est devenue si déplorable que nous serons bientôt victimes de la faim. Et personne n'est capable d'interrompre cette dégradation.

— Jusqu'à présent, j'ai lutté avec un infime espoir, avoua Qaris. Mais notre dernier réseau de résistants vient d'être anéanti, et nous ne disposerons plus d'aucune information. Sourds et aveugles, comment combattre ?

— C'est la fin, estima Têti la Petite, que son intendant approuva d'un hochement de tête.

Ahotep tourna lentement autour de la maquette.

— C'est la fin de notre passivité, affirma-t-elle. C'est parce que nous n'avons rien tenté que nous risquons de disparaître.

— La réalité, princesse...

— La réalité, Qaris, nous ne la connaissons pas ! Du moins, pas complètement. Les informations ne sont que partielles, et je ne peux pas croire qu'il n'existe plus un seul réseau de résistants. C'est avec eux qu'il faut entrer en contact. Mais, avant tout, il nous faut le sceptre « puissance ».

11

Téti la Petite blêmit.

— Ahotep... Tu ne comptes tout de même pas défier la déesse Mout une seconde fois ?

— Je n'ai pas le choix, mère.

— Jamais elle n'acceptera de te donner son sceptre ! Cette fois, son feu t'anéantira, tu peux en être sûre !

— Mieux vaut cette mort-là que la lâcheté.

— Il existe peut-être une autre solution, avança Qaris.

Le visage d'Ahotep s'illumina.

— À quoi penses-tu ?

— Seules les divinités sont aptes à manier le sceptre « puissance »... Mais il y a une exception : l'arpenteur aveugle qui, après la crue, rétablit l'emplacement exact des bornes qui délimitent les propriétés. Comme il se fait l'interprète de la justesse divine et ne peut favoriser personne, il a le droit de manier un bâton qui a la forme du sceptre sacré. Mais en possède-t-il les vertus ?

— Où se trouve cet homme ?

— Je l'ignore, princesse. Voilà plusieurs années qu'il ne remplit plus sa fonction. C'est pourquoi les litiges se multiplient. Aujourd'hui, le fort l'emporte sur le faible, et le mensonge triomphe.

— Cesse de te lamenter, Qaris ! De quel service administratif dépendait-il ?

— Du bureau du cadastre.

— Allons-y maintenant.

Non loin du temple de Karnak, les bâtiments du cadastre avaient triste allure. Bâtis en brique crue blanchie à la chaux, la plupart d'entre eux menaçaient ruine. Pas le moindre factionnaire, seulement des chiens errants qui se dispersèrent à l'approche d'Ahotep et de Qaris.

— Il y a quelqu'un ? demanda Qaris d'une voix forte.

Une rafale de vent lui répondit.

Une rafale si puissante que deux branches d'un vieux tamaris se brisèrent avec un craquement sinistre qui fit sursauter l'intendant.

— Allons-nous-en, princesse.

— Mais... qui s'occupe du cadastre ?

— Plus personne, vous le voyez bien. Les plaintes s'accumulent, sans suite.

— Pourquoi le ministre de l'Agriculture n'intervient-il pas ?

— Comme ses collègues, il ne songe qu'à sauvegarder ses derniers privilèges.

Ahotep serra les poings.

— Il faut le jeter en prison immédiatement !

— Auparavant, il faudrait le juger, objecta Qaris, et apporter la preuve de son incompétence. Et, comme le ministre achèterait des jurés, ce ne serait même pas suffisant.

Soudain, des chiens errants se mirent à aboyer tout en formant un cercle menaçant autour de la princesse et de l'intendant. Lorsque Qaris tenta de le briser, l'un des cerbères lui montra les crocs et l'obligea à reculer.

— S'ils attaquent, comment nous défendre ?

— Pour le moment, ils se contentent de nous tenir en respect, estima Ahotep. Ne bougeons surtout pas.

Sortant à pas très lents du bâtiment principal, un homme âgé se dirigea vers les intrus.

Le cheveu rare, les traits anguleux, il portait un pagne long qui, naguère, avait été un vêtement de luxe. De la main droite, il tenait un bâton noueux.

— Qui êtes-vous ? demanda-t-il d'une voix grave.

— Je suis la princesse Ahotep, accompagnée du chancelier Qaris.

— Ahotep... La fille de la reine Téti ?

— Elle-même. Et toi, qui es-tu ?

— Le maître des chiens qui gardent ces lieux afin d'empêcher les voleurs de s'emparer des documents du cadastre thébain.

— Oserais-tu nous considérer comme tels ?

— Regagnez votre palais, princesse ; cet endroit n'abrite plus que de vieilles archives.

— Pourtant, tu risques ta vie pour les protéger !

L'homme sourit.

— Ma vie n'a plus aucune valeur, princesse, puisqu'il ne m'est plus possible d'exercer mon métier.

Ahotep dévisageait son interlocuteur avec insistance.

— Mais... tu es aveugle !

— Oui, de naissance.

— Es-tu aussi... arpenteur ?

— Le dernier arpenteur aveugle de Thèbes, en effet. Pendant plusieurs années, j'ai remis en place les bornes que la crue avait déplacées. Mais en ce temps-là, la justice régnait... Aujourd'hui, je n'ai plus ma place.

Ahotep passa entre deux chiens qui se contentèrent de gémir, puis elle toucha les mains de l'aveugle.

— Possèdes-tu toujours le sceptre « redoutable » que tu es le seul à pouvoir manier ?

— C'est mon bien le plus précieux.

— Acceptes-tu de me le confier ?

— Je ne peux pas vous voir, princesse, mais je sais que vous êtes belle, très belle. Pourquoi risquer de vous détruire ?

— Parce que je veux libérer l'Égypte.

— Libérer l'Égypte... Attendez-moi ici.

Sans hésiter, l'aveugle se dirigea vers une remise au toit formé de tiges de papyrus.

Quand il en ressortit, quelques minutes plus tard, il brandissait un étrange sceptre en bois.

À sa vue, les chiens se dispersèrent.

— Asseyons-nous sur le banc, là-bas, préconisa l'arpenteur.

Le sceptre fascinait Ahotep.

— La tête de ce bâton sacré est celle du dieu Seth aux yeux de feu, révéla l'aveugle. C'est lui qui voit le bon chemin, le débarrasse des obstacles et terrasse le mensonge. Mais Seth fait payer très cher ses services ! Le vaniteux qui se croirait maître de sa force serait foudroyé par la colère du ciel. Personne ne peut utiliser une divinité à son profit, Seth moins que toute autre, lui qui domine les puissances du ciel et de la terre.

— J'ai besoin de lui, affirma Ahotep. Si son sceptre guide mon armée, elle sera victorieuse !

— Seth est imprévisible, princesse. Il est habitué à ma main, pas à la vôtre.

— Je cours le risque.

— N'est-ce pas une folie ?

— L'unique folie, c'est d'abdiquer devant l'envahisseur.

L'aveugle se leva, Ahotep l'imita.

— Tournez-vous, princesse.

Le vieil homme banda les yeux de la jeune femme avec une étoffe de lin, lui prit les mains et la conduisit jusqu'à un champ laissé à l'abandon.

— Le propriétaire de ce terrain est mort il y a un mois. La crue a emporté les bornes, les héritiers ne tarderont pas à s'entre-déchirer. Je n'avais pas l'intention d'intervenir, puisque aucun fonctionnaire du palais n'aurait enregistré mon expertise. Aujourd'hui, c'est différent, puisque vous êtes prête à tenter l'aventure et que le témoignage de l'intendant Qaris aura une valeur officielle. Mais êtes-vous vraiment décidée ?

— Renoncez, princesse ! recommanda Qaris. Le bâton de Seth est chargé d'une énergie qui pourrait vous détruire.

— Grâce à ce bandeau, ne suis-je pas protégée de toute agression venant de l'extérieur ? Donne-moi le sceptre, arpenteur.

— S'il vous tolère, princesse, laissez-vous guider par lui.

Ahotep ne tremblait pas.

Ses doigts se refermèrent sur le bâton, si brûlant qu'il lui arracha un cri de douleur.

Mais la princesse ne lâcha pas prise et elle vit soudain un ciel nocturne où une étoile brillait plus que les autres.

Ahotep se dirigea vers elle, le scintillement s'atténua.

À trois reprises, le même phénomène se reproduisit. Et chaque fois, la jeune femme se déplaça.

Le ciel et le feu du bâton disparurent, le bandeau tomba de lui-même.

— L'arpentage terrestre a été effectué selon les lois célestes, déclara le vieil aveugle. Les bornes de ce champ sont de nouveau implantées en justesse. Puisse la princesse Ahotep conserver le sceptre de Seth et arpenter l'Égypte entière.

12

Au-dessus du temple de Seth d'Avaris, le ciel était noir. Provenant du nord, des nuages en rangs serrés s'étaient rassemblés pour menacer la capitale hyksos.

Son sanctuaire principal était loin de la splendeur des édifices égyptiens. Construit en briques et non en pierres, il était dédié au dieu de la foudre et à Hadad, divinité syrienne de l'orage. Devant le temple, un autel rectangulaire entouré de chênes et de fosses remplies d'os calcinés d'animaux sacrifiés.

C'était là que s'étaient donné rendez-vous une dizaine de conjurés dont le plus éminent n'était autre qu'un Asiatique, chef de la garde personnelle d'Apophis. Après de longs et prudents palabres, il avait réussi à réunir un général cananéen, des officiers originaires d'Anatolie et la dame Abéria, fille d'un Chypriote et d'une Grecque, chargée par le tyran de réduire en esclavage les Égyptiennes aisées.

Tous occupaient un poste important et s'étaient enrichis en servant le nouveau maître de l'Égypte sans jamais discuter le moindre de ses ordres. Mais, depuis quelques mois, la situation avait évolué à cause de l'ascension de Khamoudi, devenu l'unique confident d'Apophis. Les dignitaires de la cour perdaient leur influence, et le nouveau bras droit du despote multipliait les initiatives afin de renforcer son pouvoir.

Certes, Khamoudi s'était montré particulièrement efficace en détruisant le dernier réseau de résistance ; mais ne murmurait-on pas qu'il en avait profité pour faire abattre de fidèles partisans d'Apophis, jugés trop ambitieux ?

Aussi le chef de la garde s'était-il posé une angoissante question : « À qui le tour ? » Et son interrogation avait fini par éveiller l'intérêt de quelques-uns. Apophis et Khamoudi ne préparaient-ils pas une opération de ratissage qui les débarrasserait d'alliés encombrants ? Les remplaceraient des parvenus prêts à exécuter les pires besognes.

L'officier anatolien chargé de l'entraînement des archers s'assura que les parages étaient sûrs. La nuit, les desservants du culte de Seth logeaient dans des huttes éloignées du temple et surveillées par un corps de policiers que contrôlait l'un des conspirateurs. Il n'existait vraiment pas de meilleur endroit pour bâtir en toute sécurité leur plan d'action.

— Si nous entrions dans le temple ? proposa le général cananéen.

— Évitons le regard de Seth, recommanda l'Asiatique. Asseyons-nous plutôt près de l'autel, à l'abri des arbres.

Les conjurés formèrent un cercle.

— Je dispose à présent d'informations sûres, déclara le général cananéen. Sur l'ordre d'Apophis, Khamoudi a fait assassiner nos propres agents qui s'étaient infiltrés dans un réseau de résistants.

— Pour quelle raison ? s'étonna la dame Abéria, à la stature impressionnante et aux mains plus larges que celles d'un homme.

— Je l'ignore... Mais je sais aussi que plusieurs dignitaires sont morts subitement ces dernières semaines et qu'ils ont été remplacés par des fidèles de Khamoudi, des Libyens et des pirates chypriotes et anatoliens. Autrement dit, des tueurs sans états d'âme. Et j'insiste bien : ce sont des faits, non des rumeurs.

Un silence consterné succéda à ces déclarations.

— Serions-nous leurs prochaines cibles ? s'inquiéta Abéria, visiblement alarmée.

— Je crois que oui, répondit le général cananéen. Aucun d'entre nous n'est un proche du contrôleur général, et cette faute-là est impardonnable.

— Pourquoi ne pas le supprimer ? suggéra un officier.

— Toucher à Khamoudi, c'est mettre en cause Apophis.

— Alors, il faut supprimer les deux !

— Tu n'y penses pas ! objecta l'un de ses collègues. Informons notre chef suprême des manœuvres de Khamoudi, ce sera suffisant.

— Oublies-tu qu'il exécute les ordres d'Apophis ? La vérité, c'est que nous sommes tous condamnés à disparaître !

— Apophis est hors d'atteinte.

— Dois-je rappeler que je suis le chef de sa garde personnelle ? intervint l'Asiatique. Khamoudi ne m'aime pas, mais Apophis me fait encore confiance.

— Que proposes-tu ? interrogea le général.

— Moi, je m'occupe d'Apophis ; toi, de Khamoudi. Les autres de la police qui, comme d'habitude, se pliera à la volonté du plus fort. Il faut agir vite et ensemble. Notre coordination doit être parfaite et ne laisser aucune place au hasard.

— Si nous échouons..., avança un officier d'une voix étranglée.

— Si nous ne tentons rien, nous serons massacrés. Prendre l'initiative est impératif.

— Qui succédera à Apophis ? demanda Abéria.

La question sema le trouble. L'Asiatique et le général cananéen échangèrent des regards suspicieux.

— On a le temps de voir, préconisa un autre officier.

— Justement pas ! trancha le général. Toute improvisation

serait fatale. Par conséquent, choisissons dès maintenant notre chef, celui qui succédera au tyran Apophis.

— Plus on prend de risques, dit l'Asiatique, plus la récompense doit être belle. En tant que chef de la garde personnelle d'Apophis, n'est-ce pas moi qui courrai le plus grand danger en tentant de le supprimer ?

— Personne ne niera ton coup d'éclat, estima le général, mais gouverner l'empire hyksos exige d'autres qualités, à commencer par le contrôle de l'armée.

Plusieurs officiers hochèrent la tête affirmativement.

— Seuls les soldats cananéens t'obéiront, objecta l'Asiatique, et ils ne sont qu'une minorité. Le héros qui aura supprimé Apophis ne sera-t-il pas le meilleur fédérateur ?

— Pourquoi choisir entre vous deux ? protesta un officier anatolien. Les guerriers de nos montagnes sont sans égal, et seul l'un d'eux obtiendra la confiance de nos troupes.

— Pourquoi pas un pirate ! s'exclama le général, furieux. Si nous perdons la tête avant même de commencer cette délicate opération, c'est l'échec assuré ! Que chacun fasse ce qu'il sait faire, et nous réussirons.

— Vous avez raison, reconnut l'Asiatique, et il ne faut surtout pas nous diviser.

Un officier anatolien sursauta.

— J'ai entendu un bruit...

Les conjurés se figèrent.

— Va voir, ordonna le général en dégainant son poignard.

L'absence du soldat parut interminable. Même le général cananéen éprouvait des difficultés à respirer.

Enfin, le guetteur revint.

— Rien à signaler.

Le soulagement de chacun fut perceptible.

— Si nous ne parvenons pas à nous entendre, reprit le général, abandonnons.

— Hors de question, jugea l'Asiatique. Nous sommes allés trop loin. Alors, ne tergiversons plus ! Je tuerai Apophis, les officiers anatoliens se chargeront de Khamoudi et le général prendra la tête de l'armée hyksos. Ensuite, nous réunirons les hauts dignitaires et nous choisirons notre chef.

— Entendu, approuva le Cananéen, qu'imitèrent les autres conjurés.

Éclairée par la lumière de la lune qui venait d'apparaître entre deux nuages, Abéria se leva et s'approcha du général.

— Félicitations, lui dit-elle. Vous nous avez persuadés de tenter cette folle aventure et vous avez réussi à effacer nos dissensions. C'est pourquoi vous méritez une récompense.

Abéria posa ses mains sur les épaules du Cananéen, qui pensa que cette femme sculpturale allait l'embrasser.

Quelle ne fut pas sa surprise quand les doigts puissants d'Abéria s'enfoncèrent dans la chair de son cou !

— Meurs, chien galeux !

Le général tenta d'échapper à la furie, mais il s'agita en vain.

Elle l'étranglait.

L'épée à la main, l'Asiatique se rua sur Abéria.

Mais une volée de flèches se planta dans le dos du chef de la garde personnelle d'Apophis, tandis qu'une vingtaine de pirates chypriotes surgissaient des ténèbres pour fondre sur les conjurés qu'ils massacrèrent à coups de poignard. Malgré leur vaillance, les officiers anatoliens succombèrent sous le nombre.

Au moment où le général cananéen rendait l'âme, Khamoudi apparut.

— Beau travail, constata-t-il, la mine réjouie. Ce complot a été étouffé dans l'œuf.

Abéria cracha sur le cadavre, puis se frotta les mains.

— Notre grand roi Apophis devrait être satisfait... Et, pour moi, ce fut un plaisir.

13

Du sommet de la citadelle, Apophis contemplait le port d'Avaris, grouillant de bateaux que des milliers de marins déchargeaient avec un bel entrain. Les entrepôts regorgeaient de vin, d'huiles, de bois précieux, de bronze et de quantité d'autres produits qui faisaient de la capitale hyksos une ville richissime où l'on pouvait tout vendre et tout acheter. Le négoce explosait, chacun ne songeait plus qu'à s'enrichir en n'oubliant pas de courber l'échine devant le nouveau maître du pays.

Fondée sur la redistribution et la solidarité, la vieille économie des pharaons était anéantie. Bientôt circuleraient dans toutes les provinces d'Égypte les jarres importées de Chypre, reconnaissables à leur noir poli agrémenté d'incisions blanches. Afin d'assurer leur propagation forcée sur laquelle il touchait de substantiels bénéfices, Apophis avait fait fermer les ateliers de poterie traditionnels et offert les artisans comme esclaves à ses officiers.

Khamoudi s'inclina.

— Seigneur, l'heure approche. Voici les deux objets que vous m'avez demandés.

Il remit à Apophis une dague et une gourde.

Fabriquée par un artisan mycénien, la dague avait un pommeau d'or incisé de fleurs de lotus en argent et une lame de bronze triangulaire à la pointe acérée.

Sur la panse de la gourde de faïence bleue aux deux petites anses, une carte de l'Égypte.

Le miniaturiste avait accompli un travail exceptionnel, parvenant même à indiquer l'emplacement de la capitale de chaque province.

— Cette dague me rend invulnérable, déclara Apophis. Elle possède des pouvoirs qu'aucun adversaire ne peut annihiler. Souviens-t'en, Khamoudi, et fais-le savoir. Quant à cette gourde... Veux-tu savoir à quoi elle me sert ?

L'interpellé eut peur.

— Ce n'est peut-être pas nécessaire, seigneur...

— N'es-tu pas mon fidèle serviteur, celui qui ne me trahira jamais ? Alors, regarde.

Apophis toucha de l'index le mot « Avaris » qui se mit à briller d'une inquiétante lueur rougeâtre.

Effrayé, Khamoudi recula.

— Sois sans crainte, brave ami. Tu constates qu'il me suffit d'un doigt pour contrôler à ma guise chaque partie de ce pays qui se croyait protégé par les dieux. Pas une parcelle de la terre des pharaons ne m'échappera.

— Même Thèbes ?

Apophis sourit.

— La folie de Thèbes me distrait et m'est utile... pour le moment. Tout ce qui s'y passe m'est connu et aucune de ses initiatives, d'ailleurs si dérisoires, ne saurait aboutir.

Khamoudi comprit que l'empereur hyksos n'était pas un tyran comme les autres. Il ne disposait pas seulement d'une armée nombreuse et puissante, mais aussi de pouvoirs surnaturels contre lesquels le meilleur des guerriers était vaincu d'avance.

— Aujourd'hui est un jour aussi important que celui de

l'invasion de l'Égypte, déclara Apophis de sa voix rauque qui glaçait le sang. Les Égyptiens vont enfin comprendre que je suis leur roi et qu'ils doivent se soumettre sans le moindre espoir de recouvrer une liberté à jamais perdue. Et, comme n'importe quel peuple d'esclaves, ils finiront par m'idolâtrer. Commençons par recevoir l'hommage de nos vassaux.

Vêtu d'un long manteau rouge que serrait à la taille une ceinture ornée de motifs géométriques, Apophis pénétra lentement dans la salle de réception à six colonnes, remplie d'ambassadeurs venant de toutes les contrées de l'Empire hyksos.

Chacun était étroitement surveillé par un sbire de Khamoudi, et personne ne pourrait esquisser un geste menaçant sans être immédiatement abattu.

Apophis s'assit sur son trône, un modeste siège en pin.

Simplicité et austérité : l'empereur accréditait ainsi sa réputation de gestionnaire soucieux du bien public.

Débuta aussitôt la procession des ambassadeurs.

À tour de rôle, ils déposèrent aux pieds d'Apophis des richesses caractéristiques de leur pays. S'entassèrent des pierres précieuses, des pots d'onguent, des bracelets d'archer, des boucliers, des poignards... Mais Apophis ne manifestait aucun signe d'intérêt, tant il était impatient de voir les cadeaux de l'ambassadeur crétois. La grande île avait conclu un traité d'alliance avec les Hyksos, mais que valait sa parole ? Seule l'ampleur de ses présents traduirait la réalité de son engagement.

Le diplomate s'avança, suivi d'une dizaine de ses compatriotes aux cheveux noirs et au nez droit. Ils portaient un pagne échancré, bordé d'un galon et décoré de losanges.

L'ambassadeur salua.

— Que notre souverain reçoive l'hommage de la Crète. Elle le reconnaît comme empereur du plus vaste territoire qu'un monarque ait jamais dominé. Puisse Apophis le gouverner avec grandeur.

Les Crétois offrirent des lingots et des anneaux d'or, des épées, des coupes et des vases en argent dont certains avaient la forme de têtes de lion et de taureau.

Des murmures admiratifs parcoururent l'assistance. C'était un fabuleux trésor.

— J'accepte cet hommage, déclara Apophis. Désormais, la Crète n'aura rien à craindre de l'armée hyksos. Que des tributs me soient régulièrement apportés, et je serai le meilleur défenseur de mes vassaux crétois.

Les pharaons ne conservaient à la cour que dix pour cent des tributs et reversaient le reste dans le circuit marchand. Apophis faisait exactement l'inverse, de manière à enrichir la caste dirigeante pour s'assurer sa dévotion. Bien entendu, ce secret d'État était l'un des mieux gardés, et Khamoudi ne cessait de vanter la générosité de son maître et sa volonté inébranlable de mettre les plus humbles à l'abri du besoin.

En cet instant, Apophis ne songeait pas aux profits que lui procurait sa position, mais à l'immense empire dont il devenait le possesseur.

Il régnait sur l'Égypte, la Nubie, la Palestine, le Liban, la Syrie, Chypre, les Cyclades, la Crète, l'Anatolie et une partie de l'Asie. Dans toutes ces régions circulaient des jarres ovoïdes de type cananéen, d'une contenance moyenne de trente litres, dont la présence marquait la suprématie commerciale des Hyksos. À leur seule vue, on savait qu'Apophis détenait le pouvoir et ne tolérait aucune insoumission.

— Je gouvernerai sans Maât, la déesse des vaincus, annonça-t-il, et j'imposerai partout la puissance de Seth que moi seul sais contrôler. Les Hyksos ont terrassé les Égyptiens et moi, Apophis, je suis le nouveau pharaon, le fondateur d'une lignée qui éclipsera les précédentes. Mes noms de couronnement sont « l'aimé de Seth », « Grande est la puissance de Râ », « Grande est sa vaillance victorieuse », car même le soleil répond à mes désirs. Je deviens ainsi le roi de la Haute et de la Basse-Égypte et, chaque fois que mon nom sera écrit ou prononcé, il sera suivi du triple vœu : « Vie, épanouissement, cohérence*. »

En prenant soin de ne pas lever les yeux vers son seigneur, Khamoudi lui présenta une amulette *ânkh* en forme de croix ansée, qu'Apophis accrocha à la chaîne en or passée autour de son cou.

— Cette amulette en lapis-lazuli me révèle les secrets du ciel et de la terre, affirma l'empereur, et elle me confère le droit de vie et de mort sur mes sujets.

L'assistance était abasourdie.

Qui aurait pu imaginer qu'Apophis se proclamerait Pharaon en adoptant des noms et des titres traditionnels, infligeant ainsi une ultime blessure à l'âme égyptienne ?

Chacun comprit qu'il se trouvait en présence d'un chef de guerre impitoyable, décidé à éradiquer l'antique culture après l'avoir dépouillée. À l'évidence, mieux valait se soumettre plutôt que de provoquer sa fureur, d'autant plus que l'armée hyksos ne cessait de se renforcer, tant en hommes qu'en matériel.

S'ouvrait une ère nouvelle au cours de laquelle la force primerait, qu'elle fût militaire ou économique. Et comme Apophis en était le maître absolu, il ne restait plus qu'à lui obéir.

Seul le vieil ambassadeur de Nubie osa formuler une réticence.

— Pour être un authentique pharaon, Majesté, il ne suffit pas de choisir des noms de couronnement. Encore faut-il les

* *Ânkh, oudja, seneb,* souvent traduit de manière approximative par « Vie, santé, force ».

faire reconnaître par les dieux en les inscrivant sur l'arbre de la connaissance, à Héliopolis.

Khamoudi aurait volontiers tranché la langue de l'insolent, mais les Nubiens étaient ombrageux et Apophis avait intérêt, pour quelque temps encore, à les traiter avec déférence.

L'empereur hyksos garda son calme.

— Tu as raison, mon ami. Telle est bien la coutume, en effet.

— Mais alors, Majesté... Comptez-vous vous y conformer ?

— Mon règne débutera avec éclat et il éclipsera ceux qui l'ont précédé parce que les dieux me protègent. Dès demain, je me rendrai à Héliopolis où mon nom sera rendu immortel.

14

Les éléments douteux éliminés, c'était à présent Khamoudi en personne qui commandait l'impressionnante garde personnelle du pharaon Apophis. À l'abri dans son char recouvert d'un dais, le souverain ne pouvait être atteint ni par une flèche ni par une pierre provenant d'une fronde.

À l'entrée de la vieille ville sainte d'Héliopolis, l'armée hyksos avait massé quelques centaines de paysans égyptiens, contraints d'acclamer leur roi. Ceux qui ne criaient pas assez fort seraient déportés dans les mines de cuivre du Sinaï.

C'était ici, dans la cité du soleil créateur, qu'avait pris corps la spiritualité égyptienne. C'était ici que des sages avaient rédigé les textes gravés à l'intérieur des pyramides de Saqqara pour assurer la résurrection et les mutations incessantes de l'âme royale.

Apophis n'avait pas fait détruire la bibliothèque d'Héliopolis, car il comptait tirer profit du savoir des vaincus afin de mieux les dominer et d'étendre chaque jour davantage ses conquêtes. Trop engagés dans leur recherche de la sagesse et de l'harmonie sociale, les Égyptiens avaient oublié l'essentiel : seule la force donnait la victoire.

Sur le parvis du temple principal d'Héliopolis, seul sous le soleil, le grand prêtre.

Le crâne rasé, vêtu d'une peau de panthère ornée de dizaines d'étoiles d'or, il tenait dans la main droite un sceptre de consécration.

Apophis descendit de son char.

— Que savons-nous de cet insolent ? demanda-t-il à Khamoudi.

— C'est un érudit attaché aux anciennes croyances et considéré par ses pairs comme le gardien de la tradition.

— Qu'il s'incline devant son roi.

Khamoudi transmit l'ordre, mais le vieux prêtre demeura droit comme une statue de l'Ancien Empire.

Maîtrisant difficilement sa fureur, Apophis s'avança.

— Ignores-tu le châtiment auquel tu t'exposes ?

— Je ne m'incline que devant un pharaon, répondit le grand prêtre.

— Eh bien, j'en suis un ! Et je viens précisément inscrire mes noms de règne sur l'arbre de la connaissance.

— Si vous êtes ce que vous prétendez être, tel est bien votre devoir. Suivez-moi.

— Moi et mes hommes vous accompagnons, intervint Khamoudi.

— Hors de question, objecta le grand prêtre. Seul Pharaon peut approcher de l'arbre sacré.

— Comment oses-tu...

— Laisse, Khamoudi ! Moi, Apophis, je me conformerai aux usages.

— C'est trop dangereux, seigneur !

— Si l'on perpétrait un attentat contre ma personne, le grand prêtre d'Héliopolis sait que tous les temples seraient rasés et les ritualistes exécutés.

Le vieillard hocha la tête.

— Je te suis, grand prêtre.

Apophis n'éprouva aucune émotion en pénétrant dans le

grandiose sanctuaire qui avait accueilli en son sein tous les pharaons de l'Ancien et du Moyen Empire.

Quelques instants, l'atmosphère recueillie de ces lieux où l'on vénérait encore Maât, déesse de la rectitude, provoqua un léger trouble ; pour le dissiper, l'empereur hyksos évita de regarder les bas-reliefs et les colonnes de hiéroglyphes qui, même hors de la présence humaine, affirmaient la présence des puissances créatrices et célébraient le rituel.

Le grand prêtre s'engagea dans une vaste cour à ciel ouvert au centre de laquelle trônait un perséa géant aux feuilles lancéolées.

— Cet arbre a été planté au début du règne du pharaon Djéser, le créateur de la pyramide à degrés, expliqua le grand prêtre, et sa longévité défie le temps. Sur les feuilles de l'une de ses branches maîtresses sont inscrits les noms des pharaons dont le règne a été approuvé par les divinités.

— Trêve de discours ! Donne-moi de quoi inscrire le mien.

— Il s'agit d'un rite aux exigences précises : vous devez porter la coiffe antique, placer à votre front un uræus en or, vous vêtir d'un pagne court, vous prosterner et...

— Cesse de divaguer, vieillard ! L'empereur hyksos ne se soumet pas à des rites désuets. Donne-moi de quoi écrire sur les feuilles, et il suffira.

— Pour que la tige des millions d'années continue à croître, vous devez utiliser le pinceau du dieu Thot. L'acceptez-vous ?

Apophis haussa les épaules.

Le vieux prêtre s'éloigna lentement.

— Où vas-tu ?

— Prendre ce pinceau dans le trésor du temple.

— Ne me joue pas un mauvais tour, sinon...

Apophis regretta de s'être privé de toute protection. À la place du grand prêtre, il aurait improvisé un guet-apens. Mais les adeptes des anciens cultes désapprouvaient le crime. Ils croupissaient dans leur monde irréel où l'illusion de Maât continuait à les faire rêver !

Le vieillard revint, porteur d'un coffret en acacia.

À l'intérieur, un matériel de scribe : une palette avec des trous pour les encres rouge et noire, des godets remplis d'eau et un pinceau.

— Diluez le petit pain d'encre noire avec un peu d'eau, trempez votre pinceau et écrivez.

— Acquitte-toi toi-même de ces tâches médiocres !

— Je peux préparer le pinceau, mais c'est à vous de le manier.

Apophis s'en saisit et tenta d'écrire son premier nom, « l'aimé de Seth », sur une feuille large et longue.

Mais aucun signe ne s'inscrivit.

— Ton encre est de mauvaise qualité !

— Je vous garantis que non.

— Dilue la rouge.

Le grand prêtre s'exécuta, mais le résultat fut identique.

— Tu te moques de moi, vieillard !

— Il faut vous rendre à l'évidence : l'arbre de la connaissance refuse vos noms, car les dieux ne vous admettent pas dans la lignée des pharaons.

— Va immédiatement me chercher des pains d'encre neufs.

— Comme vous voudrez...

Apophis ne trépigna pas longtemps. Il constata que le nouveau pain d'encre noire n'avait jamais servi.

— Ne tente plus jamais de m'abuser avec des produits défectueux, vieillard ! En ce jour de gloire pour les Hyksos, je te pardonne ta malveillance, mais ne compte plus jamais sur ma clémence.

La nouvelle tentative d'inscription sur la feuille de l'arbre se solda par un nouvel échec.

— L'encre n'est pas responsable, observa le grand prêtre. Vous n'êtes pas pharaon et vous ne le serez jamais.

Apophis considéra l'Égyptien avec une haine glaciale.

— Tu jettes un maléfice avec ton sceptre... C'est ça, c'est bien ça !

Le Hyksos l'arracha des mains du vieillard et le brisa en deux.

— Voilà ce que j'en fais, de ta pauvre magie ! À présent, l'arbre m'acceptera.

Mais le pinceau glissa sur la feuille sans laisser aucune trace.

Apophis l'écrasa du talon.

— Qui est autorisé à pénétrer dans cette cour et à lire les noms des pharaons ?

— Seul le grand prêtre d'Héliopolis.

— Consens-tu à faire figurer mon nom dans les annales de ce temple ?

— Impossible.

— Ne tiendrais-tu pas à la vie, vieillard ?

— Mieux vaut mourir en rectitude que de vivre en parjure.

— Tu es l'unique témoin du refus de l'arbre... Tu dois donc disparaître.

Apophis dégaina sa dague et la planta dans le cœur du grand prêtre, qui n'avait pas esquissé un geste de défense.

— Je commençais à être inquiet, seigneur... Tout s'est-il bien passé ?

— À merveille, Khamoudi. Mon nom est désormais préservé pour l'éternité sur l'arbre de la connaissance, en lettres bien plus grasses que celles de mes prédécesseurs. Les divinités se sont prosternées devant moi, et nous n'avons plus rien à craindre des sortilèges égyptiens. Que des festivités soient organisées pour que le peuple puisse acclamer son nouveau pharaon.

— Je m'en occupe immédiatement. Rien d'autre, seigneur ?

— Fais disparaître tous les prêtres de ce temple, ferme ses portes et que plus personne n'y pénètre. Ainsi mes noms de couronnement demeureront-ils hors de portée des regards humains.

15

Ahotep enserra ses cheveux noirs dans un bandeau vert dont la couleur était identique à celle de ses yeux. Orné de discrètes fleurs de lotus, il lui avait été offert par sa mère lorsqu'elle avait eu ses premières règles.

Vêtue comme une paysanne, elle se dirigea vers l'embarcadère.

— Princesse...

— Que veux-tu, Séqen ?

— Si vous partez en voyage, il vaut mieux éviter le Nil. Il est colérique, ces jours-ci. La meilleure solution, ce sont les chemins de campagne. Pour porter le nécessaire, je dispose du meilleur auxiliaire de toute la région.

Séqen désigna un superbe âne gris au museau et au ventre blancs. Ses naseaux étaient larges, ses oreilles immenses et ses yeux d'une vive intelligence.

— Vent du Nord est un colosse. Il pèse près de trois cents kilos, en porte une centaine sans fatigue et vivra une quarantaine d'années. Il sait deviner le meilleur itinéraire et détecter une présence hostile. Dans les deux paniers, j'ai mis des nattes, des couvertures, des sandales, du pain, du poisson séché, des oignons et des outres d'eau.

— Me prêtes-tu ton âne ?

— Il n'obéit qu'à moi, princesse.

— Je vais à Coptos, puis à Gebelein. C'est dangereux, Séqen.

— Je vous ai déjà dit que je voulais me battre et je n'ai pas changé d'avis, au contraire. Nous passerons pour un couple de paysans et nous serons beaucoup moins visibles qu'une jeune femme seule. Et si nous faisons de mauvaises rencontres, je vous défendrai.

« Comment ce garçon maigre et timide y parviendrait-il ? » s'interrogea Ahotep.

Mais son argument à propos du couple avait du poids.

— Rieur gardera votre mère pendant notre absence, ajouta Séqen. Sous sa protection, elle ne risque rien.

— En route, décida Ahotep.

Les oreilles de Vent du Nord se dressèrent, l'âne se figea.

Au loin, sur la rive droite du Nil, à l'endroit où le fleuve décrivait une large courbe vers l'est, s'étendait la ville de Coptos, placée sous la protection du dieu Min, garant de la fertilité de la nature et patron des explorateurs du désert.

Située à deux cents kilomètres de la mer Rouge, porte de l'Est africain et de la péninsule arabique, Coptos était le principal comptoir de minéraux du pays. On y trouvait des quartz, des jaspes, des émeraudes, des obsidiennes, des brèches, des porphyres, et l'on y négociait aussi de la malachite, des aromates, des résines et même de l'ivoire.

— Pourquoi Vent du Nord refuse-t-il d'avancer ? demanda Ahotep.

Séqen caressa la tête de son âne, mais ce dernier demeura immobile.

— Il y a du danger, tout près ; mieux vaudrait changer de direction.

— Je veux savoir si Coptos est aux mains des Hyksos.

— Alors, attendez-moi ici.

— Ne devons-nous pas nous comporter comme un couple, Séqen ?

— Je vais parler à Vent du Nord.

Au terme d'un long palabre, l'âne accepta d'avancer, mais d'un pas très lent.

Au détour d'un bosquet de tamaris, une dizaine d'hommes armés.

Des policiers égyptiens.

— Douane de Coptos, déclara un officier. Si vous souhaitez aller vers le nord, tout le monde doit payer : hommes, femmes, enfants et même les ânes. Ce n'est gratuit que pour les soldats de l'empereur.

— Nous désirons simplement nous rendre en ville, dit Séqen d'une voix humble.

— Pour quel motif?

— Troquer des nattes contre des légumes.

— Si vous comptez échapper à la douane en passant par la ville, n'ayez aucun espoir ! Mes collègues sont présents à toutes les sorties. Et le tarif n'est pas meilleur.

— Quel est le bon chemin pour Coptos ?

— Retournez sur vos pas et empruntez le premier sentier sur votre droite. Il vous mènera à la route principale qui aboutit à la grande entrée de la ville.

Sans hâte, le couple de paysans s'éloigna sous l'œil déçu de l'officier des douanes, qui aurait bien fouillé à corps la jolie brune.

Ahotep s'attendait à une cité grouillante de commerçants et de chercheurs de minéraux, à des marchés animés par des discussions d'affaires et à des passages de caravanes en partance pour le désert... Mais Coptos était presque vide et la quasi-totalité de ses fameuses tavernes fermée.

Dans les ruelles, les rares passants marchaient vite et refusaient d'engager la conversation.

Çà et là, de petits groupes de soldats égyptiens.

Mais pas un seul Hyksos.

— J'ai un mauvais pressentiment, princesse. Ne restons pas ici.

— Nous n'avons encore rien appris ! Il doit bien exister une auberge ouverte.

Au nord de Coptos se dressait le grand temple de Min et d'Isis, entouré d'une enceinte de briques crues, mais le quartier était aussi somnolent que les autres. Bien qu'une des portes latérales de l'édifice fût ouverte, ni prêtres ni artisans n'y entraient ou n'en sortaient.

— Là-bas ! dit Ahotep. Un marchand livre des jarres...

C'était bien une « maison de bière », plutôt sordide avec ses murs crasseux et son plafond noirci par la fumée. Dans un coin, deux filles peu alléchantes se tatouaient des lézards sur les cuisses.

Un homme grassouillet à la mauvaise haleine se planta devant le couple.

— Vous voulez quoi ?

— Boire de la bière, répondit Séqen.

— Vous avez de quoi payer ?

— Une natte neuve.

— Montre-la.

Séqen la tira d'un des paniers tout en caressant Vent du Nord, qui n'appréciait pas l'aubergiste.

— Elle m'a l'air de bonne qualité, l'ami... Tout comme ton âne ! Une sacrée belle bête... Tu ne le vends pas ?

— Il m'est trop utile.

— Dommage... Et cette mignonne jeune fille, tu ne lui cherches pas du travail ? Moi, j'en aurais pour elle. Et je peux te jurer qu'elle et nous, on fera fortune ! Si son corps est aussi superbe que son visage, elle aura la meilleure clientèle de Coptos.

— On veut juste boire de la bière.

— Comme tu voudras... Mais réfléchis quand même.

Le couple s'installa près de l'entrée. Les prostituées jetèrent des regards envieux à Ahotep, pendant que le grassouillet remplissait deux coupes d'un liquide douteux.

— Je ne savais pas que Coptos était une ville aussi tranquille, dit la princesse en souriant.

— Tout a bien changé, ici. Autrefois, il y avait tellement de monde qu'on ne s'entendait même pas parler ! Des caravanes partaient, des caravanes arrivaient, on n'avait même pas le temps de prendre une journée de repos. Mais c'était le bon temps, et on gagnait bien sa vie. Maintenant, c'est le marasme. Il ne reste plus que trois tavernes et de moins en moins de clients. D'où venez-vous, tous les deux ?

— De la campagne thébaine.

L'aubergiste s'étrangla.

— Ne prononcez surtout pas le mot « Thèbes », recommanda-t-il à voix basse. Il y a des espions hyksos partout !

— Qui règne sur cette ville ? questionna Ahotep.

— Le seigneur Titi.

— Est-il à la solde des Hyksos ?

Le visage du grassouillet se ferma.

— Vous êtes qui, pour poser des questions comme ça ? Je n'en sais rien, moi, et je n'ai rien à vous dire ! Vous êtes des résistants thébains, c'est ça ? Sortez de chez moi, tout de suite ! Il n'y a jamais eu de résistants dans ma taverne et il n'y en aura jamais, dites-le haut et fort ! Allez, dehors !

Un puissant braiment fit sursauter Séqen.

— Vent du Nord !

Alors qu'il bondissait pour franchir le seuil, le jeune homme reçut un coup de bâton dans l'estomac. Le souffle coupé, il s'effondra sur lui-même.

En s'agenouillant pour le secourir, Ahotep découvrit une dizaine de soldats passablement énervés.

— À qui appartient cet âne ? demanda l'un d'eux.

— À nous, répondit la princesse.

— D'une ruade, il vient de casser le bras d'un gradé ! Suivez-moi au poste.

L'aubergiste bouscula Ahotep et s'inclina bien bas devant le milicien.

— C'est un couple de résistants thébains qui m'a menacé et qui en veut à la vie de notre seigneur Titi !

Ahotep et Séqen se relevèrent.

— Une belle prise, jugea le milicien avec un sourire féroce. On vous emmène au palais.

L'aubergiste retint le milicien par la manche de sa tunique.

— Et ma récompense ?

D'un coup de bâton, le soldat assomma son informateur.

— Tu vends trop cher ta bière infecte, espèce de porc !

16

— Deux résistants thébains dans ma bonne ville... Comme c'est intéressant, estima Titi, le maire de Coptos.

Barbu, la bedaine arrondie, la voix chargée d'agressivité, il passait son temps à maudire soldats, policiers et domestiques dans l'ancien palais royal transformé en caserne.

Mains croisées derrière le dos, il tourna autour d'Ahotep et de Séqen, auxquels les miliciens avaient mis des menottes en bois.

— Qui êtes-vous... réellement ?

— Des paysans, répondit Séqen.

— Toi, peut-être, mais elle, sûrement pas ! Avec un visage et des mains aussi soignés, c'est une fille de famille... de très bonne famille.

— J'accepte de parler, dit Ahotep, mais seule à seul. Et à condition qu'on ne fasse aucun mal à mon compagnon.

— Intéressant... Une résistante qui pose ses conditions, très intéressant. Tu m'amuses, petite. Sortez tous d'ici et jetez-moi ce gaillard en prison.

La salle d'interrogatoire était sinistre.

Murs décrépits, lits en bois maculés de taches de sang séché, fouets accrochés au mur... Mais Ahotep parvenait à dompter sa peur. Elle n'avait pas affronté la déesse Mout pour finir torturée dans un pareil endroit et elle en avait assez d'être prisonnière dans son propre pays.

— Libère-moi immédiatement !

Le maire de Coptos se tâta le menton.

— Pour quelle raison t'obéirais-je, demoiselle ?

— Parce que je suis la princesse Ahotep, fille de la reine Téti la Petite, ta souveraine.

Stupéfait, Titi observa longuement la magnifique jeune femme.

— Si tu es bien ce que tu prétends être, tu dois pouvoir me décrire le palais de Thèbes et écrire le début du *Conte de Sinouhé* que ton précepteur t'a forcément fait lire.

— Libère-moi et je te donnerai satisfaction.

— Je dois d'abord te fouiller.

— Si tu oses me toucher, tu t'en repentiras !

Subjugué par l'aplomb d'Ahotep, Titi prit l'avertissement au sérieux.

— Alors, décris-moi le palais.

La princesse s'exécuta.

— Le nom de l'intendant ?

— Qaris.

Le maire ôta les menottes, puis présenta à la jeune femme un morceau de papyrus et un pinceau.

D'une écriture fine, rapide et précise, Ahotep dessina les hiéroglyphes qui formaient le début du célèbre *Sinouhé.* Le roman d'aventures racontait la fuite d'un dignitaire redoutant d'être accusé, à tort, d'avoir participé à un complot contre son roi.

— Allons dans un endroit plus agréable, proposa Titi.

— Fais immédiatement libérer mon compagnon.

— Mes policiers vont le sortir de la cellule et lui donner à manger.

L'ancien palais royal de Coptos était délabré. Voilà bien longtemps qu'un pharaon n'avait pas séjourné dans cette ville, et la majeure partie des appartements, inoccupée, n'avait fait l'objet d'aucune réfection.

Le maire se contentait d'une petite salle d'audience à deux colonnes, d'un bureau et d'une chambre à coucher dont les fenêtres donnaient sur la cour où bivouaquait sa garde rapprochée. Datant de l'heureuse et prospère XIIe dynastie, le mobilier était admirable : chaises et fauteuils aux formes sobres, élégantes tables basses, supports de lampes d'une rare finesse.

— Je suis ému de rencontrer notre dernière princesse, déclara Titi en versant de la bière fraîche dans deux coupes. À dire vrai, j'avais entendu prononcer votre nom, mais je me demandais si vous existiez vraiment. Pardonnez-moi pour la qualité déplorable de ce breuvage, mais les meilleurs brasseurs de la ville ont été réquisitionnés par l'empereur.

— Coptos est-elle occupée par les Hyksos ?

— Ils se contentent de tournées d'inspection, car j'ai réussi à leur faire croire que j'étais un allié très sûr. Mais ils ne sont pas stupides au point de m'accorder une confiance totale ! C'est pourquoi ils organisent eux-mêmes les expéditions dans le désert sans me laisser le moindre droit de regard sur les minéraux recueillis. Je redoute que Coptos, comme la plupart des cités importantes du pays, ne devienne bientôt une ville de garnison. Les marchés se meurent et les habitants mangent à peine à leur faim. Grâce à mes bonnes relations avec l'empire, j'obtiens encore une quantité suffisante de céréales, mais pour combien de temps ?

— As-tu organisé un réseau de résistants ?

— Impossible, princesse. Il y a des mouchards partout, y compris dans ce palais. Le mois dernier, dix paysans soupçonnés d'être prothébains ont été décapités. Cette barbarie a semé l'épouvante, et plus personne n'a envie de jouer au héros. Tout ce que je peux faire, c'est feindre l'amitié avec l'occupant pour épargner à la population davantage de malheur. L'année dernière, j'ai encore réussi à célébrer la grande fête de Min, mais en secret, à l'intérieur du temple et avec quelques prêtres capables de garder le silence. Ces courtes heures nous avaient redonné l'espoir de voir refleurir nos traditions, même dans un lointain avenir, mais il fut vite dissipé. Chaque jour, l'occupation devient plus rude.

— C'est pourquoi il ne faut plus rester passif, décréta Ahotep.

— Que préconisez-vous, princesse ?

— Thèbes va relever la tête et les autres cités suivront.

— Thèbes... Mais de quels moyens militaires dispose-t-elle ?

— Ils paraissent dérisoires parce que aucun esprit de corps n'anime nos troupes. Mais la situation changera, je te le garantis ! Je suis persuadée que les hommes courageux ne manquent pas et qu'il faut simplement leur insuffler le désir de se battre.

— Est-ce l'intention de la reine ?

— Je saurai la convaincre.

— C'est un projet audacieux, princesse... Je dirais même : insensé. Les maigres forces thébaines seront vite écrasées par l'armée hyksos.

— Je n'envisage pas un choc frontal ! Il faut d'abord faire circuler l'information : Thèbes ne renonce pas à lutter et la résistance s'amplifiera. Es-tu prêt à m'aider, Titi ?

— Je vous le répète : c'est insensé. Mais qui ne serait pas séduit par votre enthousiasme ? En vous écoutant, j'ai l'impression de redevenir jeune !

Le sourire d'Ahotep n'aurait-il pas vaincu les réticences des plus sceptiques ?

— Continue à faire croire aux Hyksos que tu es leur allié,

recommanda-t-elle, et entoure-toi de patriotes prêts à donner leur vie pour libérer l'Égypte.

— Ce ne sera pas facile...

— Jusqu'à la chute du tyran, rien ne sera facile ! Mais il faut avancer, coûte que coûte. Ne pourrais-tu tenter de rallier à notre cause les villages autour de Coptos ?

— Risqué, très risqué !

— Quand je reviendrai, nous réunirons nos partisans dans le temple et nous préparerons une avancée vers le nord.

— Les dieux vous entendent, princesse !

Titi parut contrarié.

— Si vous sortiez libres de ce palais, vous et votre serviteur, reprit-il, un mouchard hyksos ne manquerait pas de prévenir ses supérieurs. Je suis donc obligé de vous faire expulser de la ville par mes soldats, tels des marchands indésirables. Surtout, princesse... ne tardez pas à revenir !

Ils étaient quatre.

Quatre grands gaillards mal rasés, armés d'épées courtes, qui encadraient Ahotep et Séqen, suivis de Vent du Nord.

Sur leur passage, les habitants de Coptos fermèrent leur porte. Affolés, une femme et son enfant déguerpirent.

— Où nous emmenez-vous ? demanda Séqen.

— À la sortie sud de la ville. Là-bas, on est certain qu'il n'y aura pas de guetteurs hyksos. On vous mettra sur le chemin de Thèbes et vous rentrerez tranquillement chez vous... à condition de ne pas faire de mauvaises rencontres !

Ses trois acolytes éclatèrent d'un rire gras.

— Heureusement qu'on vous accompagne, car le coin n'est vraiment pas sûr. Avec tous ces lâches d'Égyptiens qui ne songent qu'à détrousser les voyageurs...

Séqen se révolta.

— Que viens-tu de dire ?

— T'as pas bien entendu, l'ami ?

— D'où viens-tu, soldat ?

L'interpellé eut un sourire ironique.

— Ben... Comme mes camarades, d'une caserne d'Avaris où l'on nous a appris que les bons Égyptiens étaient des Égyptiens morts.

Tête baissée, Vent du Nord percuta un milicien hyksos et lui brisa les reins. Puis, d'une ruade bien calculée, il défonça la poitrine de son voisin. Surpris, les deux autres se tournèrent vers l'âne, laissant à Séqen le temps de s'emparer d'un poignard et de trancher la gorge du bavard.

Le dernier milicien tenta de s'enfuir, mais Séqen se jeta sur lui. Malgré la différence de poids, il parvint à le renverser face contre terre et à lui planter sa lame dans la nuque.

17

Séqen se releva, très calme.

Ahotep lui sauta au cou.

— Tu as été héroïque !

— Sans l'intervention de Vent du Nord, nous aurions succombé.

La princesse s'écarta et regarda le jeune homme avec d'autres yeux.

— C'est ta première victoire, Séqen.

— Je n'ai pas eu le temps d'avoir peur, tellement j'étais fou de rage contre cette canaille de Titi ! C'est lui qui nous a vendus à ces miliciens hyksos. Retournons à Coptos et supprimons-le.

— Et s'il n'était pas coupable ?

— Ne niez pas l'évidence, princesse !

— Il m'a paru sincère et décidé à mettre en œuvre le plan que nous avons conçu. N'aurait-il pas été trahi par ses propres hommes qu'il croyait fidèles ? Les Hyksos se sont infiltrés partout, et Titi lui-même m'a révélé que Coptos était remplie de mouchards.

Séqen fut ébranlé.

— Alors, ce ne serait pas lui qui aurait organisé ce guet-apens ?

— Peut-être pas...

— Vous avez quand même un doute !

— Je n'ai pas le droit d'être naïve, Séqen.

Avec gravité, la princesse contempla les quatre cadavres.

— La première bataille remportée sur l'ennemi : n'est-ce pas un moment extraordinaire ? Ces Hyksos nous prenaient pour des proies faciles, condamnées à l'abattoir, et ce sont eux qui gisent là, sans vie. Puisse leur maudit empereur commettre la même erreur !

— Notre armée n'est encore composée que d'une princesse, d'un âne et d'un guerrier novice, rappela Séqen.

Ahotep posa doucement ses mains sur les épaules du garçon.

— Ne comprends-tu pas que la magie vient de changer de camp ? Nous ne subissons plus, nous luttons et nous gagnons !

Un trouble étrange envahit Séqen.

— Princesse, je...

— Mais tu frissonnes ! La réaction après le combat... Ça va passer.

— Princesse, je voulais vous dire...

— Ne laissons pas ces corps en vue. Traînons-les dans les roseaux, au bord du Nil. Vautours, crocodiles et rongeurs se chargeront de les faire disparaître.

Précédé par Vent du Nord, le couple passa à l'est de Thèbes, à la limite du désert et des cultures, puis le trio obliqua vers le fleuve, avec l'espoir d'emprunter une barque qui les conduirait à Gebelein, une trentaine de kilomètres au sud.

Ahotep fut étonnée de voir aussi peu de paysans au travail. Une majorité de champs paraissait à l'abandon, et l'on n'entendait aucun des flûtistes qui, naguère, rythmaient les travaux agricoles. À l'évidence, les exploitants n'avaient plus le cœur à l'ouvrage et se contentaient du minimum.

Les voyageurs ne croisèrent ni militaires ni policiers. La région thébaine était livrée à elle-même, sans aucune protection. Lorsque les Hyksos décideraient d'attaquer la cité du dieu Amon, ils ne rencontreraient pas la moindre résistance.

Consternée et furieuse, Ahotep prenait conscience de la gravité de la situation. La dernière province libre d'Égypte avait courbé l'échine, vaincue d'avance en attendant le déferlement des envahisseurs.

Vent du Nord sortit d'un sentier trop dégagé pour se frayer un chemin à travers des bosquets de papyrus. Il s'immobilisa à une enjambée du fleuve, bien caché par un rideau végétal.

Ahotep et Séqen comprirent vite les raisons de cette prudence : au milieu du Nil voguait un bâtiment de guerre hyksos ! À la proue et à la poupe, plusieurs guetteurs observaient les rives.

Ainsi, la marine de l'occupant circulait sans aucune opposition en direction du grand sud et de la Nubie, et elle passait, goguenarde, devant une Thèbes impuissante !

— Empruntons une piste du désert, préconisa Séqen. Sur le fleuve, nous serions vite repérés.

Haut d'une dizaine de mètres, le caroubier au feuillage dense offrit aux deux Thébains et à l'âne un abri idéal pour observer la forteresse hyksos de Gebelein.

Allongés côte à côte, Ahotep et Séqen étaient éberlués.

Comment imaginer une pareille monstruosité, si près de Thèbes ?

Des murs épais, un chemin de ronde, des tours carrées, des fossés... telle se présentait l'impressionnante bâtisse en briques devant laquelle des Asiatiques s'exerçaient au maniement de la lance.

Jamais l'Égypte n'avait connu de fortifications aussi massives.

— Et ce n'est que Gebelein, murmura Séqen. Imaginez-vous Avaris, princesse ?

— Au moins, nous savons à quoi nous nous heurtons.

— Cette forteresse est imprenable... Et combien y en a-t-il comme elle, à travers tout le pays ?

— Nous les détruirons une à une.

Deux Asiatiques cessèrent de s'entraîner et regardèrent dans la direction du caroubier.

— Ils nous ont repérés !

— Le feuillage nous cache parfaitement, objecta Ahotep. Ne bougeons surtout pas.

Les deux Hyksos se dirigèrent vers l'arbre.

— Si nous tentons de fuir, murmura Séqen, ils nous frapperont dans le dos. Et si nous restons ici, ils nous cloueront au sol.

— Prends le plus grand, je m'occupe de l'autre.

— Le combat va attirer leurs camarades, nous n'avons aucune chance. Mais je vous défendrai jusqu'au bout, comme je l'ai promis, parce que... parce que je vous aime.

Un papillon jaune orangé, à la tête noire parsemée de taches blanches, se posa sur le front d'Ahotep.

Les Asiatiques n'étaient plus éloignés que d'une dizaine de pas.

Ahotep prit tendrement la main de Séqen, qui fut brutalement transporté dans un rêve. Il en oublia le danger, pourtant si proche, et ferma les yeux pour mieux goûter cet instant inespéré.

Après avoir échangé quelques mots, les deux Hyksos firent demi-tour.

— Ce papillon s'appelle le monarque, précisa Ahotep. Les oiseaux ne l'attaquent ni ne le mangent. En se posant sur moi, il m'a rendue indétectable !

Puisqu'ils venaient d'échapper à un grand péril, les deux jeunes gens se conformèrent à la coutume en s'embrassant quatre fois le dos de la main. Ils restèrent l'un près de l'autre jusqu'au coucher du soleil, qui vit les soldats hyksos rentrer dans leur forteresse.

— Es-tu bien conscient de ce que tu as dis, Séqen ?

Faisant preuve d'un courage dont il ne se serait pas cru capable, le jeune homme reprit la main de la princesse.

— Ce que j'éprouve pour vous ressemble à tous les soleils. Un sentiment à la fois exaltant comme celui de l'aube qui redonne la vie, brûlant comme celui de midi et doux comme celui du soir. Dès que j'ai eu la chance de vous voir, je vous ai aimée.

— Aimer... Est-il encore possible d'aimer alors que l'Égypte souffre mille morts ?

— Sans l'amour, aurons-nous la force de lutter jusqu'à la mort ? C'est pour mon pays que je combattrai, mais aussi pour vous.

— Partons d'ici, décida la princesse.

Vent du Nord glissa si délicatement ses sabots sur le sol qu'ils ne firent aucun bruit.

Tous les sens en éveil, Ahotep et Séqen redoutaient de se heurter soit à une patrouille hyksos, soit à des paysans égyptiens qui, s'estimant menacés, les attaqueraient sans se soucier de leur identité. Et il fallait aussi se méfier des serpents en chasse.

À plusieurs reprises, l'âne s'arrêta pour humer l'air avec ses naseaux.

Les nerfs à vif, Séqen se sentait capable de terrasser des géants afin de sauver la vie de la princesse. Et il se promit, s'il rentrait indemne à Thèbes, de s'entraîner avec tant d'intensité et de rigueur qu'il deviendrait le meilleur soldat d'Égypte.

Enfin, les faubourgs de la cité d'Amon.

Malgré la peur, Séqen regrettait que ce voyage ne durât pas toujours. Il avait vécu avec elle, près d'elle, et elle ne lui accorderait plus jamais un tel privilège. Comme il avait été insensé, lui, l'homme du peuple, de révéler ainsi ses sentiments à une princesse ! Choquée par son impudence, elle le chasserait du palais.

Baignée de la lumière de la lune, Ahotep était d'une beauté divine.

Les gardes de la résidence royale la saluèrent.

— Nourris Vent du Nord et va te reposer, dit-elle à Séqen. Moi, j'ai besoin de réfléchir.

18

L'Afghan et son bras droit, le Moustachu, jetèrent les grappes de raisin dans la cuve puis y pénétrèrent pour les fouler aux pieds. Le jus commença à s'écouler par une ouverture latérale et un vigneron, membre de leur réseau, le recueillit dans une jarre en terre cuite.

Les membres du petit groupe de résistance avaient quitté Avaris, où le quadrillage policier était si dense qu'il ne leur permettait plus de se réunir sans risquer d'être dénoncés et arrêtés. L'Afghan avait pourtant laissé dans chaque quartier quelques indicateurs, qu'il contacterait à intervalles irréguliers afin de ne pas attirer l'attention de la police hyksos.

Dans la capitale, contrôlée d'une poigne de fer par les sbires de Khamoudi, presque tous les Égyptiens, réduits en esclavage, avaient perdu l'espoir. Mais il en restait encore quelques-uns décidés à se battre jusqu'au bout.

Dans les campagnes du Delta, la cruauté de l'occupation n'était pas moindre ; mais les paysans se révélaient plus difficiles à encadrer que les citadins. L'Afghan avait été surpris par leur refus de la tyrannie et leur volonté inébranlable de s'en délivrer. Malheureusement, ils n'étaient pas des soldats et ne pourraient former qu'une armée dérisoire face aux régiments hyksos.

Comme il le répétait souvent aux membres de son réseau, la seule stratégie raisonnable était la patience, doublée d'une vigilance sans faille. Il fallait convaincre peu à peu les maires des villages, les petits patrons des exploitations agricoles, sonder chaque candidat à la résistance pour savoir s'il possédait les dispositions requises et s'il n'était pas un espion hyksos tentant de s'infiltrer.

Suivi par ses hommes, l'Afghan préférait un petit groupe soudé et sûr à un trop grand nombre de partisans incontrôlables et faciles à repérer.

En priorité, il était essentiel d'éliminer un maximum d'informateurs hyksos afin que l'empereur devienne progressivement sourd et aveugle.

— Ce sera du bon vin, prédit le Moustachu. Hélas ! la quasi-totalité de la production est destinée à l'occupant et à l'exportation. Les Égyptiens sont condamnés aux travaux forcés, contraints de produire chaque jour davantage, et ils crèvent de faim !

— Ne te lamente pas, ami.

— Apophis vient de se faire couronner pharaon, et il n'a jamais été aussi puissant ! Son empire ne cesse de croître et son armée de se renforcer.

— Tu dis vrai.

— Comment peux-tu rester aussi solide qu'un roc ?

— Si je veux récupérer ma fortune et rétablir un commerce normal entre mon pays et l'Égypte, il n'y a pas d'autre solution que de terrasser les Hyksos. Et je suis plus têtu qu'un âne rétif.

— Au fond de toi-même, tu sais bien que nous n'avons aucune chance.

— C'est une question que je ne me pose pas, et tu devrais m'imiter. Notre homme est-il arrivé ?

— Il vient d'apporter les sacs.

— Belle recrue en perspective, non ?

— Ça, tu peux le dire ! Il possède trois bateaux, deux cents vaches, une palmeraie, et il fait travailler plus de cent cinquante paysans qui lui obéissent comme un seul homme. Il nous offre un abri sûr et une forge où nous pourrons fabriquer des armes.

L'Afghan et le Moustachu sortirent du pressoir. L'Égyptien ne résista pas au plaisir de boire du jus de raisin pendant que son compagnon se nettoyait.

À proximité, une cuve était destinée à recueillir le liquide qui s'écoulerait des sacs dans lesquels on pressait le moût selon une technique ancestrale.

Le futur résistant était un sexagénaire aux cheveux blancs et au visage autoritaire.

— C'est toi, l'Afghan ?

— C'est bien moi.

— Et c'est toi, un étranger, qui as pris la tête d'un réseau de résistance égyptien !

— Ça te déplaît ?

— Je déplore qu'aucun d'entre nous n'ait ce courage... Sais-tu ce que tu risques ?

— Il n'y a rien de pire que la pauvreté et le déshonneur. Dans mon pays, j'étais un homme riche et considéré. À cause des Hyksos, j'ai tout perdu. Ils me le paieront au prix fort.

— Ne t'attaques-tu pas à trop forte partie ?

— On voit que tu ne connais pas les Afghans ! Personne ne les a jamais vaincus et personne ne les vaincra jamais. Dis donc... On devrait continuer à travailler. L'endroit paraît tranquille, mais je me méfie.

Le Moustachu fixa un sac rempli de moût aux extrémités de deux perches.

— Comment procède-t-on ? demanda l'Afghan.

— On dispose nos perches en croix et on les fait tourner au-dessus de la cuve.

— Encore faut-il maintenir le bon écartement entre elles, précisa le sexagénaire. Voilà longtemps que je ne me suis plus amusé à ce genre d'exercice... Ainsi, nous aurons l'air de trois parfaits vignerons !

Avec agilité, il grimpa sur les perches que tenaient les deux résistants, les écarta en calant bien ses pieds et maintint son équilibre en agrippant l'une d'elles.

— Maintenant, faites-les tourner ! Le sac sera pressuré et il servira de filtre pour l'écoulement du moût.

D'abord malhabile, l'Afghan se régla sur son compagnon.

— Et toi, demanda-t-il à l'Égyptien, es-tu conscient des risques que tu prends ? Tu es un notable, l'occupant te tolère, et tu envisages pourtant de te lancer dans une aventure où tu as plus de chances de tout perdre que de triompher.

— Jusqu'à présent, j'ai louvoyé. Ça suffit. J'ai compris que cette occupation menait l'Égypte à la ruine et que, moi comme les autres, nous finirions écrasés sous les talons hyksos. Attention, ne tournez pas trop vite ! J'ai failli perdre l'équilibre...

— Es-tu vraiment sûr de tes paysans ?

— Leurs familles servent la mienne depuis plusieurs générations, et tous haïssent les Hyksos. Les Égyptiens ne sont pas des guerriers, je l'admets, mais trop de souffrances leur donneront la force qui leur manque encore.

— Ta forge... Elle est à notre disposition ?

— Il faudra ruser. La milice hyksos qui inspecte mes terres l'utilise pour réparer ses armes, mais nous parviendrons quand même à fabriquer les nôtres.

— Tu as le métal nécessaire ?

— Un petit stock.

— Comment te l'es-tu procuré ?

L'Égyptien hésita.

— Si on ne se dit pas tout et si nous n'éprouvons pas une totale confiance l'un envers l'autre, précisa l'Afghan, ce n'est pas la peine de continuer. Moi, je suis prêt à te céder le commandement du réseau, mais prouve que tu es capable de l'assumer.

À présent, les perches tournaient avec une belle régularité et le moût coulait de même.

— J'avais un contact à Avaris, avoua l'Égyptien. Un cousin qui travaillait à la grande forge de la capitale et qui avait réussi à détourner un peu de cuivre. À la suite d'un contrôle inopiné, il a été arrêté.

— Comment nous procurerons-nous la matière première ? s'inquiéta le Moustachu.

— Nous trouverons une solution, promit son compatriote. Par exemple, en truquant les bordereaux de livraison hyksos.

L'Afghan se fit incisif.

— N'aurais-tu pas eu la visite récente d'un dignitaire ?

— Si... Mais comment le sais-tu ?

— Quand on s'apprête à recruter un nouveau résistant, on le surveille. Question de sécurité...

— Bien sûr, je comprends...

— Moi, ce que je comprends moins, insista l'Afghan, c'est ton entrevue avec Khamoudi, l'âme damnée d'Apophis.

— C'est tout simple, protesta l'Égyptien. Khamoudi a visité toutes les forges de la région afin de contrôler strictement la production d'armes.

— Faux ! Il n'a visité que la tienne et il s'est longuement entretenu avec toi.

L'Afghan lâcha brusquement sa perche, le propriétaire terrien tomba lourdement sur le sol.

— Ma nuque... ! gémit-il. J'ai mal, très mal... Mais pourquoi...

— Parce que tu es un traître.

— Tu te trompes... Je te jure que tu te trompes !

— Bien sûr que non, rétorqua l'Afghan, qui reprit sa perche pour poser l'une de ses extrémités sur la gorge du blessé. Tu te gardais bien d'évoquer ton amitié avec Khamoudi... Or c'est lui qui t'a donné l'ordre de t'infiltrer dans mon réseau, toi qui es l'un des collaborateurs les plus dévoués de l'occupant ! Un peu trop voyant, pourriture... Ton patron nous croit naïfs, il a tort.

— Je te jure...

— Quelle valeur accorder à la parole d'un traître ?

Ce fut le Moustachu qui, de toutes ses forces, enfonça la perche dans la gorge de l'espion hyksos.

Le larynx broyé, il mourut en quelques instants.

— La candidature de ce type était trop belle pour être vraie, commenta l'Afghan. Au moins, notre système de sécurité a fonctionné. Ne cessons pas de le renforcer.

19

L'énorme langue du molosse lécha le visage de Séqen qui dormait à côté de son âne.

— Ah, c'est toi, Rieur...

Le chien tenta de s'asseoir sur le ventre du jeune homme. Redoutant d'être écrasé sous le poids, Séqen roula sur le côté et se releva.

Le soleil était déjà haut dans le ciel.

Perdu, Séqen ne savait plus s'il devait se rendre au palais ou quitter la ville pour échapper à la colère de la famille royale. S'il implorait le pardon d'Ahotep, peut-être le lui accorderait-elle... Mais pourquoi s'humilier ainsi ? Pour insensé qu'il fût, son amour n'avait rien de fautif ! Et il n'était pas homme à s'enfuir comme un lâche.

— Viens, Rieur, nous allons chez ta maîtresse.

À peine maquillée, vêtue d'une longue robe vert pâle, la princesse lisait des hymnes composés par des sages à la gloire des couronnes royales, considérées comme des êtres vivants qui projetaient un feu capable de vaincre les forces des ténèbres.

— Je vous ramène Rieur, déclara Séqen, la mine sombre. M'autorisez-vous à rester à Thèbes ?

Ahotep ne leva pas les yeux de son papyrus.

— Tes sentiments ont-ils changé ?

— Mes sentiments...

— Ta longue nuit t'a-t-elle fait oublier tes absurdes déclarations ?

— Non, bien sûr que non !

— Tu aurais dû réfléchir et comprendre que tu es victime d'un mirage.

— Vous n'êtes pas un mirage, princesse, mais la femme que j'aime.

— En es-tu bien sûr ?

— Sur la vie de Pharaon, je le jure !

— Il n'y a plus de pharaon, Séqen.

— Ceux qui vivent à jamais dans le ciel sont témoins de ma sincérité.

Ahotep posa le papyrus sur une table basse et regarda le jeune homme droit dans les yeux.

— Cette nuit, je n'ai pas dormi parce que j'ai sans cesse pensé à toi, avoua-t-elle. Tu me manquais.

Le cœur de Séqen battit la chamade.

— Mais, alors...

— Il est possible que je t'aime. Mais le mariage, c'est beaucoup plus grave. As-tu déjà connu une fille ?

— Non, Ahotep.

— Moi, je n'ai connu aucun garçon. Es-tu capable d'offrir le cadeau de la vierge à une princesse, à savoir des lits, des chaises, des coffres de rangement, des boîtes à bijoux et à fards, des bracelets et des bagues, des vases précieux et des tissus de première qualité qui, à sa mort, lui serviront de linceul ?

Séqen était effondré.

— Vous savez bien que non.

— Tant pis, je m'en passerai. Ma mère protestera, mais je saurai la convaincre. Précisons maintenant ce que j'exige de mon futur mari : qu'il ne soit ni avide, ni vaniteux, ni stupide, ni malhonnête, ni étroit d'esprit, qu'il ne se dorlote pas et qu'il ne soit pas sourd à la voix des dieux.

— Je m'engage à faire de mon mieux, mais je ne sais pas si...

— Tu t'engages, c'est l'essentiel. Venons-en au plus important : je veux deux fils le plus vite possible. La lutte contre les Hyksos sera longue, et je les éduquerai dans l'amour de leur pays et la volonté de le libérer. Si nous disparaissons, toi et moi, ils poursuivront notre combat.

Séqen sourit.

— J'accepte toutes ces conditions.

Leurs lèvres se rapprochèrent.

— Je ne suis pas une femme comme les autres, Séqen, et il m'est interdit de le devenir. Même si nous sommes heureux ensemble, notre existence ne sera que tumulte.

— Vous m'avez déjà appris à ne pas être un homme comme les autres. Pour vivre avec vous, je suis prêt à tous les sacrifices.

Ils s'offrirent leur premier baiser, d'abord hésitant, puis fougueux.

Les mains tremblantes de Séqen firent glisser la robe le long du corps parfait d'Ahotep, osèrent toucher sa peau parfumée et s'aventurèrent à une première caresse qui la fit frémir de tout son être.

Elle, la conquérante et la lutteuse, s'abandonna entre les bras de cet amant qui réinventait les gestes de la passion.

Et ils se donnèrent l'un à l'autre, en oubliant tout ce qui n'était pas leur désir.

Quoique légèrement souffrante, Téti la Petite reçut sa fille en présence de l'intendant Qaris.

— Tu n'as jamais été aussi rayonnante, Ahotep. Rapporterais-tu de bonnes nouvelles de ton expédition ?

— Malheureusement non, Majesté. Sur le site de Gebelein

a été construite une forteresse qui semble imprenable, sur le Nil circulent à leur guise des bateaux de guerre hyksos, et la campagne thébaine ne bénéficie d'aucune protection militaire.

— Avez-vous atteint Coptos ? demanda Qaris.

— J'y ai rencontré le maire de la ville.

— Titi ?

— Lui-même. Un curieux homme, plutôt désabusé, auquel j'espère avoir redonné le goût de se battre.

— C'est l'un de nos plus fidèles alliés, déclara l'intendant, mais son réseau de résistants a été détruit, et Titi n'a échappé à la mort qu'en se prétendant vassal de l'empereur.

— Crois-tu qu'il aurait donné l'ordre de me faire massacrer par des miliciens à la solde des Hyksos ?

— Impossible, princesse !

— Coptos sera bientôt une ville morte, prédit Ahotep, et les Hyksos y construiront probablement une forteresse comparable à celle de Gebelein. Titi ne dispose plus que d'une petite garde personnelle et il ne peut célébrer la fête de Min qu'en secret.

Qaris était accablé.

— Comme je le pensais, nous sommes encerclés. Le réduit thébain ne tardera plus à succomber.

— Je suis persuadée du contraire : il faut susciter des vocations, organiser la résistance et desserrer peu à peu l'étau.

— J'ai eu des nouvelles d'Avaris, révéla Qaris. Apophis vient de se proclamer pharaon, et ses noms de couronnement ont été inscrits sur l'arbre sacré d'Héliopolis.

— Il n'a pas osé..., balbutia Téti la Petite, frappée au cœur.

— Sous peu, Majesté, nous devrons reconnaître sa souveraineté et lui prêter allégeance. Thèbes, comme le reste des Deux Terres, n'appartient-elle pas au roi de Haute et de Basse-Égypte ?

La reine était au bord des larmes.

— Laissez-moi, tous les deux.

— Viens avec moi, mère. Je vais te prouver que l'espoir subsiste.

Prenant le bras de la reine, Ahotep la conduisit jusqu'à sa chambre dont elle ouvrit la porte avec fracas.

Allongé sur le lit, les yeux au ciel, Séqen fut si surpris qu'il eut à peine le temps de se couvrir.

— Ahotep ! Ça ne signifie pas que...

— Mais si, mère. Séqen et moi avons fait l'amour pour la première fois. Nous vivrons désormais ensemble sous le même toit, et nous sommes donc mari et femme. Mon époux te racontera lui-même comment, avec l'aide de son âne, il a terrassé quatre miliciens hyksos qui voulaient nous exécuter. Notre première victoire, Majesté !

— Ahotep, tu...

— Séqen n'appartient pas à une grande famille, mais quelle importance ? Les princesses égyptiennes épousent ceux qu'elles aiment, quelle que soit leur origine. Il n'a aucune fortune et ne peut donc m'offrir le cadeau de la vierge... Mais ne sommes-nous pas en temps de guerre ? Nos âmes et nos corps sont en harmonie, nous sommes décidés à nous battre jusqu'à la mort. N'est-ce pas l'essentiel ?

— Vous... vous voulez des enfants ?

— Nous aurons deux fils, et ils seront des guerriers aussi vaillants que leur père.

— Bien, bien...

— Nous donnes-tu ton approbation, mère ?

— C'est-à-dire que...

Avec fougue, Ahotep embrassa la reine sur les deux joues.

20

De rage, la dame Tany lança son miroir contre un mur avec l'espoir de le briser. Mais le magnifique disque en cuivre résista au choc, et l'épouse de l'empereur des Hyksos s'acharna à le piétiner.

Née dans le Delta, à proximité d'Avaris, Tany avait eu la chance de plaire à l'empereur, dont la laideur la fascinait. Mais elle ne supportait pas que l'on évoquât sa propre laideur ou que l'on se moquât d'elle dans les couloirs du palais. Petite et grosse, elle avait tout essayé : remèdes amaigrissants, produits de beauté, applications de boue... Une succession d'échecs, plus cuisants les uns que les autres.

N'appréciant que la cuisine grasse, les plats en sauce et les gâteaux, Tany refusait d'y renoncer et traitait de charlatans les médecins du palais.

Trop occupé par le pouvoir, son puissant époux ne s'occupait guère des femmes. Le sang glacé qui coulait dans ses veines ne l'incitait pas aux jeux de l'amour et, s'il violait de temps à autre une jeune noble égyptienne réduite en esclavage, c'était uniquement pour montrer qu'il exerçait un pouvoir absolu sur ses sujets.

D'extraction modeste, Tany prenait beaucoup de plaisir à martyriser les grandes dames désormais à son service et dont elle aurait été, sans l'invasion hyksos, l'humble servante. Elle ne ratait pas une occasion de les humilier et de les rabaisser plus bas que terre. Nulle ne pouvait désobéir et encore moins se révolter car, sur un simple mot de l'épouse de l'empereur, l'insolente était d'abord fouettée, puis décapitée. Pas une semaine ne s'écoulait sans que la dame Tany prît un vif plaisir au spectacle de ce genre d'exécution.

Seule ombre au tableau, l'arrivée au palais de l'épouse de Khamoudi, une blondasse opulente qui ne cessait de minauder et de dodeliner de la tête comme une oie, surtout en présence de l'empereur. Mais cette peste de Yima savait que son mari ne supporterait pas la moindre incartade. Khamoudi n'avait-il pas étranglé de ses mains sa précédente épouse qu'il avait trouvée chez lui dans les bras d'un amant ?

La dame Tany, à laquelle Apophis refusait les titres d'impératrice et de reine d'Égypte, appréciait Khamoudi. Il était violent, ambitieux, sans pitié, calculateur et menteur. Bref, les qualités indispensables pour devenir un dignitaire hyksos. Certes, il ne parviendrait jamais à la cheville de son maître Apophis et il avait intérêt à demeurer son second. Sinon, Tany se chargerait elle-même de mettre fin à sa brillante carrière.

— Maquille-moi correctement, ordonna-t-elle sèchement à l'une de ses servantes, dont la famille avait été parmi les plus riches de la ville de Saïs.

Malgré l'habileté de la maquilleuse, le résultat fut désastreux. En voulant atténuer l'ingratitude des traits et les caractéristiques viriles du visage, la malheureuse n'avait réussi qu'à les accentuer.

— Tu te moques de moi ! hurla la dame Tany en la frappant avec le miroir.

Blessée, la servante s'effondra.

— Débarrassez-moi de ça, exigea-t-elle des autres, muettes d'horreur, et lavez-moi le visage. Je dois me rendre chez l'empereur.

— Sois rapide et concise, Tany. Le grand conseil m'attend.

— Je ne me mêle pas de politique, mais j'ai une information intéressante.

— Eh bien, cesse de marmonner et parle.

— Une de mes servantes l'a avoué sous la torture : les Égyptiens continuent à se faire des cadeaux sans les déclarer au fisc. J'ai dressé une liste de coupables.

— Bon travail, Tany.

L'empereur quitta son bureau pour s'asseoir dans une chaise à porteurs qui l'emmena au temple de Seth, sous la surveillance étroite de sa garde rapprochée. C'était sous la protection du dieu de l'orage qu'il annoncerait aux hauts fonctionnaires hyksos les directives économiques qui devraient être appliquées sans faiblesse.

Grâce à son épouse, il constatait que les règles de la vieille économie égyptienne demeuraient vivaces et qu'il faudrait encore du temps pour les anéantir. Plus on est riche, plus on offre, affirmaient les pharaons en s'appliquant cette loi à eux-mêmes. La générosité était une obligation sociale et le profit ne pouvait être un but. Un Grand dépourvu de générosité détruisait sa réputation, sortait du domaine de Maât et devenait fatalement un médiocre, condamné à perdre ce qu'il croyait acquis.

La qualité d'un produit était considérée comme plus importante que sa valeur marchande, et il revenait aux temples de la vérifier, tout en assurant la bonne circulation des offrandes afin que fût réalisé l'un des devoirs premiers de l'État pharaonique : la cohérence sociale liée au bien-être de chaque individu.

Chacun était libre de fabriquer lui-même ce dont il avait besoin, en fonction de ses aptitudes manuelles, et il se procurait le surplus grâce au troc qui s'étendait aux services. Par exemple, le scribe désireux de se faire construire une maison rédigeait le courrier du maçon en échange des heures de travail de l'artisan.

Ainsi, dans la communauté égyptienne des Deux Terres, tout individu était à la fois débiteur et créditeur de plusieurs autres acteurs de l'économie. Le pharaon veillait sur la réciprocité des dons et la bonne circulation de la générosité. Celui qui recevait devait donner, même en moindre quantité, même avec retard. Et le roi, qui avait tant reçu des dieux, devait donner à son peuple la prospérité spirituelle et matérielle.

Cette loi de Maât, cette solidarité qui liait les êtres ici-bas et dans l'au-delà, Apophis l'exécrait. Les Hyksos, eux, avaient compris qu'elle était un obstacle au plein exercice du pouvoir et à l'enrichissement de la caste dirigeante.

Sur le parvis du temple de Seth, Khamoudi attendait son maître.

— Seigneur, toutes les mesures de sécurité ont été prises.

Un silence pesant régnait à l'intérieur de l'édifice. Pas un général, pas un gouverneur de province, pas un chef de service administratif ne manquait. Tassés et anxieux, ils redoutaient le sort que leur réservait l'empereur.

Ce dernier prit le temps de savourer la crainte qu'il inspirait avant de révéler ses décisions.

— La loi de Maât est définitivement abolie, déclara-t-il. Par conséquent, nous n'avons plus besoin ni de vizir ni de magistrats. La justice sera rendue par moi-même et mes ministres, dont le plus important portera le titre de Grand Trésorier de Basse-Égypte. Cette fonction majeure, je la confie à mon fidèle Khamoudi, qui sera aussi mon porte-parole. Il fera rédiger mes décrets sur papyrus et les diffusera dans tout l'empire, afin que nul n'en ignore.

Khamoudi sourit d'aise. Il devenait officiellement le deuxième personnage de l'État et imaginait déjà les fabuleux bénéfices qu'il engrangerait en contrôlant l'industrie du papyrus. Répandre par l'écrit les directives de son maître, n'était-ce pas une tâche exaltante ? Demain, tous les sujets de l'empire penseraient comme il fallait penser, et les contestataires n'auraient plus droit à la parole.

— Nous nous sommes montrés trop tolérants avec les vaincus, poursuivit l'empereur, et cette mollesse doit cesser. La nouvelle loi est simple : ou bien ils collaborent, ou bien ils sont condamnés soit à l'esclavage, soit aux travaux forcés dans les mines. Quant aux riches propriétaires terriens, aux artisans et aux marchands, ils devront déclarer au Grand Trésorier tout ce qu'ils possèdent, et je dis bien tout, y compris le plus modeste objet ou la moindre parcelle d'étoffe. Nous les taxerons alors sur leur fortune, et ceux qui auront menti seront sévèrement châtiés. Les brigades de Khamoudi procéderont à des vérifications fréquentes et approfondies. Bien entendu, les membres du clan dirigeant n'auront pas à s'acquitter de cet impôt.

Chacun des dignitaires contint un soupir de soulagement.

— Je ne veux plus que le mot « liberté » soit prononcé dans mon empire, décréta Apophis. Des lois seront promulguées pour régir tout comportement social et individuel, et chacun devra se conformer à ce nouveau code dont vous serez les garants. J'exige des rapports détaillés sur toute personne exerçant une responsabilité afin d'être informé sans délai sur quiconque manquerait de loyauté à mon égard. Tant que vous m'obéirez aveuglément, vous, les hauts fonctionnaires de l'empire hyksos, vous serez riches et puissants.

Un Cananéen demanda la parole.

— Majesté, pouvons-nous augmenter les impôts dans toutes les provinces ?

— C'est indispensable, en effet. Je les fixe à vingt pour cent de tous les revenus.

— Pardonnez-moi, Majesté... Mais n'est-ce pas énorme?

— Nous irons beaucoup plus loin, crois-moi. Et le peuple paiera, sous peine de représailles. Sachez également que tout navire devra dix pour cent de sa cargaison au palais : tel est le prix du droit de circulation sur le Nil et nos canaux.

Khamoudi en salivait.

— Pas d'autres questions?

— Si, Majesté, intervint un général syrien. Que reste-t-il de la résistance?

— Elle est presque anéantie. Certes, il subsiste encore quelques insensés, mais les mesures nécessaires ont été prises.

— Pourquoi ne pas raser Thèbes?

— Thèbes est sous contrôle, précisa Apophis. Je m'en sers comme d'un piège pour attirer les derniers résistants et laisser une fausse lueur d'espoir aux Égyptiens. L'esclave désespéré est moins productif que celui qui croit à un avenir, même lointain. J'ajoute que l'immigration massive et les mariages forcés modifieront en profondeur la population. Dans quelques décennies, l'ancienne civilisation se sera éteinte et l'Égypte sera définitivement hyksos.

21

Le grand prêtre de Karnak ne parvenait pas à dormir.

Aussi décida-t-il de se lever, de sortir de sa petite maison construite au bord du lac sacré et de faire quelques pas dans le domaine du dieu Amon.

Comme il aurait souhaité que fussent entrepris de grands travaux, comme il aurait aimé voir le temple croître et embellir ! Mais Thèbes était exsangue, et il n'y avait plus de pharaon. Karnak s'enfonçait dans un sommeil mortel.

La nuit était splendide.

Le quatorzième jour de la lune montante, l'œil gauche d'Horus, s'achevait ; une nouvelle fois, Seth avait tenté en vain de le découper en morceaux. Thot, le dieu de la connaissance, avait pêché l'œil au filet dans l'océan d'énergie afin qu'il rayonne de nouveau et fasse s'épanouir les minéraux et les plantes. La lune reconstituée n'était-elle pas l'image de la vigueur vivifiante et le symbole de l'Égypte heureuse, dotée de la totalité de ses provinces ?

Le grand prêtre se frotta les yeux.

Ce qu'il voyait ne pouvait être qu'un mirage. Pourtant, il était tout à fait réveillé et ne souffrait d'aucun trouble oculaire.

Pour être certain qu'il ne se trompait pas, il contempla cette pleine lune pendant de longues minutes.

Sûr de son fait, il se dirigea vers le palais aussi vite que ses vieilles jambes le lui permettaient.

— Pardonnez-moi de vous arracher au sommeil, intendant, mais c'est trop important !

— Je ne dormais pas, grand prêtre.

— Il faut alerter Sa Majesté.

— Elle est très fatiguée, indiqua Qaris, et elle a besoin de repos.

— Regardez la lune, regardez-la bien !

D'une des fenêtres du palais, Qaris découvrit l'incroyable spectacle.

Bouleversé, il courut jusqu'à la chambre de la reine et la réveilla avec ménagement.

— Que se passe-t-il, Qaris ?

— Un événement extraordinaire, Majesté ! Le grand prêtre et moi-même sommes témoins, mais vous seule déciderez si nos yeux ne nous abusent pas. Il vous suffira d'observer la pleine lune.

À son tour, Téti la Petite contempla le message du ciel.

— Ahotep, murmura-t-elle, stupéfaite, c'est le visage d'Ahotep !

La reine et l'intendant rejoignirent le grand prêtre.

— L'oracle s'est exprimé, Majesté ; que la princesse voie, elle aussi, et nous saurons comment l'interpréter.

— Rieur garde ses appartements, rappela Qaris. Il ne laissera entrer personne.

— C'est trop important... Je cours le risque, restez derrière moi.

Dès que le grand prêtre approcha, le molosse ouvrit les yeux et leva sa lourde tête posée sur un confortable coussin.

— Le ciel a parlé, il faut que ta maîtresse entende sa voix.

Rieur émit une sorte de plainte que la princesse reconnut

immédiatement. Après avoir embrassé tendrement Séqen sur le front, elle se vêtit d'une tunique et ouvrit la porte de sa chambre.

— Grand prêtre... Que faites-vous ici ?

— Regardez la pleine lune, princesse.

— Elle est splendide, l'œil est de nouveau rempli, le soleil de la nuit dissipe les ténèbres.

— Rien d'autre ?

— N'est-ce pas le signe d'espoir qui doit nous inciter à poursuivre la lutte ?

Téti la Petite et Qaris apparurent.

— Regarde bien, insista la reine.

— Mais que devrais-je voir ?

— L'oracle s'est exprimé, répéta le grand prêtre, et nous connaissons à présent la volonté du ciel. À vous d'en tirer les conséquences.

— Je refuse, déclara Ahotep. Tu es la reine légitime et tu dois le rester.

— Nous sommes trois à avoir vu ton visage dans la pleine lune, précisa Têti la Petite, et toi, tu ne t'es pas reconnue. La signification d'un signe aussi extraordinaire ne fait aucun doute : ton rôle consiste à incarner sur terre sa puissance régénératrice. Le temps est venu de m'effacer, Ahotep ; je me sens vieille et lasse. Seule une jeune reine, dotée de la magie de cette fonction, redonnera peut-être à Thèbes la vigueur qui lui manque.

— Je n'ai pas envie de prendre ta place, mère !

— Ce n'est nullement de cela dont il s'agit. L'invisible s'est manifesté, le grand prêtre a authentifié l'oracle. Te révolterais-tu contre la parole du ciel où vivent les âmes des pharaons que tu vénères ?

— Je veux consulter la déesse Mout.

Œil de la lumière divine, porteuse de la double couronne, épouse du Principe, nourrie de Maât, à la fois femelle et mâle, Mout apparut à Ahotep dans la place du silence.

Ahotep osa regarder la statue qu'éclairait faiblement un rayon de lumière passant par une petite ouverture aménagée dans le plafond de la chapelle.

— Tu m'as permis de toucher ton sceptre et tu m'as fait goûter ta puissance. Grâce à toi, j'ai mené mes premiers combats et je me sens prête à continuer la lutte, quels que soient les dangers. Mais le soleil de la nuit exige davantage encore : que je devienne reine d'Égypte. Cette charge, je ne la désire pas. Elle me paraît trop lourde pour mes épaules. Or, défier l'oracle et refuser la volonté des dieux aggraveraient encore la détresse de Thèbes, et les résistants perdraient tout espoir. En cet instant, je suis perdue et j'ai besoin de toi pour me tracer le chemin. Alors, réponds à ma question : dois-je accepter la décision de la pleine lune ?

Les yeux de la statue rougeoyèrent, le sourire de la lionne s'accentua.

Et la tête de granit s'inclina d'avant en arrière, très lentement, à trois reprises.

De la terrasse du palais, Téti la Petite et Ahotep contemplaient la rive ouest de Thèbes, où le soleil ne tarderait plus à se coucher pour affronter l'épreuve de la mort et préparer sa résurrection. Déjà levée, la lune brillait d'un éclat inhabituel.

— Qu'est-ce qu'une reine d'Égypte, ma fille ? La souveraine des Deux Terres au beau visage, pleine de grâce, la douce d'amour qui apaise la divinité, celle qui possède le charme, dispose d'une voix aimante lorsqu'elle chante les rites, celle aux mains pures quand elle manie les sistres, la magicienne qui remplit le palais de son parfum et de sa rosée, et ne prononce pas de paroles inutiles... Seule capable de voir Horus et Seth apaisés, elle connaît les secrets de l'éternel combat que se livrent les deux frères dans le cosmos. Chacun vit d'entendre la reine, car elle parvient à concilier les contraires et à faire régner Maât et Hathor, la rectitude et l'amour.

— Ce sont des tâches impossibles, mère !

— Ce sont pourtant celles que les sages du temps des pyramides confiaient à une reine d'Égypte. Beaucoup de celles qui m'ont précédée ont réussi à les remplir ; moi, j'ai échoué. Toi qui vas me succéder, ne les perds jamais de vue. Plus on monte dans la hiérarchie, plus les devoirs sont grands ; toi qui en occuperas le sommet, tu n'auras plus ni repos ni excuse.

Ahotep eut peur.

Une peur plus intense et plus profonde que toutes celles éprouvées jusqu'à cet instant. La princesse aurait préféré se trouver en face de plusieurs soldats hyksos plutôt que de cette petite femme fragile dont la grandeur venait de lui apparaître.

— La Maison de la Reine se meurt, ma fille. Il te faudra la reconstruire, t'entourer de gens compétents et fidèles, diriger sans heurter, rendre prospère ce que tu toucheras. Je déplore que le ciel soit si impitoyable avec toi en t'attribuant une aussi lourde fonction à l'heure où notre pays semble sur le point de disparaître. Tu es notre dernière chance, Ahotep.

Soudain, la splendide brune eut envie de redevenir une enfant, de prolonger son adolescence, de jouir de sa beauté, de profiter des plaisirs de l'existence avant que des ténèbres meurtrières ne recouvrent Thèbes.

— Trop tard, dit la reine qui lisait dans les pensées de sa fille. L'oracle a parlé, tu as obtenu l'accord de la déesse Mout et ton destin s'est gravé dans la pierre de sa statue. Un seul événement pourrait l'empêcher de s'accomplir.

— Lequel, mère ?

— Que tu ne survives pas à ton initiation.

22

Quand la princesse Ahotep s'approcha du lac sacré de Karnak, des milliers d'hirondelles dansèrent dans le ciel bleu. Parmi elles, les âmes des ressuscités, venues de l'autre côté de la vie pour saluer l'initiation d'une reine d'Égypte.

La jeune femme était si recueillie que chaque parole rituelle se gravait en son cœur, le grand prêtre si ému qu'il en bredouillait. Jamais il n'aurait supposé que les dieux eussent décidé de confier à cette sauvageonne une fonction aussi périlleuse. Mais la profondeur du regard d'Ahotep lui prouva qu'ils ne s'étaient pas trompés.

— Faites offrande, princesse.

Ahotep s'agenouilla face à l'Orient où le soleil venait de livrer un combat victorieux dans l'île de la flamme. De ses lèvres sortit l'antique prière de l'aube, hymne au miracle de la vie qui, une fois encore, venait de vaincre la mort et le dragon des ténèbres.

— Que la purification soit accomplie.

Deux chanteuses d'Amon ôtèrent la robe blanche d'Ahotep. Nue, elle descendit lentement l'escalier d'angle du lac sacré et pénétra dans l'eau paisible, image terrestre du *Noun* céleste, l'océan d'énergie où naissaient toutes les formes de vie.

— Le mal et la destruction s'éloignent de toi, dit un ritualiste. L'eau divine te purifie, tu deviens fille de la lumière et des étoiles.

Ahotep eût aimé que le temps s'arrêtât. Elle se sentait protégée, à l'abri de tout péril, en communion parfaite avec la force invisible qui la faisait renaître.

— Tes membres ont été purifiés dans le champ des offrandes, poursuivit le ritualiste, aucun d'eux n'est en état de manque ni de faute. Ton être est rajeuni, ton âme peut voler dans le ciel. À présent, il te faut pénétrer dans la salle de Maât et faire reconnaître ton cœur comme juste.

À regret, la jeune femme sortit du lac sacré. Quand le soleil eut séché sa peau, les chanteuses d'Amon la revêtirent d'une tunique de lin ancienne, à la blancheur immaculée.

C'est avec hésitation qu'elle suivit le ritualiste qui lui ouvrit la porte d'une chapelle. Comment Ahotep pouvait-elle être certaine de n'avoir jamais violé la loi de Maât ?

Sur une paroi, la représentation du dieu Osiris, le juge suprême. Face à la princesse, la reine tenant dans la main droite une plume d'autruche en or, symbole de la justice céleste.

Ahotep sentit qu'elle ne s'adressait pas à sa mère, mais à la représentante terrestre de la déesse de la rectitude.

— Toi qui me juges, déclara-t-elle, tu connais mon cœur. Je n'ai jamais cherché à commettre le mal et je n'ai qu'un désir : libérer l'Égypte et son peuple pour que Maât soit de nouveau notre gouvernail.

— Es-tu prête, Ahotep, à affronter l'injustice, la violence, la haine, le mensonge et l'ingratitude sans en remplir le vase de ton cœur ?

— Je le suis.

— Sais-tu qu'au jour du jugement ton cœur sera pesé et qu'il devra être aussi léger que la plume d'une autruche ?

— Je le sais.

— Que la pierre de Maât soit le socle sur lequel tu bâtiras ton règne. Nourris-toi de Maât, vis d'elle et avec elle. Ciel et terre ne te repousseront pas, les divinités façonneront ton être. Va vers la lumière, Ahotep.

Bien que les gestes rituels fussent accomplis avec lenteur, la princesse eut le sentiment que les épisodes de son initiation se déroulaient à une vitesse presque suffocante. Elle traversa la matrice stellaire, descendit dans les profondeurs où l'artisan divin, Ptah, façonna ses membres, monta dans la barque d'Osiris, vit Râ à son lever et Atoum à son crépuscule, but l'eau de l'inondation et le lait de la vache céleste.

Après qu'on l'eut revêtue de la robe de cérémonie tissée par la déesse Tayt, Ahotep fut parfumée et ornée d'un grand collier et de bracelets.

— Tu as franchi l'espace comme le vent, constata le grand prêtre, et tu t'es unie à la lumière dans l'horizon. Qu'Horus, le protecteur de la royauté, et Thot, le maître de la connaissance, te donnent vie en tant que reine.

Ahotep fut conviée à se tenir debout sur une table d'offrandes. Deux prêtres, l'un portant un masque de faucon et l'autre d'ibis, élevèrent des vases au-dessus de sa tête.

Deux rayons en sortirent et baignèrent la jeune femme d'une clarté irréelle.

Son cœur se dilata, et son regard porta au loin, tel celui d'un rapace.

Des prêtresses couvrirent sa tête d'une coiffe en tissu imitant une dépouille de vautour, symbole de la mère cosmique, sur laquelle ils posèrent la couronne traditionnelle des reines d'Égypte, formée de deux hautes plumes.

Téti la Petite lui remit le sceptre floral au manche flexible, insigne du pouvoir féminin.

Qaris avait organisé un modeste banquet dans une cour du temple, à l'abri des regards.

— Pardonnez-moi le manque d'éclat de cette cérémonie, Majesté, dit-il à Ahotep, mais votre couronnement doit rester secret le plus longtemps possible. Au palais, il y a trop d'oreilles curieuses. Si les Hyksos apprenaient que Thèbes a choisi une jeune reine pour la gouverner, leur réaction risquerait d'être violente.

— Moi aussi, renchérit Téti la Petite, je déplore ce couronnement clandestin ; mais nous sommes dans la résistance, et il était indispensable qu'il en fût ainsi.

Porteur d'un arc et de quatre flèches, le grand prêtre s'avança vers Ahotep.

— Nous sommes dans un lieu de paix, Majesté, mais notre pays est occupé et vous seule représentez désormais l'espoir d'une libération. En vous offrant ces armes, je vous prie d'incarner la déesse de la ville de Thèbes, afin que cette dernière reprenne enfin la lutte.

Ahotep n'avait jamais manié le grand arc. Pourtant, la foi qui l'habitait lui permit de trouver spontanément les bons gestes. Et elle tira la première flèche au nord, la deuxième au sud, la troisième à l'est et la quatrième à l'ouest.

— Puissiez-vous avoir conquis les quatre orients, Majesté ; eux savent qui vous êtes et ce que vous souhaitez. Que l'espace traversé par la lune, votre protectrice, inspire vos actions.

Sensibles à la gravité du moment, les quelques convives n'avaient guère envie de goûter aux plats préparés par la cuisinière du grand prêtre.

Accompagné de Rieur, Séqen fut autorisé à s'asseoir près de son épouse. Le molosse, lui, fit honneur aux pigeons rôtis et à la perche du Nil.

— Rien d'anormal au palais ? demanda Téti la Petite.

— Tout est calme. La rumeur prétend que vous et votre

fille suppliez le dieu Amon de protéger la ville de la fureur hyksos.

L'assistant du grand prêtre apporta une jarre de vin.

— Voici un grand cru qui date de l'année précédant l'invasion, indiqua-t-il. Il a encore le goût de la liberté. Mais avant de le boire, j'aimerais vous chanter une poésie ancienne en m'accompagnant à la harpe.

La voix s'éleva, presque brisée, mais précise dans ses intonations :

« *Quand une forme s'incarne, elle est condamnée à disparaître. Les esprits lumineux feront vivre ton nom, et tu auras une belle place dans l'Occident. Mais le courant du fleuve ne s'interrompt jamais, et chacun s'en va à son heure. Les tombes des nobles ont disparu, leurs murs se sont effondrés comme s'ils n'avaient jamais existé. Fais un jour heureux, reine d'Égypte, réjouis-toi de ce moment, suis ton cœur le temps de ton existence, parfume-toi, orne ton cou de guirlandes de lotus, oublie la tristesse tandis que ceux que tu aimes sont assis à tes côtés. Souviens-toi de ce bonheur jusqu'au moment où tu aborderas le pays du silence éternel.* »

Chacun fut affligé par le sombre caractère de ces paroles, qui ôta toute gaieté à ces pauvres festivités. Le vin fut néanmoins versé dans les coupes, et Séqen espéra que le breuvage dissiperait la mélancolie ambiante.

Rieur se dressa de toute sa taille et, d'un coup de patte, renversa la coupe qu'Ahotep portait à ses lèvres. Puis il se retourna vers le harpiste en grognant.

Indifférent à l'incident, ce dernier but avec ostentation.

La jeune reine se leva.

— Tu as empoisonné ce vin, n'est-ce pas ?

— Oui, Majesté.

— Es-tu au service des Hyksos ?

— Non, Majesté. Je juge simplement insensée votre entreprise car je suis persuadé qu'elle ne provoquera que malheurs et destructions. C'est pourquoi je souhaitais que nous mourions ensemble, au terme de ce banquet, afin d'éviter au pays de nouvelles souffrances. Mais votre chien en a décidé autrement...

Les lèvres du harpiste blanchirent, le souffle lui manqua, ses yeux devinrent fixes et sa tête tomba de côté.

Ahotep regarda le ciel.

— Observez la lune... Son nom, *iâh,* est masculin parce que le génie qui l'habite est le dieu du combat. Désormais, le disque d'argent dans sa barque sera le signe de ralliement des résistants.

Dans la paume de sa main gauche, la reine dessina à la fois le début de son nom et son programme de règne :

23

Reconnaissable à sa coiffe en forme de champignon enveloppant sa tête pointue et sa chevelure bouclée, l'Asiatique Jannas n'était pas mécontent de rentrer à Avaris sur son bateau amiral. Nommé chef de la marine de guerre hyksos, il commandait d'une poigne de fer les pirates anatoliens, phéniciens et chypriotes dont la réputation de vaillance et de cruauté n'était pas usurpée.

Qui rencontrait Jannas pour la première fois n'éprouvait pas la moindre crainte, bien au contraire. De taille moyenne, plutôt malingre, la parole et le geste lents, il donnait l'image d'un homme paisible à qui l'on pouvait se confier.

Ceux qui avaient cru à cette apparence trompeuse étaient morts. Doté d'une agressivité d'autant plus redoutable qu'elle ne s'exprimait que dans le combat, Jannas était considéré comme le plus grand héros des Hyksos. Il avait triomphé aux quatre coins de l'empire et gravi les échelons de la hiérarchie militaire avant d'être nommé par Apophis à la tête de la flotte, dont l'amélioration incessante était son obsession. Il connaissait chaque marin, inspectait lui-même chaque bateau, exigeait des manœuvres quotidiennes et ne tolérait aucun relâchement de la discipline.

Persuadé que l'empire continuerait de croître parce qu'il se fondait sur l'armée, la seule valeur méritant d'être prônée, Jannas se montrait d'une fidélité absolue envers Apophis. N'avait-il pas transformé la capitale en une gigantesque caserne où il faisait bon vivre ?

L'amiral prenait rarement du repos, car il se déplaçait en personne à la moindre alerte, quel que soit l'endroit où ses informateurs lui signalaient une tentative de sédition, même minime. L'apparition de la marine de guerre hyksos suffisait à éteindre les feux de plus en plus vacillants de la révolte. Avec la soumission de la Crète, Apophis avait remporté une victoire décisive, prélude à d'autres conquêtes dont Jannas serait le fer de lance.

Pendant une semaine, à moins d'un incident imprévisible, l'amiral goûterait la quiétude de sa villa de fonction, et il en profiterait pour se faire masser. Mais il s'ennuierait vite et ne manquerait pas de se rendre quotidiennement au port.

— Amiral, lui dit un capitaine chypriote au moment où Jannas posait le pied sur le quai, il se passe quelque chose de bizarre.

— Où ça ?

— Dans notre entrepôt désaffecté. Des cris aigus, comme si on torturait des femmes... J'ai mis en place un cordon de sécurité, et nous attendons vos ordres.

« Des résistants qui ont capturé des Hyksos et leur infligent des sévices », supposa Jannas, ravi à l'idée de les arrêter lui-même et de leur faire payer leur crime sur-le-champ.

À l'approche de l'entrepôt, une odeur de chair grillée.

— Enfoncez la porte, exigea l'amiral.

Une seule ruade de dix marins maniant une poutre fut suffisante.

Le spectacle que découvrit Jannas le laissa bouche bée.

Quatre jeunes filles, nues et entravées, étaient allongées sur le sol. Assise sur une caisse, une femme blonde et grassouillette éclatait d'un rire sporadique pendant qu'un homme marquait ses victimes avec des bronzes rougis au feu en y prenant un plaisir évident.

Et cet homme n'était pas n'importe qui.

— Vous êtes... le Grand Trésorier ?

Khamoudi ne parut nullement troublé.

— En personne. Et je vous présente mon épouse Yima.

La blonde dodelina de la tête et sourit à l'amiral comme si elle tentait de le séduire.

— Vous interrogez des suspectes, je suppose ?

— Des suspectes ? Pas du tout, amiral ! Ma femme et moi, nous nous amusons avec ces esclaves venues de la campagne. Mon intendant a retrouvé de vieilles marques en bronze en forme d'oie, l'animal sacré du dieu Amon, ou de tête de lionne. J'ai voulu voir si elles étaient toujours efficaces et je les imprime dans la peau de ces jeunes idiotes. Elles crient beaucoup, mais c'est tout l'intérêt du jeu.

— L'empereur est-il au courant de ces pratiques ?

— Faites sortir vos hommes, amiral.

Sur un signe de Jannas, ils s'éclipsèrent.

— Notre bien-aimé Apophis n'ignore rien de ce que je fais, précisa Khamoudi, hargneux.

— La torture est indispensable pour faire parler les résistants, reconnut l'amiral, mais vous avez dit vous-même que ces filles...

— Je prends mon plaisir comme je l'entends, Jannas. Est-ce assez clair ?

— Très clair, Grand Trésorier.

— Que vous soyez choqué ou non, je m'en moque. N'essayez surtout pas d'utiliser cette situation contre moi, vous vous en mordriez les doigts. Suis-je toujours aussi clair ?

Jannas hocha affirmativement la tête.

— Continue à t'amuser, chérie, dit Khamoudi à son épouse. Moi, je dois écouter le rapport de l'amiral.

Yima imprima la marque en forme de tête de lionne sur les fesses de la plus jeune des paysannes, dont les hurlements déchirèrent les tympans de Jannas.

— Allons sur le quai, proposa-t-il.

Khamoudi se rhabilla sans hâte.

— Qu'en est-il de notre base arrière en Palestine, amiral ?

— La cité de Sharouhen est parfaitement fortifiée. Située au débouché des rivières et des ouadis, elle contrôle la région, dont la soumission à l'empereur est totale. La garnison est composée de soldats d'élite et j'ai fait aménager un vaste port pour nos navires de guerre qui sont à même d'intervenir à tout moment. Si vous m'en donnez l'autorisation, le chantier naval que je m'apprête à organiser en construira de nouveaux.

— Vous l'avez. Vos relations avec le chef de la garnison sont-elles bonnes ?

— Excellentes. C'est un Cananéen dont les compétences et la fidélité ne sauraient être mises en doute.

— Qui avez-vous nommé responsable de la flotte locale ?

— L'un de mes seconds, qui n'entreprendra rien sans un ordre formel de ma part... et donc de la vôtre.

— Vous vous portez donc garant de la solidité de Sharouhen ?

— Cette ville est l'un des piliers indestructibles de l'empire, assura Jannas.

— Passons à Memphis.

— En ce qui concerne l'ancienne capitale des pharaons, je suis beaucoup plus réservé.

— Pour quelles raisons ?

— Sharouhen est une ville que nous avons façonnée, et les Cananéens sont des ennemis ancestraux des Égyptiens. Le cas de Memphis est bien différent.

— Critiqueriez-vous les mesures que j'ai prises ?

— Certes pas, Grand Trésorier, puisqu'elles sont efficaces. L'administration est bien en place, la police quadrille tous les quartiers, l'arsenal produit des armes de première qualité et ma marine contrôle les mouvements du plus petit bateau.

— Que demander de plus ?

— Ce qui m'inquiète, ce sont les résultats obtenus par nos informateurs. Il ne se passe pas une journée sans qu'on arrête un ou plusieurs révoltés.

— Des résistants ? demanda Khamoudi.

— Non, des gens simples mais qui refusent de reconnaître le fait accompli et qui osent encore protester contre ce qu'ils appellent l'occupation.

— Pourquoi ces imbéciles refusent-ils de comprendre ?

— Rien ne peut les persuader que leur Égypte est morte et qu'ils sont désormais les sujets du pharaon Apophis.

— Vous les faites exécuter, j'espère ?

— Les exécutions ont lieu en public et l'armée force les Memphites à y assister. Malheureusement, le foyer n'est pas éteint.

Khamoudi prit très au sérieux le rapport de l'amiral Jannas. Pour en avoir longuement discuté avec l'empereur, il n'était pas trop étonné. La capacité de résistance de Memphis se révélait plus vivace que prévu et il faudrait donc, comme il l'avait pressenti, recourir à un type d'action plus radical.

— Cette situation est inadmissible, amiral. Dans sa sagesse, l'empereur avait envisagé que certains Égyptiens fussent assez fous pour croire encore en leur gloire passée ; aussi allez-vous retourner immédiatement à Memphis avec les instructions suivantes.

À l'écoute des ordres, Jannas ne manifesta aucune émotion. Pourtant, ce qu'exigeait le Grand Trésorier présentait un caractère monstrueux. Mais un Hyksos, amiral de surcroît, n'avait pas à prendre en compte ce genre de considération.

Guilleret, Khamoudi retourna dans l'entrepôt d'où jaillissaient encore des hurlements. Il était certain que sa tendre Yima lui avait gardé une marque au feu afin qu'il parachève lui-même le travail.

24

— Je suis enceinte, déclara Ahotep.

— Déjà ! Mais comment peux-tu en être sûre ? interrogea Téti la Petite. Tu dois faire les tests et...

— Les tests le confirmeront : je suis enceinte, et c'est un garçon.

— Bien, bien... Il faut que tu manges de la viande rouge, que tu prennes beaucoup de repos, que...

— Entendu pour la viande rouge, mais pas pour le repos. Un énorme travail m'attend, tu le sais bien, et mon fils doit s'habituer à l'effort. Reconstituer la Maison de la Reine, comme tu me l'as demandé, ne s'annonce pas aisé... D'autant plus que nous devons agir en secret !

— Ne sois pas si exaltée, Ahotep, ne...

— Suis-je ou non la reine d'Égypte ?

Téti la Petite vit une lueur nouvelle flamboyer dans les yeux de sa fille.

— Ma première décision consiste à renouer avec la tradition de nos ancêtres, donc à exercer pleinement ma fonction en remplissant le premier devoir qui m'incombe.

La reine mère crut avoir mal compris.

— Tu ne veux quand même pas dire que...

— Mais si : c'est exactement ce que tu penses.

Sous l'œil placide de son âne, Séqen se livrait à tous les exercices militaires qui, en quelques semaines, feraient de lui un soldat acceptable.

Archer médiocre en raison d'une trop grande nervosité que son instructeur lui apprenait progressivement à maîtriser, il possédait, en revanche, un sens inné du maniement de la hache légère et de la massue. Très vif, il esquivait les attaques les plus vicieuses et surprenait ses adversaires par la promptitude de ses ripostes.

La musculature du jeune homme malingre se développait à vue d'œil. Soulever des poids, courir, nager... Rien ne rebutait Séqen, qui goûtait chaque soir davantage le moment divin où Ahotep lui recouvrait le corps d'un onguent aux vertus magiques. Non seulement il lui ôtait toute trace de fatigue, mais encore il lui redonnait l'ardeur nécessaire pour se lancer dans de nouvelles joutes amoureuses où il n'y avait ni vainqueur ni vaincu. Follement épris de la jeune reine, Séqen remerciait chaque matin les dieux du bonheur qu'ils lui offraient.

— Pourrais-tu me fabriquer une arme originale ? demanda-t-il à son instructeur.

— Décris-la-moi.

— Une massue à tête ovale plus longue que la moyenne. Sur le manche serait solidement fixée la lame d'un couteau.

— Tu pourrais casser les têtes et percer les gorges... Pas bête, ça. Je te prépare un modèle en bois que tu essaieras contre un paysan qui veut s'enrôler dans la milice thébaine. Surtout, ne l'abîme pas trop. Les recrues se font de plus en plus rares.

Le modèle plut à Séqen.

Face à lui, dans la petite cour de la caserne, un robuste gaillard aux épaules larges et au front bas.

— Salut, l'ami ! Tu veux apprendre à te battre ?

— Si on veut. Tu es bien le prince Séqen ?

— Oui, c'est bien moi.

— Il paraît que tu veux combattre les Hyksos ?

— Pas toi ?

— Pas exactement, mon prince.

L'homme brandit une épée courte.

— Lors de l'exercice, rappela Séqen, tu dois utiliser une arme en bois.

— Ce n'est pas un exercice, mon prince, mais ton premier et ton dernier combat.

Séqen se retourna pour demander de l'aide à son instructeur, mais ce dernier avait disparu.

Fuir exigeait d'escalader un mur. Séqen n'en aurait pas le temps.

— Tu as peur, mon prince ? Normal... Ce n'est pas drôle de mourir si jeune.

Le tueur s'approchait lentement, Séqen reculait.

— Qui es-tu ?

— Un bon soldat payé pour t'éliminer.

— Si tu me donnes le nom de ton commanditaire et si tu m'épargnes, tu deviendras riche.

— Les Hyksos ne me laisseraient pas longtemps profiter de cette fortune... que tu es bien incapable de m'offrir ! Tu aurais dû rester paysan, mon prince, et ne pas te mêler de ce qui ne te concernait pas.

Séqen cessa de reculer.

— Agenouille-toi devant ton supérieur, soldat.

L'agresseur fut stupéfait.

— Tu perds la tête, mon prince !

— Puisque tu appartiens à l'armée thébaine dont je prends le commandement, tu me dois respect et obéissance. J'accepte d'oublier cette insoumission, à condition que tu me remettes immédiatement ton arme.

— Cette épée, je vais te la planter dans le ventre !

L'agresseur fonça, Séqen esquiva.

Au passage, il lui frappa la nuque de sa massue en bois. À peine le soldat s'était-il retourné que le jeune homme, rageur, lui fracassait le nez d'un coup de poing précis avant de lui trancher la gorge avec le couteau fixé au manche.

— Tu aurais dû écouter ton prince, incapable.

Plus rapide que le fuyard, Séqen avait réussi à rattraper l'instructeur, dont la piste lui avait été signalée par des badauds, surpris de voir un homme sortir à toutes jambes de la caserne. D'un coup d'épée, il lui avait transpercé la cuisse, le clouant ainsi au sol.

Devant la fureur de celui qui menaçait de le tuer, l'instructeur parla d'abondance : oui, il avait payé un soudard pour le supprimer ; non, il n'était pas mandaté par les Hyksos, mais par plusieurs nobles Thébains qui prônaient la collaboration avec l'occupant et prenaient soin d'étouffer dans l'œuf toute velléité de résistance.

Avec l'accord de la reine, Séqen arrêta lui-même ces traîtres, qu'une escouade de soldats fidèles à la famille royale conduisit dans le désert de l'Ouest à la tombée de la nuit. Sans armes et sans provisions, les misérables seraient des proies rêvées pour les monstres avides de sang qui hantaient ces contrées redoutables.

— Ta deuxième victoire ! constata Ahotep. Et tu ne pouvais compter que sur toi-même...

— Thèbes est gangrenée. Avant d'entreprendre quelque action que ce soit, il faut d'abord être sûr de notre entourage et de ceux qui veulent combattre à nos côtés.

— Telle sera, en effet, notre deuxième décision.

— Et... la première ?

— Allons au temple.

— Au temple... Veux-tu m'expliquer ?

— L'heure n'est plus aux explications.

Intrigué, Séqen suivit la reine jusqu'à Karnak.

Dans la chapelle de Mout, seuls étaient présents Téti la Petite et le grand prêtre d'Amon. Une lampe éclairait le sanctuaire.

— En tant que souveraine des Deux Terres, déclara Ahotep, je vois Horus et Seth réunis dans le même être. Pour que la réconciliation s'accomplisse, il faut que cet être s'incarne dans la personne de Pharaon. C'est pourquoi je te reconnais comme tel, toi, *Séqen-en-Râ,* « le Vaillant de la lumière divine ». Ton second nom sera « le grand pain », synonyme de « la grande terre », afin que tu nous redonnes l'un et l'autre. Tu deviens à la fois « celui de l'abeille » qui connaît les mystères du feu et de l'air, et « celui du roseau », ceux de l'eau et de la terre.

Ahotep couronna son époux de la coiffe-*nemes,* l'une des plus anciennes parures royales. Elle permettait à la pensée de Pharaon de traverser le ciel et d'accomplir l'union entre la vie et la mort, entre la lumière du jour et celle de la nuit, entre Râ et Osiris.

Séqen était tellement abasourdi qu'aucune protestation ne franchit la barrière de ses lèvres. À l'évidence, ce n'était pas lui qui se trouvait dans cette chapelle, et il allait bientôt sortir de ce rêve incroyable.

— Cette cérémonie est réduite au minimum et ton couronnement restera secret aussi longtemps que nécessaire, mais cela ne modifie pas l'ampleur de ta fonction, roi de Haute et de Basse-Égypte. Sois à la fois l'architecte, le législateur, le guerrier et celui qui rend la terre fertile. Répands le feu créateur grâce auquel nous vivons et le feu destructeur contre nos ennemis. Sois la digue et le rempart protecteurs, la salle fraîche en été, chaude en hiver. Fais régner Maât, repousse l'injustice et la tyrannie.

Le grand prêtre déroula le papyrus qui, conformément aux écrits du dieu Thot, annonçait un nouveau règne.

Téti la Petite et Ahotep magnétisèrent le jeune pharaon en prononçant les formules magiques qui lui insufflaient l'énergie indispensable pour accomplir le programme de gouvernement contenu dans le nom de Séqen : vaillance et capacité de vaincre.

— Pharaon est ressuscité, déclara Téti la Petite, mais le secret doit être bien gardé jusqu'à ce que Thèbes soit redevenue sûre.

— Tout a changé, constata le grand prêtre, ému aux larmes. Tout a changé, puisque l'Égypte dispose à nouveau d'un couple royal. C'est lui qui nous donnera la force de relever enfin la tête.

25

Il n'y avait certes pas de quoi pavoiser, mais les résultats des dernières semaines redonnaient le moral aux plus dépités.

À Avaris, aucun résistant n'avait été arrêté. Ceux qui demeuraient dans la capitale afin d'y glaner des informations ne pouvaient les transmettre qu'avec d'infinies précautions, mais le réseau de communication mis en place par le Moustachu, plus méfiant qu'un félin, faisait ses preuves. Les éléments douteux éliminés, les mots de passe et les codes changeaient fréquemment.

À Memphis, les perspectives s'amélioraient. Plusieurs mouchards hyksos ayant été identifiés, les petites cellules de résistants se révélaient enfin impénétrables. Ils manquaient d'armes, de stratégie et de chef, mais parlaient d'avenir et se persuadaient que la liberté n'était pas tout à fait morte.

L'Afghan continuait à appliquer sa méthode : priver l'empereur d'un maximum d'yeux et d'oreilles. Dès qu'un indicateur hyksos était repéré, le résistant organisait un guet-apens avec deux ou trois camarades et ôtait le chancre. Prudent, il prenait le temps nécessaire et n'hésitait pas à différer une opération en cas de doute, même minime ; méticuleux, il ne laissait aucune trace derrière lui. D'abord impatient, le Moustachu avait fini par reconnaître l'efficacité de ce travail de fourmi.

Grâce aux progrès accomplis, la tête du réseau avait pu s'installer au cœur de la ville, près du grand temple de Ptah. L'Afghan, le Moustachu et leurs lieutenants habitaient une vieille maison à deux étages encadrée par des ateliers de menuisiers.

Quand la police hyksos inspectait le quartier, les résistants étaient aussitôt prévenus par un guetteur, installé sur la terrasse de la maison à l'angle de la ruelle, ou bien par un vieillard, assis en face, qui levait sa canne. Ultime mesure de sécurité, un chien ne manquait pas d'aboyer d'une manière particulière.

Malgré la vigilance de l'occupant, la résistance réussissait à tisser sa toile. De plus en plus opprimée, la population de Memphis haïssait les Hyksos. La majorité avait trop peur pour se révolter, mais chacun était prêt à aider ceux qui étaient décidés à reconquérir la liberté. Chez les vieux comme chez les jeunes, des vocations se manifestaient ; mais lesquelles se révéleraient vraiment solides ?

— Un prêtre de Ptah souhaiterait nous voir, dit le Moustachu.

— Qui le recommande ?

— Un boulanger du temple. Contact très sûr.

— As-tu fait suivre ce prêtre ?

— Bien entendu.

— Que le boulanger lui donne rendez-vous dans la première ruelle au nord du temple. C'est moi qui irai vers lui, tu te cacheras avec deux de nos hommes. Au moindre incident, tue le prêtre. Si les Hyksos sont trop nombreux, déguerpis.

— Je ne t'abandonnerai pas.

— Si c'est un guet-apens, il le faudra bien.

Quoiqu'il ne perçût rien d'anormal, l'Afghan demeurait sur ses gardes. Il revint sur ses pas, fit mine de s'éloigner, puis retourna vers l'homme assis sur un tabouret, les yeux clos.

— C'est toi, le prêtre ?

— Trois sont tous les dieux. Connais-tu le désert ?

— Je n'aime que la terre noire.

Les formules d'identification avaient été correctement échangées. L'Afghan s'assit à gauche de l'Égyptien, qui lui offrit des oignons à croquer.

— Qu'as-tu à nous proposer, le prêtre ?

— Le soulèvement du quartier nord de Memphis et de la majorité des dockers. Nous pénétrerons dans l'arsenal, y prélèverons une bonne quantité d'armes, et nous nous emparerons ensuite de plusieurs bateaux hyksos.

— Très dangereux... Même en cas de réussite, ce sera un bain de sang.

— J'en suis conscient.

— Qui commandera ?

— Le grand prêtre de Ptah en personne. Il a besoin de ton réseau pour éliminer les sentinelles hyksos qui veillent sur l'arsenal et provoquer des troubles dans le quartier sud. La police s'y déplacera en masse pendant que nous attaquerons le port.

— Nous risquons d'être exterminés.

— Nous le serons de toute façon un jour ou l'autre... Bien que nous n'ayons qu'une chance sur mille de reprendre Memphis, mieux vaut la tenter.

— Tu as raison, le prêtre. Date de l'opération ?

— Dans trois jours, au crépuscule.

— Dès ce soir, je réunis les principaux membres du réseau. On se revoit ici, demain à l'aube, et je te détaillerai notre plan.

Dans la maison des résistants, la nuit avait été longue et enthousiasmante. Malgré les mises en garde de l'Afghan et du Moustachu, leurs camarades avaient hâte d'en découdre avec les Hyksos et de leur infliger une cuisante défaite. La décision du grand prêtre de Ptah était d'une importance majeure : les autres Serviteurs des dieux l'imiteraient, et la révolte s'étendrait bientôt à tout le pays.

Tentant de garder la tête froide, le Moustachu avait minutieusement mis au point les manœuvres de diversion et d'élimination des sentinelles. Il avait dû calmer quelques exaltés qui se voyaient déjà terrasser Apophis en personne. Chacun avait fini par accepter des ordres stricts, et l'on s'était dispersé l'espoir au cœur.

— Allons prendre un peu l'air sur la terrasse, proposa l'Afghan.

L'est rosissait, quelques nuages retardaient le nouveau triomphe du soleil ressuscité.

— Le guetteur d'angle n'est pas à son poste, remarqua l'Afghan.

Le Moustachu se pencha.

— Le vieux non plus... Ils sont rentrés dormir.

— Les deux ensemble ? C'est contraire aux consignes de sécurité !

Des aboiements troublèrent le silence.

Leur succédèrent aussitôt les gémissements de douleur du chien frappé à mort.

— Ils ont tué le chien, comme les guetteurs... Filons d'ici, le Moustachu, on nous a vendus ! Non, pas la ruelle... Il ne nous reste que les toits.

L'amiral Jannas avait décidé de lancer l'attaque à l'aube, au moment où les prêtres célébraient les premiers rites en invoquant la présence d'un pharaon qu'ils n'assimilaient pas à Apophis. Puisque le clergé s'enfonçait dans cette dissidence spirituelle et fournissait une aide matérielle aux terroristes, la meilleure solution consistait à lui briser les reins.

Jannas estimait que des arrestations et la fermeture des

temples suffiraient, mais Khamoudi, porte-parole de l'empereur, avait exigé bien davantage : la mise à mort des religieux et la destruction des édifices sacrés de la vieille capitale.

Sans qu'il comprenne pourquoi, cet ordre avait choqué l'amiral. Pourtant, lui, un guerrier hyksos, était habitué à semer la terreur et la désolation. Peut-être des victoires trop faciles et la douceur de la vie égyptienne l'avaient-elles amolli. Il n'aurait pas dû, non plus, être heurté par le comportement de Khamoudi envers des esclaves femelles.

Mettre au pas l'orgueilleuse Memphis effacerait ces atermoiements.

— Amiral, comment distingue-t-on les grands prêtres de leurs subordonnés ? lui demanda un officier.

— On ne distingue pas. Vous tuez tous ceux que vous trouvez dans les temples et vous brûlez les cadavres.

— Pillage autorisé ?

— Bien entendu. Je ne veux plus voir debout aucun des temples de Memphis.

— Et... les femmes ?

— Que les soldats se servent. Au coucher du soleil, tous les officiers au rapport.

En sueur, le Moustachu éprouvait des difficultés à reprendre son souffle.

Repérés par des policiers hyksos, l'Afghan et l'Égyptien avaient dû sauter de toit en toit, au risque de se rompre le cou. Une flèche avait même rasé la tempe du Moustachu, mais les deux résistants s'étaient montrés plus agiles que leurs poursuivants et avaient réussi à les semer.

— Là-bas, l'Afghan, regarde là-bas ! Des flammes, des flammes gigantesques !

— C'est le grand temple de Ptah qui brûle.

L'Égyptien sanglota.

— Le grand temple de Ptah... Ce n'est pas possible, ils n'ont pas osé !

— Beaucoup d'Égyptiens vont mourir aujourd'hui, et Memphis sera brisée. Nous devrons trouver une autre base après avoir récupéré ceux des nôtres qui auront échappé au massacre.

— À trois jours près... Mais comment ce démon d'Apophis a-t-il su qu'il fallait lancer cette attaque préventive ?

— Précisément parce qu'il est un démon.

— Alors, inutile de continuer.

— Même les démons ont leurs faiblesses, mon ami. Dans mes montagnes, on est habitué à les combattre. Crois-moi, ils ne sont pas toujours vainqueurs.

26

Bien à l'abri du soleil sous un kiosque dont le toit était soutenu par deux colonnettes en forme de lotus, le pharaon Apophis et le Grand Trésorier Khamoudi dégustaient des plats préparés par le cuisinier personnel de l'empereur, un Égyptien contraint de goûter chaque mets en sa présence. Apophis avait exigé de l'antilope en sauce accompagnée de lentilles et de pois cassés.

Trois esclaves maniaient des éventails composés d'un manche en acacia et de plumes d'autruche pour que le souverain et son hôte ne fussent importunés ni par la chaleur ni par les mouches.

— Excellent, ce vin rouge, jugea Apophis, qui saupoudrait sa nourriture de cumin afin de bien digérer.

Khamoudi lui préférait le genévrier, stimulant, laxatif et diurétique.

— Cette jarre provient de la cave du grand prêtre de Ptah, Majesté ; ses grands crus se trouvent maintenant dans la vôtre.

— Une expédition satisfaisante, me semble-t-il ?

— Succès total ! affirma Khamoudi. Memphis est définitivement à genoux. Les temples ont été incendiés et démantelés, les prêtres et leurs complices exécutés. Chacun sait quel châtiment s'abat sur les révoltés.

— L'amiral Jannas a bien travaillé. Fais transporter les blocs des temples à Avaris, ils nous serviront à construire des quais. Je veux que Memphis soit une ville morte et que son activité économique soit transférée dans ma capitale.

Le cuisinier servit le dessert, une compote de dattes au miel.

— Goûte, ordonna l'empereur.

L'Égyptien parut souffrir d'un malaise.

— Cette purée serait-elle acide ? ironisa Apophis.

— Pas du tout, seigneur... J'ai mal dormi et je suis fatigué. Cette purée est excellente, je vous l'assure.

Le cuisinier reprenait des couleurs.

— L'empereur ne doit courir aucun risque. Fais exécuter cet incapable, Khamoudi, et remplace-le.

Sur un signe du Grand Trésorier, deux pirates chypriotes emmenèrent le malheureux, indifférents à ses protestations.

— Ces Égyptiens sont geignards, estima l'empereur. Voilà pourquoi ils sont incapables de se battre. Où en est notre nouveau ministère de l'Information ?

Khamoudi passa la main dans ses cheveux noirs, graissés d'huile de ricin et de moringa.

— J'ai beaucoup progressé, Majesté ! Les moyens de correspondance classiques sont sous contrôle, bien entendu, mais j'en ai inventé un autre qui devrait vous plaire. Avant de vous le décrire, permettez-moi de vous faire ce présent.

Khamoudi offrit à Apophis un magnifique scarabée en améthyste monté sur une bague en or que l'empereur passa à son petit doigt de la main gauche.

— Jolie pièce... Explique-toi.

— Pour les Égyptiens, ce scarabée est un symbole de bonheur. Il incarne les métamorphoses incessantes, tant sur terre que dans l'au-delà. C'est aussi un hiéroglyphe qui signifie « naître, devenir, se transformer ». Et celui que vous portez appartenait à un illustre pharaon dont la gloire n'est pourtant qu'illusion à côté de la vôtre. Grâce à ce bijou, vous vous affirmez comme le souverain qui apporte le bonheur à ses sujets. À la simple vue de ce symbole, bien des notables égyptiens seront persuadés que vous seul incarnez l'avenir. Et voici donc mon idée : produisons des milliers de scarabées et réutilisons les anciens comme supports de nos messages officiels !

D'un sachet, Khamoudi sortit cinq scarabées de tailles différentes et fabriqués dans des matériaux divers, allant du calcaire à la faïence.

— Sur le plat, poursuivit le Grand Trésorier, mes scribes écriront les textes que je leur dicterai. Faciles à transporter, ces petits objets inonderont bientôt l'empire des informations que nous voudrons bien lui donner. Et les Égyptiens considéreront nos messages sur les scarabées comme des signes de bonheur.

— Brillant, Khamoudi, très brillant... Mais je veux lire chacun de ces messages. Aucun ne sera émis sans mon accord explicite.

— Je l'entendais bien ainsi, Majesté.

— La propagande est une arme aussi décisive qu'un char de guerre, mon ami. Avec lui, on tue les corps ; avec elle, les âmes. Fais remplacer les manieurs d'éventails... Ces fainéants faiblissent, je manque d'air.

Trop heureux d'avoir la vie sauve, les esclaves cédèrent la place à une nouvelle équipe.

Apophis caressa sa gourde sur laquelle était dessinée une carte de l'Égypte.

— Malgré la destruction des temples de Memphis, il existe encore de petits groupes de résistants d'autant plus dangereux qu'ils sont très mobiles. Acculés au désespoir, ils pourraient commettre des actes terroristes qui m'irriteraient au plus haut point. Comme ces individus ne se rendront pas et qu'ils sont très difficiles à identifier, il faut les pousser à sortir de leurs tanières et à se regrouper.

— De quelle manière, Majesté ?

— En les désinformant, Khamoudi. Nous allons leur faire croire que Thèbes représente un réel espoir et qu'ils doivent gagner au plus tôt la cité du dieu Amon. Tu vas donc rédiger une lettre dans ce sens et la confier à un facteur spécial qui ira de taverne en taverne en proclamant, sous le coup de l'ivresse, qu'il est porteur d'un message très important à l'intention de la forteresse de Gebelein.

— Dans quelle région commencer ?

Apophis regarda intensément sa gourde.

— Au sud de Memphis... C'est là qu'ils se cachent ! Et c'est un peu plus bas, à la hauteur de la vieille ville d'Hérakléopolis, que des soldats d'élite attendront les résistants en route pour Thèbes. Il y a parmi eux, je le sens, quelqu'un de dangereux.

Khamoudi fut étonné.

— Plus personne n'a la capacité de nous vaincre !

— Apprends qu'un individu se montre parfois plus redoutable qu'une armée. Cet homme doit être supprimé au plus vite.

Séqen avait subi un tel choc lors de son couronnement, doublé de l'annonce de sa future paternité, qu'Ahotep lui avait accordé quelques heures de repos dans la campagne thébaine. Sous la protection de Rieur, les deux jeunes gens s'étaient offert une longue promenade à travers champs pour aboutir à un canal bordé de grands saules.

— Il ne fallait pas, Ahotep, il ne fallait pas...

— Bien sûr que si ! Comment aurais-je pu passer ma vie avec un médiocre ? Le premier devoir d'une reine, c'est de faire naître un pharaon. Donc, je l'ai fait. Et il sera le père de mon fils.

— Mais tu sais bien que...

— Si tu n'étais pas capable d'assumer ces responsabilités, j'aurais renoncé. Mais tu l'es, Séqen ! Certes, tu as besoin d'un peu de temps afin de développer toutes tes capacités d'action, et nous ne brûlerons pas les étapes. Enfin, pas trop.

Elle l'embrassa avec passion, son désir s'enflamma.

— Étendons-nous à l'ombre des saules, proposa-t-elle.

Ce coin tranquille était un petit paradis, propice aux jeux de l'amour. Séqen ôta son pagne et l'étendit sur la berge. Cette couche improvisée plut à la jeune femme, qui reçut avec délices le corps d'un amant enfiévré. Comme elle, Séqen était un être enthousiaste qui ignorait la tiédeur. Et cet être-là possédait les qualités d'un roi.

— Si tu pêchais ? proposa-t-elle.

Séqen confectionna une canne à pêche rudimentaire avec des roseaux et se servit d'un lombric bien gras comme appât.

— D'après ma mère, le dernier homme fort de Thèbes est le ministre de l'Agriculture. Descendant d'une vieille et riche famille, il possède de nombreuses terres et n'a qu'un seul idéal : préserver sa fortune. C'est pourquoi il ordonne aux paysans de ne pas s'engager dans l'armée et de continuer à travailler pour lui. À plusieurs reprises, ma mère a tenté de le convaincre que cet immobilisme condamnait Thèbes à disparaître, et lui avec. Mais il n'en croit pas un mot et campe sur ses positions. Comme la totalité des nobles l'écoute, rien ne change et nous nous comportons comme de fidèles sujets de l'empereur.

— Que comptes-tu faire, Ahotep ?

— Ou bien il m'obéit, ou bien je le démets de ses fonctions.

— Le bonhomme est aussi prétentieux que têtu, paraît-il... Jamais il ne se soumettra à une femme !

— Lever cet obstacle est indispensable. Tant que ce ministre sera en poste, nous serons impuissants.

Alors qu'il semblait profondément endormi, la tête posée sur ses pattes croisées, Rieur mobilisa toutes ses énergies en un instant et sauta sur Séqen.

Sous l'impact, le jeune homme fut propulsé loin de l'endroit où il se tenait une seconde auparavant.

Et ce fut sur le vide que se refermèrent les mâchoires d'un crocodile qui, sans l'intervention du chien, auraient broyé les jambes du roi.

Dépité, le crocodile songea à attaquer, mais les aboiements du molosse et les pierres que lui jetait Ahotep l'en dissuadèrent.

— Tu avais pêché le plus gros des poissons, constata Ahotep.

— Les préposés aux canaux ne font plus leur travail, déplora Séqen. Naguère, aucun crocodile n'aurait pu s'y aventurer.

— Il y a plus grave, beaucoup plus grave... L'agression de ce monstre prouve que le mauvais œil est sur nous. Nous devons le conjurer sans tarder.

AHOTEP,
LA REINE LIBERTÉ

Vers 1690 av J.-C. L'Égypte est sous la domination des Hyksos. Mais une jeune princesse thébaine refuse de subir plus longtemps le joug de l'envahisseur. Elle s'appelle Ahotep. Avec d'infimes possibilités de vaincre, elle entreprend de réveiller la conscience de ses compatriotes. Son nom égyptien, *Iâh-hotep*, est formé de deux mots, *Iâh*, le dieu Lune, parfois agressif et redoutable, et *Hotep*, qui signifie « paix, plénitude, accomplissement ». Le nom d'Ahotep est donc un véritable programme de règne ; on peut le traduire par « Que le dieu Lune soit accompli », autrement dit que la force céleste vienne à bout des ténèbres, ou bien « Guerre et paix ». Trois hommes, trois Thébains, trois pharaons marqueront la vie d'Ahotep : son mari, Séqen-Râ, et leurs deux fils, Kamès et Amosé. Á l'origine de la reconquête, indispensable pour que soient réunies les Deux Terres, la Haute et la Basse - Égypte, la reine l'animera de toute son énergie, au prix de sacrifices cruels.

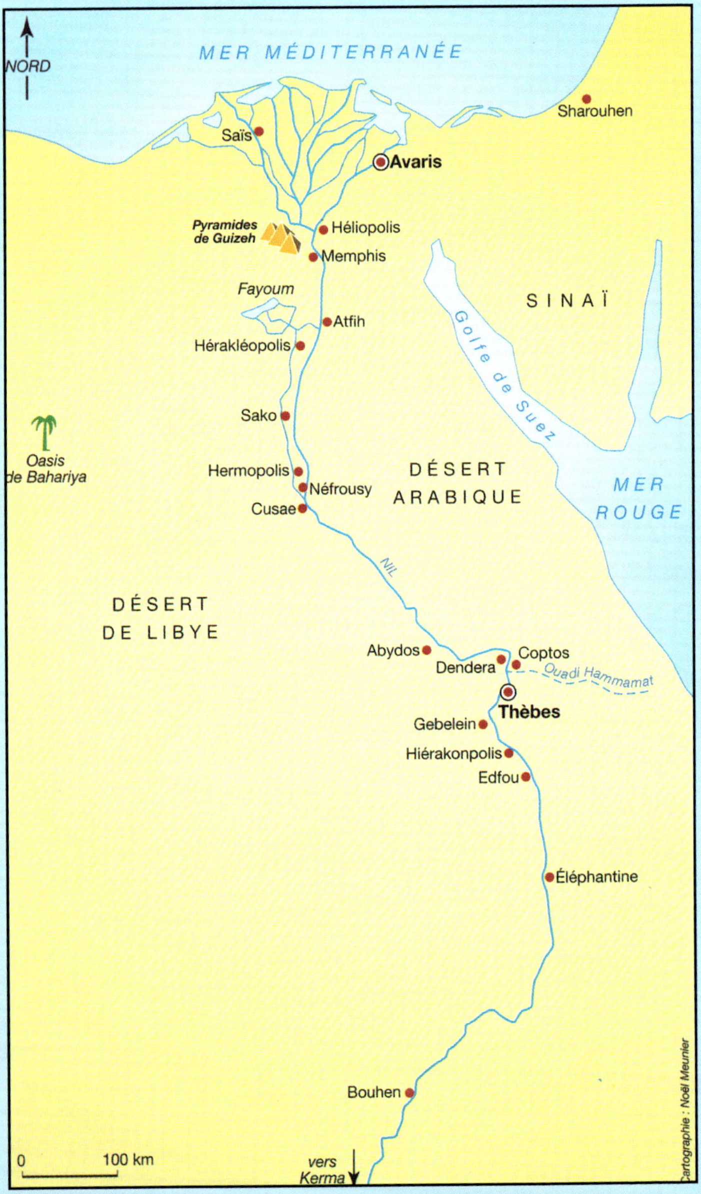
NORD
MER MÉDITERRANÉE
Sharouhen
Saïs
Avaris
Pyramides de Guizeh
Héliopolis
Memphis
Fayoum
SINAÏ
Atfih
Golfe de Suez
Hérakléopolis
Sako
Oasis de Bahariya
Hermopolis
DÉSERT ARABIQUE
Néfrousy
MER ROUGE
Cusae
NIL
DÉSERT DE LIBYE
Abydos
Coptos
Dendera
Ouadi Hammamat
Thèbes
Gebelein
Hiérakonpolis
Edfou
Éléphantine
Bouhen
0
100 km
vers Kerma
Cartographie : Noël Meunier

APERÇU HISTORIQUE

Au cours de sa longue histoire, trois millénaires de splendeurs, l'Égypte ancienne connut des périodes troublées. L'une d'entre elles marqua la fin du Moyen Empire, une époque de paix, d'harmonie et de stabilité commencée vers 2060 avant notre ère.

Le danger vint du nord-est, au XVIIIe siècle avant Jésus-Christ, sous la forme de l'invasion hyksos.

Qui étaient ces Hyksos, en égyptien hekaou khasout, les « chefs des pays étrangers » ? Les discussions se poursuivent, mais il est certain qu'il y avait parmi eux des Cananéens, des Anatoliens, des Chypriotes, des Asiatiques, des Caucasiens, entre autres…
Ce fut la première invasion qui frappa l'Égypte.

L'occupation hyksos fut longue (plus de 100 ans) et très rude. Les Hyksos établirent le centre de leur empire militaire et commercial dans le Delta, à Avaris. Bientôt il ne resta plus qu'un îlot de résistance : la petite cité de Thèbes.

Il fallut beaucoup de courage à Téti la Petite, devenue reine à la mort de son époux, le dernier pharaon régnant à Thèbes avant l'occupation, pour maintenir un semblant d'indépendance dans sa province. Mais le salut vint de sa fille, Ahotep, placée sous la protection du dieu Lune, qui, elle, décida de résister.

Ahotep, la Jeanne d'Arc égyptienne ? D'une certaine manière, en effet, puisque c'est elle qui incita les Thébains à former une armée de libération et qu'elle joua un rôle militaire essentiel.

Mais Ahotep fut beaucoup plus q'une guerrière, car elle restaura les valeurs essentielles de la société pharaonique.

Pour le romancier comme pour l'historien, Ahotep est une figure de femme aussi fascinante qu'inoubliable, elle qui a su dire « non » à l'occupation et à la barbarie.

J.C.

Vers 1730 av. J.-C., Thèbes est le dernier îlot où survit la civilisation égyptienne. Au nord de la ville, tout le pays est sous la coupe des Hyksos, et de leur chef, le tyran Apophis. Au sud, il y a les Nubiens, alliés des Hyksos. Thèbes, dite Ouaset, « La Puissance (divine) », n'est alors qu'une bourgade qui célèbre le culte du dieu Amon dans le sanctuaire de Karnak, bien modeste par rapport à l'immense cité-temple que les touristes visitent aujourd'hui. Il n'y a encore qu'un temple, bâti par Sésostris Ier (XIIe dynastie).

Celui-ci n'existe plus, car les pharaons du Nouvel Empire ont réutilisé les blocs anciens pour servir de fondations symboliques à leurs propres monuments. Mais des fouilles ont permis de découvrir une chapelle en pièces détachées, dite « chapelle blanche de Sésostris Ier », qui a été remontée, et montre la beauté des bâtiments de l'époque (en bas).

C'est le cheval, animal jusqu'alors inconnu en Égypte, qui conféra aux Hyksos leur supériorité militaire. Son rôle était essentiel : attelés par deux à un char, les chevaux pouvaient mener quatre soldats au combat, l'un conduisant le véhicule, les trois autres tirant à l'arc ou jetant des lances à la pointe en bronze. Les Égyptiens adoptèrent à leur tour cette « arme », comme on le verra, bien des générations plus tard, lors de la bataille de Kadesh (en bas) remportée par Ramsès II.

La bataille menée par la reine Ahotep avec son mari le pharaon Séqen contre les Hyksos fut sans pitié. Voici le témoignage le plus émouvant qui soit parvenu jusqu'à nous : la momie martyrisée du jeune Séqen, dit Séqen-en-Râ, « Le Vaillant de la lumière divine », dont le visage porte de terribles blessures. Les momificateurs n'ont pas effacé ces traces, comme s'ils voulaient conserver la mémoire du violent combat où l'héroïque souverain a été tué. Au côté d'Ahotep, il fut le premier pharaon à résister contre l'occupation hyksos, parce qu'il voulait revoir une Égypte libre et réunifiée.

ÉGYPTE ANCIENNE

REPÈRES CHRONOLOGIQUES

Époque archaïque (dynasties I et II)
Vers 3150-2690 av. J.-C.

Ancien Empire (dynasties III – VI)
Vers 2690-2180 av. J.-C. Le temps des grandes pyramides. Les pharaons les plus connus sont Snéfrou, Djéser et Khéops.

Première période intermédiaire (dynasties IX – XI)
Vers 2180-2060 av. J.-C.

Moyen Empire (dynastie XI – XII)
Vers 2060-1785 av. J.-C. Règne des Amenemhat et des Sésostris.

Deuxième période intermédiaire (dynasties XIII – XVII)
Vers 1785-1570 av. J.-C. Invasion et occupation hyksos.

Nouvel Empire (dynasties XVIII – XX)
Verso 1570-1070 av. J.-C. Parmi les pharaons les plus célèbres : Hatchepsout, Akhénaton, Séthi Ier, Ramsès II…

Troisième période intermédiaire (dynasties XXI – XXV)
Vers 1070-672 av. J.-C.

Basse Époque (dynasties XXV – XXX)
Vers 672-332 av. J.-C.

Époque gréco-romaine
332 av. J.-C.-395 ap. J-C.
C'est la conquête d'Alexandre le Grand, le règne des Ptolémée (parmi lesquels Cléopâtre), puis des empereurs romains.

27

— Tu as raison, Ahotep, constata Téti la Petite. Le mauvais œil est sur nous, et plus particulièrement sur notre nouveau roi.

— Comment l'en délivrer ?

— Il faut que lui et toi possédiez le *heka,* cette puissance magique qui détourne les effets pernicieux des événements. Sans lui, aucun succès possible. Le mauvais œil vous en interdit l'accès... Par bonheur, la façon dont il s'est manifesté trahit son origine ! Le saule est l'arbre sacré du temple de Dendera. Sans doute a-t-il subi de graves dommages, dont les dieux rendent le pharaon responsable.

— Réparons-les, décida la reine.

— Dendera est en zone occupée, Ahotep !

— Un couple de paysans et son âne n'éveilleront pas la méfiance des Hyksos.

Sans défense, le couple royal sur des chemins contrôlés par l'occupant ! Une folie à laquelle Téti la Petite n'avait pas le pouvoir de s'opposer.

À l'approche de la douane de Coptos, Vent du Nord ne ralentit pas l'allure. Cela signifiait que les douaniers ne causeraient aucune difficulté aux voyageurs.

De fait, apathiques sous le soleil de midi, ils se contentèrent d'inspecter rapidement les sacs que portait l'âne et d'y prélever deux paires de sandales neuves comme montant du péage.

Construit au temps des pyramides et perdu dans une campagne reculée, le temple de Dendera était dédié à la déesse Hathor. L'état d'abandon des jardins précédant l'édifice prouvait qu'il n'y avait plus assez de prêtres et d'employés pour l'entretenir correctement.

Vent du Nord s'immobilisa et huma longuement l'atmosphère. Apaisé, il repartit de plus belle.

— Pas de Hyksos dans les parages, conclut Ahotep.

Une femme âgée sortit sur le parvis.

— Je suis la grande prêtresse de ce temple, déclara-t-elle. Il est aujourd'hui trop pauvre pour accueillir et nourrir des voyageurs. Aussi vous prierai-je de continuer votre route.

— Nous ne quémandons pas, répondit Ahotep. Nous venons voir le saule.

— Notre arbre sacré se meurt, comme le pays tout entier. Ni vous ni moi n'y pouvons rien.

— Tel n'est pas mon avis, grande prêtresse.

— Mais qui êtes-vous donc ?

— Ahotep, souveraine des Deux Terres.

— Téti la Petite serait-elle décédée ?

— Ma mère est bien vivante, mais elle m'a légué le pouvoir.

— Le pouvoir, Majesté... Mais quel pouvoir ?

— Peut-être celui de régénérer le saule de Dendera.

— Impossible, hélas ! Vous ne pourrez même pas vous en approcher.

— J'insiste, grande prêtresse.

D'un pas fatigué, la vieille femme guida ses deux visiteurs jusqu'à l'arrière du temple.

Au milieu d'un bassin, un grand saule aux feuilles flétries était si penché qu'il ne tarderait plus à s'effondrer.

Alors qu'Ahotep enjambait le muret pour voir l'arbre de près, l'eau se mit à bouillonner, et la gueule d'un crocodile menaça l'intruse, qui battit en retraite.

— Notre génie protecteur s'est retourné contre nous, révéla la grande prêtresse. Quand le saule tombera, le mauvais œil aura triomphé.

— Je le redresserai, décida Séqen, mû par une force impérieuse.

— Ne risquez pas votre vie, recommanda la grande prêtresse.

— Connaissez-vous encore les formules de l'érection du saule ? lui demanda Ahotep.

— Bien sûr, mais il s'agit d'un rite royal qui n'a plus été pratiqué depuis longtemps.

— Récitez-les. Moi, je magnétise Séqen.

Ahotep prit la posture des déesses dont les mains émettaient des ondes vivifiantes pour leurs protégés, tandis que la grande prêtresse faisait vibrer les sons des textes antiques. Ils célébraient le moment où, sous l'effet du soleil à son zénith, l'arbre sacré s'érigeait vers le ciel de toute sa taille.

Refusant la peur, Séqen pénétra dans le bassin.

Si le crocodile l'attaquait, Ahotep volerait à son secours.

Mais le reptile* recula. Furieuse, sa queue fouetta l'eau ; puis les soubresauts s'estompèrent, et Séqen parvint au pied du saule.

Il se pencha, plongea la main et ressortit du bassin un petit crocodile en bois.

— Voici le monstre maîtrisé !

— Regardez l'arbre ! s'exclama la grande prêtresse.

* Les Égyptiens classaient, eux, les crocodiles parmi les poissons.

Le saule se relevait lentement, ses feuilles se retournaient pour offrir à la lumière leurs faces intérieures, à la belle teinte argentée.

— Le mauvais œil est vaincu, constata Ahotep.

— Comment est-ce possible ? s'étonna la grande prêtresse. Seul un pharaon légitime peut accomplir un tel exploit !

Silencieux et recueillis, Ahotep et Séqen la dévisagèrent.

— Vous, la reine d'Égypte... Et vous, son époux, le roi... C'est la vérité, n'est-ce pas ? Mais vous n'avez ni escorte ni serviteurs, et vous ressemblez à deux paysans !

— Autrement, impossible de nous déplacer en zone occupée, précisa Ahotep. Puisque le maléfice est rompu, donnez-nous le *heka.*

— C'est à Héliopolis que vous devez vous rendre pour acquérir le plus puissant.

— Cette cité sainte est beaucoup trop proche de la capitale hyksos, objecta Ahotep. Nous serons arrêtés avant de l'atteindre.

— Alors, Majesté, vous devrez vous contenter du *heka* de la déesse Hathor. À cause du mauvais œil et de la faiblesse du saule, cette énergie ne parvenait même plus au temple. Espérons que le relèvement de l'arbre a rétabli l'harmonie.

Le couple suivit la grande prêtresse à l'intérieur du sanctuaire, jusqu'à la chapelle de l'orient qui abritait un naos en granit rose. Dès qu'elle en ouvrit les portes, une douce lumière jaillit de la statuette en or de la vache Hathor.

— Laissez-vous baigner par le *heka,* conseilla la grande prêtresse. Il est la puissance de la lumière que le Principe a créée quand il a mis l'univers en ordre. Grâce à cette force, vous accomplirez des actions utiles et vous détournerez les attaques du destin.

Main dans la main, Ahotep et Séqen oublièrent le temps et vécurent l'amour de la déesse.

L'Afghan, le Moustachu et une dizaine de résistants mangeaient du poisson séché et du pain rassis dans leur repaire campagnard, au sud de Memphis. Aucun mouvement de troupe hyksos n'avait été signalé depuis le raid dévastateur de l'amiral Jannas.

— Un guetteur nous annonce l'approche d'un ami, prévint le Moustachu.

Tous se saisirent de leurs armes.

— C'est le fils de l'aubergiste.

Le gaillard était émoustillé.

— Il y a un drôle de type qui boit de la bière chez nous, déclara-t-il. Il prétend être facteur et chargé d'un pli spécial.

— On s'en occupe, garçon.

Les résistants attendirent que le facteur sortît de l'auberge et s'en éloignât suffisamment pour savoir s'il ne bénéficiait pas d'une protection à distance.

Le messager semblait seul.

Alors qu'il s'engageait dans un chemin menant au prochain village, le Moustachu fonça sur lui et l'assomma d'un seul coup de poing.

La fouille fut rapide.

— Une lettre d'Avaris fermée par un sceau !

L'Égyptien le brisa et déroula le papyrus.

— Passionnant, constata le Moustachu, un message de Khamoudi à l'intention du commandant de la forteresse de Gebelein ! Il lui révèle que Thèbes demeure libre et qu'elle regroupe les révoltés. Fabuleux ! À présent, nous savons ce qui nous reste à faire. Rassemblons les résistants et partons pour la cité d'Amon. Tous ensemble, nous serons plus forts !

— On ne bouge pas d'ici, décréta l'Afghan.

— Mais... tu ne m'as pas écouté ?

— Au contraire, avec la plus grande attention.

— Alors, pourquoi hésiter ?

— Parce que c'est un piège. Un facteur hyksos qui voyage seul, se fait repérer dans une taverne et ne bénéficie d'aucune protection militaire... Ça ne te surprend pas ?

— Vu de cette façon...

— Nous n'avons aucune nouvelle de Thèbes, qui a probablement subi le même sort que Memphis. L'empereur veut nous attirer là-bas pour éliminer les derniers résistants, qui tomberont dans un traquenard sur la route menant à la cité d'Amon.

De rage, le Moustachu déchira le papyrus en mille morceaux.

28

Le médecin examina la couleur des yeux d'Ahotep, puis sa peau, et il s'assura enfin que les conduits de sa poitrine étaient fermes et non relâchés.

— La grossesse se passe à merveille, conclut-il, et l'accouchement ne sera ni en avance ni en retard. Surtout, continuez à vous faire masser quotidiennement.

— Et... le résultat des tests ? demanda la reine.

— Votre urine a fait germer l'orge avant le blé, et le froment avant l'épeautre. Donc, aucun doute : vous aurez un garçon.

Ahotep sortit de sa chambre pour se précipiter dans les bras de Séqen.

— Un fils... Un fils qui combattra à tes côtés !

— J'aurais préféré une fille, aussi belle que sa mère.

— J'ai décidé que nous aurions deux fils, souviens-toi ; pour le moment, Thèbes a besoin de guerriers et de chefs. Retourne à la caserne, je vais au marché.

— Ne devrais-tu pas prendre davantage de repos, Ahotep ? Ta grossesse...

— C'est moi qui fais cet enfant, et il sera vigoureux, crois-moi ! Va vite entraîner nos hommes.

Sur le marché de Thèbes, qui ressemblait à celui d'une bourgade de province, les joyeux palabres avaient disparu depuis longtemps. On discutait encore les prix par habitude, mais l'on se souciait surtout des rumeurs annonçant une attaque hyksos. Certains prétendaient que Memphis avait été rasée et que le même sort serait bientôt réservé à la cité d'Amon.

Seuls quelques vendeurs de sacs de blé et de légumes affichaient un sourire satisfait. Ils disposaient d'une marchandise abondante et, tôt ou tard, la clientèle devait acheter leurs produits, les plus chers du marché.

Ils les pesaient avec une série de poids en calcaire, en forme de tronc de cône, allant d'une cinquantaine de grammes à plusieurs kilos.

Se sentant observé par Ahotep, l'un d'eux, au visage rougeaud, finit par l'interpeller.

— Approche, jeune fille ! Qu'est-ce que tu désires ?

— Vérifier vos poids.

Le rougeaud faillit s'étrangler.

— Non mais dis donc... Pour qui te prends-tu ?

— Toi et tes collègues, vous travaillez bien pour le ministre de l'Agriculture ?

— Ça te dérange ?

— J'ai plusieurs étalons de mesure pesant chacun quatre-vingt-dix grammes et je vais contrôler vos poids.

— Décampe immédiatement, gamine !

Fendant la foule des badauds qui s'attroupaient, Rieur vint à la hauteur de sa maîtresse. Les babines relevées, il montra les crocs et émit un grognement qui glaça le sang du rougeaud.

— Pas de bêtises, hein... Empêche ce monstre d'attaquer !

Avec promptitude, Ahotep posa trois lingots de cuivre sur un plateau de la balance et, sur l'autre, un poids marqué « 270 grammes ».

À la stupéfaction générale, les plateaux ne demeurèrent pas en équilibre.

— Ton poids est truqué, constata Ahotep. Tu vends une quantité moindre que celle annoncée et tu voles donc chaque acheteur. Vérifions les autres poids.

Les marchands voulurent s'y opposer, mais les exigences d'une foule en colère les contraignirent à s'incliner.

Tous les poids étaient truqués.

— Je la reconnais, c'est la princesse Ahotep, la fille de la reine Téti la Petite ! s'exclama un employé du palais. Grâce à elle, nous ne serons plus volés !

La jeune femme fut acclamée.

— Toi, dit-elle à une vieille campagnarde qui vendait des poireaux, tu seras la contrôleuse des poids utilisés sur ce marché. Quiconque tenterait de tricher devra offrir gratuitement ses produits pendant un mois. En cas de récidive, il sera exclu du cercle des marchands.

Même Héray songeait à renoncer. Pourtant, considéré comme le meilleur boulanger thébain, il aimait tellement son métier qu'il avait réussi, jusqu'à présent, à obtenir une qualité acceptable de pains et de gâteaux malgré le manque de main-d'œuvre et les paiements de plus en plus irréguliers.

Mais ce matin-là, c'était le coup de grâce.

Le ministère de l'Agriculture lui avait livré une farine si médiocre qu'Héray ne pouvait l'utiliser.

En désespoir de cause, il avait alerté l'intendant du palais. Comme d'habitude, on lui répondrait que la situation était la situation et que le ministre avait les pleins pouvoirs dans son domaine.

Héray laissa tomber ses cent kilos sur un tabouret aussi fatigué que lui.

Aujourd'hui, il n'allumerait pas le four.

Venant de la ruelle, des bruits insolites. Le boulanger sortit et se heurta à un âne colossal.

— Tu es bien Héray ? lui demanda une splendide jeune femme brune.

— Princesse Ahotep ! Oui, c'est bien moi.

— Voici la réponse du palais : Vent du Nord t'apporte de la farine de première qualité.

— D'où... d'où provient-elle ?

— Des greniers du ministre de l'Agriculture. D'autres ânes arriveront bientôt, tu auras la quantité nécessaire pour le palais et la caserne. Engage dès maintenant d'autres boulangers et prépare-les à te remplacer.

— Me remplacer, mais pourquoi ?

— Parce que tu es nommé Supérieur des greniers.

Dans une grande cuve, les brasseurs mélangeaient des pains d'orge, de la liqueur de dattes et de l'eau afin d'obtenir une bouillie qu'ils laissaient reposer jusqu'à sa fermentation. Ensuite, ils la filtraient avant de la verser dans des jarres dont les parois intérieures étaient enduites d'argile, de manière à garantir la conservation de la bière.

Mais les brasseurs ne cessaient de clamer leur mécontentement. Comment produire de la bonne bière avec de l'orge médiocre ? De plus, presque toutes les jarres auraient dû être rénovées. C'est pourquoi plus personne ne prenait goût à fabriquer de la bière imbuvable.

Un coup de pied dans les côtes réveilla le maître brasseur.

— Ça ne va pas, non ! Mais qu'est-ce que c'est ?... Une femme...

— Je suis la princesse Ahotep.

Impressionné, l'artisan se leva.

— Excusez-moi, je prenais un peu de repos, je...

— Tu as beaucoup de travail en perspective et tu devras doubler tes équipes. Le nouveau Supérieur des greniers, Héray, te fera livrer de l'orge d'excellente qualité et tu recevras dès demain de nouvelles jarres que le ministère de l'Agriculture met à ta disposition. Le palais exige de la très bonne bière.

— Avec joie, princesse !

Le ministre de l'Agriculture avait une tête en forme d'œuf de canard. Le matin, il prolongeait sa nuit sous un parasol, au bord de son bassin aux lotus. L'après-midi, il écoutait les rapports de ses intendants. Ravi, il constatait jour après jour que rien ne changeait et qu'il demeurait le notable le plus riche de Thèbes.

Comme son cuisinier le gâtait, il avait tendance à prendre du poids. À l'avenir, il ne mangerait qu'un seul plat en sauce le soir.

Depuis sa nomination, sa politique n'avait pas varié : conserver les avantages acquis. Grâce à la faiblesse de la reine, il n'éprouvait aucune difficulté à réussir.

Fait insolite, son secrétaire particulier demandait à le voir avant le déjeuner.

— Je dois vous signaler des incidents d'une extrême gravité.

— Ne nous emballons pas et gardons notre calme !

— Le boulanger Héray vient d'être nommé Supérieur des greniers.

— Quelle importance ? Il faut bien distribuer des titres honorifiques de temps à autre.

— Vous m'avez mal compris... Il devient Supérieur de tous les greniers, y compris des vôtres !

— Tu plaisantes, j'espère ?

— Malheureusement non. Sur ordre du palais, de grandes

quantités d'orge ont été prélevées sur vos stocks et livrées à la boulangerie et à la brasserie principales.

Le ministre de l'Agriculture n'avait plus la moindre envie de sommeiller.

— Téti la Petite ose me défier !

— Non, il s'agit de sa fille, la princesse Ahotep.

29

Excédé, le ministre de l'Agriculture faisait les cent pas devant la porte de la salle d'audience de la reine. Téti la Petite lui paierait cher ce nouvel affront. Non seulement elle lui restituerait ses biens, mais encore la contraindrait-il à lui offrir des terres cultivables en guise de dédommagement. Que sa fille fût devenue folle ne le concernait pas ; la souveraine officielle de Thèbes n'avait qu'à mieux s'occuper de sa progéniture.

— Sa Majesté vous attend, annonça l'intendant Qaris, très calme.

— Ce n'est pas trop tôt !

Le ministre s'aperçut que la petite salle avait été repeinte.

Assise sur un trône en bois doré dont les pieds imitaient des sabots de taureau, la princesse Ahotep, vêtue d'une robe blanche. À ses poignets, des bracelets d'or.

— Ce n'est pas vous que je veux voir, mais la reine !

— Tu la vois.

— Qu'est-ce que ça signifie ?

— Incline-toi devant la souveraine des Deux Terres.

— La souveraine...

— Incline-toi ou je te fais arrêter pour injure à la fonction royale !

Le ton de la jeune femme était si impérieux que le ministre prit peur.

— Je ne savais pas, Majesté, je...

— Maintenant, tu sais. Voici mes premières décisions : je supprime plusieurs postes devenus inutiles en temps de guerre. Héray, le Supérieur des greniers, s'occupera de l'agriculture.

— Vous voulez dire... que je ne suis plus ministre ?

— Tu m'as bien comprise.

— Ce Héray n'est personne, Majesté, c'est un simple boulanger incapable de gérer les richesses de notre province !

— Héray, lui, est un homme honnête. Afin de soutenir l'effort de guerre, tes terres et tes biens sont réquisitionnés. Je te laisse une seule villa, la plus modeste. Tu y élèveras de la volaille pour nos soldats. Et tâche de mettre du cœur à l'ouvrage si tu ne veux pas descendre encore plus bas.

— Majesté...

— L'audience est terminée.

L'ex-ministre avait réuni ses proches afin de préparer une vigoureuse riposte. Mais aucun ne souhaitait lui emboîter le pas.

— Pourquoi cette panique ? s'emporta le haut dignitaire. Ahotep est seule et inoffensive !

— Pas tant que ça, objecta son secrétaire particulier. Ahotep a le soutien inconditionnel de Téti la Petite que chaque Thébain vénère, et elle ranime la caserne où viennent d'être engagés de nombreux paysans qui travaillaient hier pour votre compte. Ce n'est qu'une armée de misérables, certes, mais ils sont mieux payés que sur vos terres et ils lui obéissent.

— Désolé de vous quitter si tôt, déplora le ministre de l'Économie, mais je suis convoqué au palais en fin de matinée, et Ahotep n'aime pas attendre.

Les autres fonctionnaires l'imitèrent, chacun invoquant une tâche urgente.

— Quelle bande de lâches ! Heureusement, toi, mon secrétaire particulier, tu me restes fidèle. Ensemble, mettons au point une contre-offensive.

— Navré, mais je suis scribe et je n'ai aucun goût pour l'élevage des volailles. Héray m'a proposé un poste plus conforme à mes compétences.

— Sors d'ici, fripouille !

Au bord de la crise de nerfs, le ministre vida la moitié d'une petite jarre d'alcool de dattes.

Comment cette gamine avait-elle réussi aussi vite à détruire son fief et à retourner en sa faveur des hommes d'expérience dont il avait fait la carrière ?

Reprenant ses esprits, il aboutit à une conclusion inquiétante : cette jeune reine était vraiment dangereuse, et donc capable d'autres exploits.

C'est pourquoi il devait informer au plus vite ses amis hyksos qu'il renseignait depuis longtemps sur tout ce qui se passait à Thèbes.

Thèbes qui n'était plus sa patrie et dont il verrait la destruction avec un vif plaisir.

Ce fut avec un soulagement évident que le ministre de l'Économie accueillit la nouvelle de la suppression de son poste. Le vieil homme n'aspirait qu'à une paisible retraite et il remercia la reine de la lui accorder.

En moins d'une semaine, Ahotep avait réussi à démanteler un gouvernement fantoche pour concentrer les pouvoirs dans le cercle étroit composé de sa mère, de son époux, de l'intendant Qaris et du Supérieur des greniers Héray. Elle n'avait pas choisi ce dernier par hasard : depuis toujours, il protestait contre l'occupation hyksos, et Qaris l'avait adopté comme second.

Restait à résoudre le problème posé par le général en chef de l'armée thébaine, aussi fantomatique que les nappes de brume matinales de l'automne, vite dissipées par le soleil.

Bien qu'étant le plus âgé des dignitaires, l'officier supérieur avait encore belle allure.

— Je suis à vos ordres, Majesté.

— De combien d'hommes disposons-nous ?

— En théorie, cinq cents. En réalité, pas plus d'une quarantaine de vrais soldats. Pourquoi en aurais-je recruté d'autres, puisque Thèbes ne compte pas résister aux Hyksos ?

— Ce n'est plus le cas aujourd'hui, rectifia Ahotep.

— Tant mieux, Majesté ! Puis-je vous donner un conseil ?

— Je t'écoute.

— Laissez bien en vue une bande d'incapables qui s'afficheront comme l'armée officielle. Ce leurre continuera à faire sourire les Hyksos. Créez une unité secrète où seront formés de véritables guerriers, aptes à manier tous les types d'armes. Ce sera long, mais efficace. Et je ne vois pas d'autre moyen pour préparer une authentique armée de libération.

— Veux-tu te charger de cette tâche ?

— Je n'en ai plus la force, Majesté. La maladie me ronge, et je lui résistais avec l'espoir fou que quelqu'un redonnerait à Thèbes sa fierté perdue. Puisque vous êtes là, je peux mourir tranquille.

Le soir même, le vieux général rendait l'âme, et Séqen était nommé chef de l'armée.

Après avoir longuement hésité, l'ex-ministre de l'Agriculture avait pris la seule décision qui s'imposait : se rendre en personne à Avaris pour informer l'empereur. La dérisoire révolution thébaine n'irait certes pas loin, mais Apophis lui saurait gré de sa pleine et totale allégeance.

Depuis sa déchéance, l'ex-ministre était abandonné de tous

et il n'avait plus confiance en personne. Confier un message à un courrier, même grassement payé, serait trop dangereux. Quitter Thèbes, ses terres et ses biens l'exaspérait, mais il reviendrait bientôt ici avec l'armée hyksos et il se vengerait avec une cruauté que l'orgueilleuse Ahotep n'imaginait pas.

— Poste de contrôle en vue, annonça l'un des porteurs.

— Arrêtez-vous, ordonna l'ex-ministre, qui descendit de sa chaise et s'avança seul vers les soldats.

Si près de Coptos, il devait s'agir d'éléments prohyksos ; dans le cas contraire, le fuyard rebrousserait chemin et passerait par une autre piste.

— Milice de l'empereur, déclara un costaud armé d'un javelot.

— Je suis le ministre thébain de l'Agriculture et je dois me rendre au plus vite à Avaris pour rencontrer notre souverain.

— Toi, un Thébain, tu reconnais l'autorité d'Apophis ?

— Je travaille pour lui depuis longtemps ! C'est moi qui suis ses yeux et ses oreilles, à Thèbes. Si vous m'escortez jusqu'à la capitale, vous recevrez une belle récompense.

— Ainsi, dit la voix grave de Séqen surgissant derrière l'ex-ministre, Ahotep avait raison : tu es bien un traître.

30

L'ex-ministre fut sur le point de défaillir.

— Nous ne sommes pas des miliciens hyksos, précisa Séqen, mais de fidèles serviteurs de la reine. Nous t'avons suivi depuis ton départ pour savoir où tu allais et t'intercepter avant ton passage à l'ennemi.

Le traître s'agenouilla.

— Ne me fais aucun mal, je t'en supplie ! Je regrette, je regrette tellement...

— Donne-moi les noms de tes complices.

— Je... je n'en ai pas !

— Tu oses encore mentir !

— Non, je te jure... Moi, et moi seul, renseignais l'empereur, mais seulement pour de petites choses, de toutes petites choses, et dans l'intérêt de Thèbes.

Séqen et ses hommes entraînèrent l'ex-ministre jusqu'au bord du Nil.

Le pharaon y jeta un crocodile en cire.

Moins d'une minute plus tard, l'eau bouillonna. En surgit la gueule béante d'un énorme reptile.

— Si tu ne parles pas, voici ton bourreau.

Tremblant de peur, le traître dénonça tous ses complices, parmi lesquels figuraient un blanchisseur du palais et un officier qui lui servait de courrier.

— Que le dieu Sobek décide de ton sort.

Les Thébains prirent le traître par les chevilles et le jetèrent dans le fleuve, bientôt rougi de son sang.

Séqen prit Ahotep dans ses bras.

— Tu ne t'étais pas trompée. Les membres du réseau hyksos à Thèbes ont été arrêtés et exécutés. Désormais, l'empereur est sourd et aveugle.

— À une condition : qu'il croie le ministre toujours vivant et en activité. Nous allons donc lui faire parvenir régulièrement des messages l'informant que Thèbes continue à mourir à petit feu, sans aucune volonté de lui résister.

Téti la Petite les interrompit.

— Une lettre officielle d'Avaris : Apophis exige que Thèbes lui envoie une stèle affirmant que la cité du dieu Amon le reconnaît comme pharaon de Haute et de Basse-Égypte.

— Jamais ! s'exclama Séqen. C'est une déclaration de guerre que nous allons lui adresser !

— Nous sommes si loin d'être prêts, regretta Ahotep. Puisqu'il veut une stèle, il l'aura. Mais le sculpteur modifiera la plupart des hiéroglyphes avec tant d'habileté que seul un œil averti s'en apercevra. Il brisera l'aile des oiseaux, clouera au sol les serpents et empêchera les soleils de rayonner. Personne n'ouvrira la bouche de cette stèle, personne ne la rendra vivante. C'est une pierre morte que recevra l'empereur.

Apophis contempla la stèle avec une moue de dédain.

— L'art des Sésostris est bien éteint... Les sculpteurs de Thèbes n'ont plus aucun talent. Qu'en penses-tu, Tany ?

L'épouse de l'empereur mastiquait un gâteau bourratif et huileux.

— Moi, je déteste l'art égyptien sous toutes ses formes ! C'est bien celui d'un peuple d'esclaves.

— Tu en es pourtant issue, rappela Venteuse*, la superbe sœur cadette d'Apophis.

Grande, très mince, de type eurasien, Venteuse s'occupait de meubler le palais d'Avaris avec des chefs-d'œuvre provenant des villes du Delta. Coupes de faïence bleue décorées de fleurs de lotus, brûle-parfums, lampes en forme de lys, lits ornés des divinités protectrices du sommeil, sièges en sycomore d'une élégance inégalable... Bien qu'indifférent à ces merveilles, Apophis pouvait se considérer comme un véritable pharaon.

— À présent, je suis une Hyksos ! protesta la dame Tany. Grâce à moi, les Égyptiennes riches et arrogantes ne sont plus que des esclaves. Ces prétentieuses se prosternent devant moi.

Venteuse haussa les épaules. Elle n'éprouvait que mépris pour l'affreuse épouse d'Apophis.

— Les Égyptiennes étaient perverties par leur liberté, rappela l'empereur. Notre loi exige que toute femelle soit soumise à un mâle, seul capable de prendre des décisions.

— N'est-ce pas la lionne qui chasse et rapporte à manger ?

— Ne me défie pas, sœur chérie ; prendrais-tu la défense de nos esclaves ?

— La politique ne m'intéresse pas. Je ne me soucie que de beauté.

— C'est parfait. Continue ainsi.

Jetant un regard dédaigneux sur la grosse Tany, Venteuse s'éclipsa, laissant dans son sillage un parfum de lotus.

— Ta sœur me déteste, se plaignit-elle. Tu devrais la renvoyer en Asie.

— Elle me rend service, révéla l'empereur.

— Ah... De quelle façon ?

— Venteuse aime l'amour, et aucun homme ne lui résiste. Comme elle se plaît en Égypte, je lui ai imposé mes condi-

* Traduction hypothétique de l'égyptien *Tjaroudjet.*

tions pour qu'elle puisse y séjourner : coucher avec les principaux dignitaires de l'empire et obtenir leurs confidences sur l'oreiller. Ainsi, je connais tout de leurs vices et de leurs ambitions. Si l'un d'eux vient à me critiquer, il disparaît.

— Alors, elle va rester longtemps à Avaris ?

— Aussi longtemps qu'elle me donnera satisfaction.

— Mon travail, à moi, n'est pas moins efficace !

— Je sais, Tany, je sais... Surtout, ne relâche pas tes efforts.

L'épouse de l'empereur eut un sourire féroce.

— Hier, ma grande amie Abéria a arrêté la veuve du maire de Saïs qui se cachait sous les oripeaux d'une servante. Nous cherchions depuis des mois cette terroriste qu'a dénoncée l'une de ses anciennes domestiques.

— Appartenait-elle à un réseau de résistants ?

— Non. La dame Abéria l'a torturée de ses propres mains avant de l'étrangler, et cette traînée ne lui a rien caché, sois-en sûr. Je dispose d'une liste de nobles Égyptiennes qui se terrent encore, avec l'espoir insensé de nous échapper. Mais Abéria les trouvera.

La stèle en provenance de Thèbes fut exposée dans le temple de Seth, où se réunissait le grand conseil dont tous les membres étaient porteurs d'excellentes nouvelles. L'expansion de l'empire hyksos se poursuivait sans même que ses armées aient à combattre, les nouvelles pratiques commerciales enrichissaient les avides et maintenaient le peuple dans un état de soumission d'où il ne sortirait plus, le ministère de l'Information produisait d'impressionnantes quantités de scarabées qui faisaient parvenir la pensée de l'empereur dans les plus petites localités.

Le monde devenait hyksos.

Ce triomphe, les conquérants le devaient à Apophis qui inspirait à chacun de ses interlocuteurs une peur viscérale.

Quiconque lui déplaisait voyait sa carrière interrompue, et parfois sa vie. Les plus courageux ne pouvaient s'empêcher de trembler en entendant la voix rauque de l'empereur annoncer des décisions que nul ne songeait à contester.

Khamoudi, lui, buvait les paroles de son maître et s'empressait de traduire ses désirs en actes. Plus riche de jour en jour grâce à l'industrie du papyrus et du scarabée, l'âme damnée de l'empereur constatait avec jouissance le pouvoir de la fortune. Il achetait qui il voulait quand il le voulait.

— Quels sont les résultats de notre guet-apens ? lui demanda Apophis.

— Plusieurs résistants ont été interceptés et décapités à Hérakléopolis, Majesté. Ils tentaient bien de gagner Thèbes.

— Que le piège reste en place, ordonna l'empereur. Je ne suis pas certain que l'homme le plus dangereux soit tombé dans la nasse.

— La stèle envoyée par Thèbes prouve que toute velléité d'insoumission a disparu, se réjouit Khamoudi. La dernière lettre du ministre de l'Agriculture confirme d'ailleurs que Téti la Petite est incapable d'agir.

— Allons contrôler les rentrées fiscales, Grand Trésorier ; j'ai le sentiment que certaines provinces sont à la traîne.

31

Il avait fallu à l'Afghan et au Moustachu de longues semaines pour regrouper les résistants qui avaient échappé au massacre de Memphis. Tous étaient démoralisés, la plupart voulaient rentrer chez eux et se soumettre à l'occupant. Le Moustachu avait réussi à les convaincre qu'ils auraient ainsi signé leur arrêt de mort et qu'elle ne leur aurait été octroyée qu'après de longues tortures.

Peu à peu, un esprit de corps avait surnagé. L'Afghan ne laissait personne au repos et soumettait son groupe à un entraînement physique intensif où la lutte à mains nues tenait le premier rôle. Pendant l'effort, on ne songeait à rien d'autre qu'à l'accomplissement du bon geste, en évitant blessures et coups bas.

Les résistants ne passaient pas plus d'une semaine dans la même ferme. Exploités et maltraités par l'occupant, les paysans accueillaient avec chaleur ceux qui croyaient encore à la liberté. Aussi l'Afghan recommençait-il à tisser la toile déchirée à Memphis, en s'assurant des endroits sûrs pour manger et se reposer. Il insistait sur la différence essentielle entre les sympathisants et les véritables membres du réseau. Les premiers semblaient de plus en plus nombreux, mais compter sur eux en cas de conflit était illusoire; et pour former les seconds, plusieurs mois seraient nécessaires.

Tout aussi méfiant que l'Afghan, le Moustachu soumettait les postulants à de multiples épreuves avant de les accepter dans le groupe. Il prenait également soin de cloisonner le réseau afin d'éviter son anéantissement au cas où un espion d'Apophis finirait par s'y introduire.

Et l'information leur parvint : les Hyksos avaient bien organisé un guet-apens à la hauteur d'Hérakléopolis. Tous ceux qui tentaient de se rendre à Thèbes étaient arrêtés.

— Et nous, se plaignit le Moustachu, nous sommes coincés entre des Hyksos au nord et des Hyksos au sud ! Nous allons crever comme des bêtes sauvages au fond de leur tanière.

— Sûrement pas, mon ami. Cette tanière, nous sommes en train de l'élargir. Et si nous mourons, ce sera au combat.

— Tu y crois encore...

— Toi aussi, et au plus profond de toi-même. Aujourd'hui, l'adversaire est mille fois plus puissant que nous, et ce serait folie que de l'affronter à visage découvert. Mais il n'en sera pas toujours ainsi... Apprends la patience, c'est la seule vertu qui te manque.

L'un des lieutenants du Moustachu les interrompit.

— Il se passe de drôles de choses au village voisin : des policiers hyksos ont mis la main sur un voyageur et s'apprêtent à le torturer dans la forge. On devrait peut-être intervenir...

— Trop risqué, estima l'Afghan.

— Et si ce malheureux appartenait à un réseau qui tente de nous contacter ?

— Il a raison, dit le Moustachu. Moi, j'y vais.

— Pas sans moi, rétorqua l'Afghan.

Les six policiers hyksos étaient des spécialistes de l'interrogatoire. Affectés à la surveillance de la piste en bordure du désert, ils avaient interpellé l'étrange voyageur qui venait du sud.

D'apparence plutôt chétive, le gaillard s'était révélé plus coriace que prévu. Ni les volées de coups ni les profondes blessures infligées par le fouet n'avaient réussi à le faire parler. Cependant, le chef du détachement connaissait une méthode qui aurait rendu bavard un muet.

— Tu vois le foyer de cette forge, sale espion ? Il y a de belles braises… Si tu persistes à te taire, tu vas y goûter ! Après ça, tu n'auras plus de visage.

Le prisonnier leva des yeux affolés vers son bourreau.

— Je ne sais rien, rien du tout !

— Tant pis pour toi.

L'odeur de la chair grillée s'accompagna de hurlements tellement insupportables qu'un Hyksos fracassa le crâne du supplicié avec une pierre.

— Tu l'as tué, imbécile ! protesta son chef. Comment veux-tu qu'il parle, maintenant ?

Le tortionnaire n'eut pas le temps de répondre, car une flèche se ficha dans sa poitrine.

À lui seul, l'Afghan abattit deux autres Hyksos pendant que le Moustachu plantait son javelot dans les reins d'un quatrième avant d'étrangler un cinquième en libérant sa rage.

Seul survivant, le chef se retrouva face à l'Afghan dont le regard le terrorisa.

— Je suis un policier de l'empereur… Si tu me touches, tu seras condamné !

— Laisse-le-moi, exigea le Moustachu.

Le policier tenta de s'enfuir, mais l'Égyptien était beaucoup plus rapide que lui. Il le rattrapa et le tira par les cheveux jusqu'à la forge.

— À ton tour de goûter ce feu.

Le chef du détachement hyksos se débattit en vain. Le visage plaqué contre les braises, il eut la langue brûlée en ouvrant la bouche pour hurler.

Indifférent à son horrible agonie, l'Afghan examinait le cadavre de l'Égyptien.

— Viens voir, le Moustachu... On lui a cousu un morceau de lin à l'intérieur de sa tunique. Et l'on a dessiné un signe bizarre à l'encre rouge.

— On dirait le disque de la lune dans sa barque.

— Sans doute un message... Mais ce malheureux ne peut plus nous en révéler le sens. En tout cas, il a pris un maximum de risques afin de le transmettre.

— Qui en était le destinataire ?

— Sûrement pas les Hyksos.

— Alors, avança le Moustachu, il recherchait des résistants ! Imagine qu'il s'agisse d'un envoyé de Thèbes !

— Pas trop d'optimisme, mais gardons ce signe en mémoire.

L'Afghan déchira le morceau de lin et le brûla. Si, par chance, il s'agissait d'un code de ralliement, il devait rester secret le plus longtemps possible.

— Y aura-t-il un autre messager ? s'inquiéta le Moustachu. Peut-être la cité d'Amon lançait-elle son dernier appel au secours.

— La lune serait-elle son symbole ?

— Pas que je sache.

— Oublions Thèbes et songeons plutôt à un petit groupe d'insoumis qui tente de se faire connaître.

— Comment les joindre ?

— Une seule solution : aller plus au sud.

— On va tomber sur des patrouilles hyksos !

— Comme ça, on saura où elles se trouvent.

En dépit d'un ventre qui s'arrondissait chaque jour davantage, Ahotep demeurait toujours aussi active. En revivifiant les circuits économiques traditionnels dans l'enclave thébaine et en châtiant les fraudeurs, elle avait rétabli la confiance. Les Thébains ne passaient plus leur temps à s'épier ou à se recroqueviller dans la peur du lendemain, des liens d'amitié se rétablissaient et l'on vantait les mérites d'Ahotep, qui rendait visite aux malades et procurait de la nourriture aux plus défavorisés. Consciente que l'heure n'était pas aux grands discours, la jeune reine se préoccupait d'abord du quotidien.

— As-tu des nouvelles de nos messagers ? demanda-t-elle à Qaris.

Le visage de l'intendant s'assombrit.

— Malheureusement aucune, Majesté. Il est certain qu'aucun n'a survécu. Je crains qu'il ne soit impossible de franchir les barrages successifs implantés par les Hyksos. Et il n'existe probablement plus aucun résistant au nord de Coptos.

— Je suis persuadée du contraire, Qaris ! Que les lâches, les peureux et les collaborateurs soient la majorité, je te l'accorde... Mais certains, même opprimés, même persécutés, ne courberont jamais la tête. Ce sont ceux-là qu'il faut contacter.

— Envoyer d'autres hommes à une mort certaine me semble exclu, Majesté.

— Il faut rompre notre isolement et savoir sur qui compter. Sans communication avec l'extérieur, Thèbes s'étiolera.

Qaris hésita.

— Peut-être l'un de nos derniers alliés, s'il est encore de ce monde, pourrait-il nous aider... Mais je ne voudrais pas vous donner trop d'espoir.

— À qui penses-tu ?

— À Babay, le vieux sage d'Elkab qui disposait jadis d'excellents messagers. S'ils sont encore aptes à remplir des missions, ils nous seraient fort utiles.

— Je pars immédiatement pour Elkab.

— Majesté, dans votre état...

— Un seul état me préoccupe, Qaris : celui de mon pays.

32

Ahotep et Séqen avaient emprunté le sentier longeant les cultures pour se rendre à Elkab*. Les escortaient dix jeunes soldats prêts à donner leur vie pour sauver celle de la reine qui, lorsque la fatigue la gagnait, acceptait de s'asseoir dans une chaise à porteurs en bois de sycomore.

Pendant le voyage à marche forcée, le petit groupe ne fut victime d'aucune mauvaise surprise. Il ne croisa que quelques paysans apeurés qui se gardèrent de poser la moindre question et se réfugièrent dans leurs misérables cabanes en terre.

À l'évidence, la province avait été presque totalement désertée, et les Hyksos la dédaignaient au point de n'y laisser aucune unité d'occupation.

Les abords de la vieille cité d'Elkab n'avaient rien d'engageant : arbres abattus, pâturages abandonnés, cadavres de vaches... Le bonheur semblait avoir définitivement quitté ces lieux.

— Faisons demi-tour, recommanda Séqen. Cette ville ne doit être que ruines.

— Assurons-nous-en, exigea Ahotep.

* L'antique Nekhen à quatre-vingts kilomètres au sud de Thèbes.

— Des pillards occupent peut-être le site, et nous ne sommes pas nombreux.

— Je veux savoir si Babay est toujours vivant.

Séqen fut le premier à franchir la grande porte ouverte dans l'enceinte. Les battants avaient été arrachés, le poste de garde dévasté.

Au milieu de la rue principale, un chien mort.

— Deux éclaireurs, ordonna Séqen. L'un à gauche, l'autre à droite.

Çà et là, une maison incendiée. Partout, des débris de poteries, des morceaux de meubles brisés à coups de hache, des lambeaux de vêtements.

Mais pas âme qui vive.

Le très ancien temple de la déesse Nekhbet, la mère de Pharaon qui lui donnait sa titulature, n'avait pas été épargné. Statues brisées et colonnes dégradées témoignaient de ses souffrances.

— Là-bas, quelqu'un ! cria un éclaireur.

Assis sur le seuil du temple couvert, un très vieil homme lisait un papyrus.

À l'approche des visiteurs, il ne leva même pas la tête, indifférent au sort qui l'attendait.

— Es-tu Babay le sage ? demanda Ahotep.

Le vieillard ne répondit pas.

— Éloignez-vous, ordonna-t-elle aux soldats.

Dès qu'ils furent à bonne distance, la jeune femme utilisa son argument majeur.

— Le pharaon Séqen et la reine Ahotep ont besoin de ton aide pour sauver l'Égypte.

Avec une lenteur presque insupportable, le vieillard commença à rouler le papyrus.

— La lumière divine a placé le pharaon sur terre pour mettre l'harmonie à la place du désordre, rendre les dieux favorables, accomplir la justice et repousser l'injustice, rappela Babay. Il ne se situe pas au-dessus de Maât, mais doit en être le serviteur et protéger ceux qui la pratiquent. C'était ainsi, avant l'invasion. Aujourd'hui, il n'y a plus de pharaon sur la terre d'Égypte.

— Tu te trompes, objecta Ahotep. Séqen a été couronné à Karnak.

Le vieux sage accorda un regard dubitatif au jeune couple.

— Les Hyksos ont détruit Karnak.

— Je t'assure que non, Babay ! Ma mère, Téti la Petite, a préservé l'indépendance de Thèbes dont le temple est intact. Les Hyksos nous croient soumis et inoffensifs, alors que nous œuvrons dans l'ombre afin de préparer la reconquête.

— La reine Ahotep... Le dieu lune te protège et te donne le sens du combat. Ainsi, vous êtes le nouveau couple royal, sans armée ni pays.

— Nous formerons nos soldats un par un, promit Séqen.

Le vieillard déchira le papyrus.

— Aidez-moi à me lever.

Malgré son grand âge, Babay était robuste et lourd.

— Le pharaon Séqen et la reine Ahotep... Avant de disparaître, j'aurai fait le plus beau des rêves !

— Que s'est-il passé à Elkab ? demanda Ahotep.

— Trois bateaux de guerre hyksos ont accosté il y a deux mois. Les envahisseurs ont ravagé la campagne et la ville, tué les rares résistants et emmené la population au nord où elle sera réduite en esclavage. Ils m'ont épargné afin que j'écrive le récit du châtiment infligé à quiconque osera se dresser contre l'empereur. Ce récit, je viens de le détruire. Allons chez moi.

Babay conduisit le couple royal jusqu'à sa demeure, une petite maison à deux étages située à proximité du temple.

Avant d'y pénétrer, le vieillard contempla sa ville dévastée.

— Si vous êtes vraiment un roi et une reine, ne négociez jamais avec les barbares qui ont détruit cette cité et martyrisé ses habitants.

Les pillards n'avaient laissé qu'une natte et une palette de scribe usée.

Babay s'assit.

— Je suis fatigué… trop fatigué pour prendre les armes.

— Qaris, notre intendant, est persuadé que vous pouvez nous aider, avança Ahotep. D'après lui, vous disposeriez d'excellents messagers.

Babay sourit.

— Excellents et efficaces, c'est vrai… Mais ils ont probablement été abattus.

— Vous n'en êtes pas certain ?

— Je n'ai pas eu recours à eux depuis longtemps. Montons sur la terrasse, je vais appeler leur chef.

Le vieillard sifflota un air rythmé, avec des graves et des aigus bien marqués.

Bientôt apparut un magnifique pigeon blanc et beige qui se posa aux pieds de Babay.

— Tu es encore vivant, Filou ! Ramène-moi les autres.

L'oiseau reprit le chemin du ciel. Peu de temps après, il revint avec six autres pigeons voyageurs.

— Tous indemnes ! s'exclama Babay, ému. Les dieux ne nous ont donc pas abandonnés… J'ai mis plus d'un an à les dresser, et il faut que je vous apprenne à leur donner des directives précises. Quand votre esprit communiquera avec le leur, ils iront là où vous leur direz d'aller et ils reviendront à leur point de départ.

Dès les premières expériences, Ahotep s'aperçut que l'intelligence de ces oiseaux était exceptionnelle. Ils comprirent vite que la reine remplaçait Babay et qu'il faudrait désormais exécuter ses ordres.

— Accordez-moi une semaine, Majesté, et ces pigeons seront devenus de fidèles messagers qui ne vous trahiront jamais.

Capables de parcourir mille deux cents kilomètres d'une traite, les élèves de Babay se déplaçaient à la vitesse de quatre-vingts kilomètres à l'heure sans perdre le nord grâce à leur capacité innée d'orientation, en fonction du magnétisme terrestre. Leur petit nombre n'était qu'un handicap passager, car une femelle pondait deux œufs une dizaine de jours après l'accouplement, et il ne fallait pas plus d'un mois après l'éclosion pour que l'apprenti pigeon commençât à travailler.

— Quelles formidables recrues ! s'emballa Séqen. Grâce à elles, le blocus hyksos sera inefficace.

— Vous ne devez pas rester ici, dit Ahotep au vieillard. Nous vous emmenons à Thèbes.

— Hors de question, Majesté. Je suis né ici et j'y ai passé toute mon existence. Pour moi, il n'existe pas de plus bel endroit. Un jour, si vous respectez la loi de Maât et si vous êtes assez forte pour triompher des obstacles, des défaites et des trahisons, vous reviendrez à Elkab et vous lui redonnerez sa splendeur passée.

— Nous ne pouvons pas vous abandonner, insista Séqen.

— Offrez-moi un peu de vin, Majesté.

Le vieillard but au goulot de l'amphore, la reposa et se cala la tête avec des coussins.

Serein, Babay venait de rendre l'âme.

33

Le Gros, le Maigre, le Barbu, le Sanguin, l'Impatient et leurs collègues avaient un point commun : ils pestaient tous contre Ahotep qui les avait arrachés à leur routine pour leur attribuer des postes de blanchisseurs. Il leur fallait plonger vêtements, torchons et tissus divers dans de grands chaudrons, rincer à l'eau claire, tordre le linge, le frapper avec des battoirs en bois, le suspendre afin de le faire sécher, le plier de manière impeccable et parfois même le parfumer. Les maîtresses de maison thébaines avaient retrouvé le goût de la propreté, et la ville entière redevenait peu à peu pimpante, y compris les quartiers populaires.

Le labeur était tellement pénible que les blanchisseurs en oubliaient la menace hyksos et ne songeaient plus qu'à leurs conditions de travail, qu'ils comptaient améliorer en se plaignant auprès de leur contremaître.

— On s'arrête, décida le Sanguin.

— Moi, je ne prends pas ce genre de risque, déclara le Maigre. La princesse est capable de nous envoyer la police.

— On s'arrête parce qu'on manque de savon. Donc, impossible de laver correctement.

— Il n'a pas tort, renchérit le Gros.

L'Impatient abandonna sa pile de linges féminins souillés.

En tant que délégué du personnel, il émit de vives protestations que le contremaître, chargé des robes de lin fragiles, écouta avec attention.

— C'était prévu, révéla-t-il.

— Qu'est-ce qui était prévu... Notre protestation légitime ?

— Mais non, le manque de savon !

— Puisque c'est comme ça, on ne reprend pas le travail.

— Vous pouvez vous reposer jusqu'à la livraison. Ah ! la voici.

D'un pas tranquille, Vent du Nord apportait aux blanchisseurs une belle quantité de savons à base de calcaire et de graisses végétales.

L'âne n'était pas seul. Juste derrière lui, une Ahotep resplendissante dans sa robe d'un jaune léger.

À sa vue, même l'Impatient en eut le souffle coupé.

— Par tous les dieux, ce qu'elle peut être belle ! murmura le Sanguin.

D'un des sacs que portait l'âne, Ahotep sortit une jarre.

— Voici de la bonne bière pour votre déjeuner. Comme le palais est satisfait de vos résultats, vous serez tous augmentés. De plus, le contremaître est autorisé à embaucher des apprentis de sorte que la charge de travail demeure supportable.

Plus personne n'avait envie de protester.

— Nous boirons à votre santé, Majesté, promit le Gros, et à celle de l'enfant que vous portez !

Ahotep avait rétabli de strictes règles d'hygiène. De son point de vue, c'était la base de la lutte armée. Quand la saleté gagnait, le moral s'effritait, la peur et la paresse envahissaient les âmes. Jour après jour, chaque Thébain devait reconquérir sa dignité, et elle dépendait de la propreté de son corps, de ses vêtements et de sa demeure. Des équipes de nettoyage des rues et des ruelles complétaient les efforts des particuliers, et la transformation avait été rapidement perceptible. De nouveau, les Thébains résidaient dans une cité coquette.

Cette modeste victoire sur le désespoir offrait un sens nouveau à leur existence. Au lieu de se morfondre, ils se remettaient à se parler et à s'entraider.

— Les femmes ont recommencé à se maquiller et à se farder, précisa Téti la Petite.

— Tant mieux ! estima Ahotep. Leur beauté, elle aussi, servira à reconstruire notre volonté d'être libres.

— Malheureusement, nous manquerons bientôt de cosmétiques. Les réserves du palais sont presque épuisées, et les fabricants ont quitté Thèbes pour Edfou.

Edfou, à une centaine de kilomètres au sud, à présent en zone occupée...

— Le gouverneur Emheb était l'un de nos plus fidèles soutiens, indiqua Qaris. Comment savoir s'il est encore vivant ? À supposer qu'il le soit, de quelle autonomie dispose-t-il ? Impossible d'utiliser les pigeons sans contact préalable.

— Une seule solution : aller voir sur place.

— Pas toi, Ahotep ! protesta Téti la Petite.

— Qui se méfiera d'un pauvre pêcheur et de sa femme enceinte ?

La barque était modeste, la voile rapiécée, les rames fatiguées, mais le vent du nord soufflait avec régularité et permettait à Séqen et à Ahotep de progresser à bonne allure en direction d'Edfou.

Le jeune pharaon avait bien changé.

À force d'entraînement et d'exercices intensifs, le garçon malingre avait acquis une carrure d'athlète.

— Te sens-tu prêt à devenir père ?

— Grâce à toi, je me sens prêt à remporter tous les combats.

Le jeune couple passa une nuit enchanteresse dans la barque inconfortable, cachée dans un bosquet de papyrus. Seuls au monde pendant quelques heures, ils savaient que leur amour, violent comme l'orage et tendre comme la lumière d'automne, leur donnait une force que nulle épreuve n'éroderait.

Dès l'aube, ils repartirent.

C'est à proximité d'Edfou qu'un bateau de guerre hyksos leur intima l'ordre de stopper. Séqen amena la voile et courba l'échine, tel un esclave soumis.

— Qui es-tu et d'où viens-tu ? demanda un officier aux yeux bridés.

— Je suis un pêcheur d'Edfou et je rentre chez moi.

— Cette femme, c'est la tienne ?

— Oui, seigneur, et elle attend notre enfant.

— Montre-moi ce que tu as pêché.

Séqen ouvrit un panier en osier dans lequel se trouvaient trois perches de taille moyenne.

— Tu dois payer le prix du péage.

— Mais, seigneur...

— Ne discute pas et donne-moi ces poissons.

— Je vais avoir un enfant et j'ai besoin de les vendre...

— Ne discute pas, je te dis ! À l'avenir, reste plus près de la ville.

La petite barque accosta entre deux esquifs que retenaient des cordages en papyrus enroulés autour de piquets plantés dans la berge.

Séqen aida Ahotep à reprendre pied sur la terre ferme.

Un bonhomme hirsute les interpella.

— Vous êtes qui, vous ?

— Des pêcheurs.

— Ça m'étonnerait ! Moi, j'en suis un et je connais tous ceux du coin. Vous, vous n'êtes pas d'ici.

Ce qu'elle lut dans les yeux de leur interlocuteur incita Ahotep à révéler une partie de la vérité.

— Nous venons de Thèbes.

— Thèbes... Mais la cité d'Amon a été détruite !

— Les Hyksos mentent. Thèbes est intacte et refuse l'oppression.

— Intacte... Alors, la vie existe encore !

— Edfou est-elle occupée ?

— L'armée de Jannas a massacré la milice locale et pillé nos richesses, puis elle est repartie vers le nord. L'amiral n'a laissé sur place que des policiers. Voilà plus de trois mois que je n'ai pas osé aller en ville, de peur d'être arrêté.

— Le gouverneur Emheb a-t-il été épargné ?

— Je l'ignore. Ne tentez surtout pas d'entrer à Edfou. Jamais vous n'en ressortiriez.

— Quel est l'accès le moins surveillé ?

— La porte de l'est. Mais ne commettez pas cette folie !

— Acceptes-tu de nous aider ?

— Moi, non. Mon existence n'est pas gaie, mais j'y tiens. Peut-être mon frère consentira-t-il à vous accompagner, comme si vous étiez des pêcheurs allant vendre leurs poissons sur le marché. Lui, il paye la police afin de pouvoir travailler.

Le frère consentit.

En voyant le couple s'éloigner avec lui en direction de la ville, l'hirsute eut une moue d'incompréhension. Pourquoi ce jeune gaillard et sa jolie épouse enceinte se jetaient-ils ainsi dans la gueule d'un monstre ?

34

Les faubourgs d'Edfou étaient presque silencieux. On échangeait des marchandises en réduisant au minimum la procédure de troc, et l'on gardait en permanence un œil sur les policiers hyksos qui arpentaient sans cesse les ruelles et les places. Ils arrêtaient n'importe qui sous n'importe quel prétexte, et personne ne sortait indemne de leurs interrogatoires. Au mieux, le suspect avait les membres brisés ; au pire, il était déporté dans une mine de cuivre.

Le frère du pêcheur avait abandonné Ahotep et Séqen près du temple d'Horus. Des croisillons de bois en obstruaient l'entrée, car l'empereur avait interdit que l'on célébrât le culte du faucon divin, protecteur de Pharaon. Désormais, seul Seth d'Avaris devait être considéré comme tel.

Un marchand d'amulettes, aussi laides qu'inefficaces, s'approcha du couple.

— Elles ne sont pas chères et elles protégeront votre enfant. Je vous en donne quatre pour le prix de deux.

— Nous cherchons le gouverneur Emheb, dit Séqen.

Le marchand s'éloigna à pas pressés.

— Pourquoi refusent-ils tous de parler de leur gouverneur, interrogea Ahotep, sinon parce qu'il s'est vendu aux Hyksos ?

— Nous avons la réponse que nous étions venus chercher, conclut Séqen. Décampons.

Le couple longea le mur sud du temple puis se dirigea vers les faubourgs.

Mais cette fois, à la porte de l'est, se tenaient des policiers hyksos armés d'épées et de gourdins. Toute tentative de fuite était vouée à l'échec.

Des paysans sortirent de la ville sans avoir été interrogés. Séqen et Ahotep leur emboîtèrent le pas.

— Vous deux, questionna un policier, où allez-vous ?

— À notre barque, répondit Séqen. Nous sommes des pêcheurs.

— Il paraît que vous posez des questions sur le gouverneur...

— Nous aurions aimé le rencontrer, reconnut Ahotep.

— Pour quelle raison ?

— Le supplier de nous offrir une nouvelle barque. La nôtre est pourrie.

— Cette histoire ne tient pas debout. Suivez-nous.

Séqen aurait peut-être pu se débarrasser des trois policiers qui les emmenaient vers le centre d'Edfou, mais il craignait qu'Ahotep ne fût blessée pendant l'échauffourée. Aussi avait-il adopté une autre stratégie : quand il serait mis en présence d'Emheb, il le prendrait en otage.

Car, comme le roi se l'était juré, la reine et lui sortiraient indemnes de cette ville.

Le palais du gouverneur ressemblait à celui de Titi de Coptos. Des scribes remplissaient des papyrus dans leurs bureaux vétustes, des policiers nettoyaient mollement leurs armes et des chats errants guettaient la moindre parcelle de nourriture.

— Entrez là.

Une remise, obscure et sale.

— Quand verrons-nous le gouverneur ? demanda Séqen.

— Tu es un obstiné, toi ! Rassure-toi, tu le verras.

La porte se referma.

Entassés sur un sol de terre battue, des sandales usées et des chiffons sales.

Séqen examina le local et repéra un trou dans le mur du fond.

— Je peux l'agrandir. On s'enfuira par là !

— Pas question, rétorqua Ahotep. Il faut affronter cet Emheb.

— Et s'ils ne nous font sortir d'ici que pour nous exécuter ?

— Le gouverneur nous recevra, j'en suis sûre. Je m'agenouillerai devant lui, je prendrai son arme et je le menacerai de lui trancher la gorge s'il ne nous accorde pas un bateau qui nous ramènera tous les trois à Thèbes. Ce traître ne le sait pas encore, mais il est déjà notre prisonnier.

Séqen serra son épouse dans ses bras. La douceur de sa peau parfumée lui fit oublier leur prison malodorante.

Quand la porte s'ouvrit, ils étaient toujours enlacés.

— Suivez-moi, les tourtereaux ! ordonna un policier.

— On va enfin voir le gouverneur ? interrogea Séqen d'une petite voix craintive.

— Avancez, et vite !

Au centre de la cour, un billot dans lequel était plantée une hache.

Séqen aurait-il le temps de s'en emparer pour abattre le bourreau ?

— Par ici !

Ils s'éloignèrent du lieu du supplice et furent poussés dans une salle d'audience à quatre colonnes dont les peintures étaient défraîchies.

Un homme à la corpulence étonnante vint au-devant des prisonniers. En lui, tout était large : les yeux, le nez, les épaules et même les oreilles ! La panse rebondie, il avait l'allure d'un bon vivant, mais un regard dur démentait cette apparence.

— C'est moi que vous cherchez, jeunes gens ?

— Si vous êtes le gouverneur Emheb, oui ! répondit Séqen.

— Toi, la fille, montre-moi tes mains.

Ahotep s'exécuta.

— Elles sont fines, jolies, et ne sentent pas le poisson.

— C'est mon mari qui pêche.

Avec une vivacité surprenante pour un homme aussi enveloppé, Emheb déchira le haut de la tunique de Séqen.

— Ça ne sent pas le poisson non plus ! Qui êtes-vous vraiment ?

Le gouverneur ne portait pas d'armes, les policiers se tenaient trop loin de Séqen pour qu'il puisse se saisir des leurs sans livrer combat. Ils auraient le temps d'alerter leurs collègues, et le roi succomberait sous le nombre. Et, vu le cou d'Emheb, impossible de l'étrangler !

— Pourquoi as-tu trahi ton pays ? demanda Ahotep avec gravité.

L'intensité de son regard troubla le gouverneur.

— Vous êtes des Thébains, n'est-ce pas ?

— C'est ton jour de gloire, Emheb. Toi et tes Hyksos, vous allez assassiner Ahotep, souveraine des Deux Terres. Je ne sollicite qu'une faveur : épargne le paysan qui a été contraint de m'accompagner.

Ahotep espérait sauver Séqen, Séqen ne laisserait pas les soudards hyksos poser les mains sur son épouse.

Le gouverneur d'Edfou s'agenouilla.

— Je suis votre serviteur, Majesté. Commandez, et j'obéirai.

Les policiers imitèrent Emheb.

— Ce ne sont pas des Hyksos, explique-t-il, mais des Égyptiens. Un à un, j'ai fait éliminer les sbires de l'occupant pour les remplacer par mes hommes, tout en faisant croire à l'empereur que la ville lui était totalement soumise. Puisque je me suis affirmé comme son allié, il m'a attribué la tâche de mettre la région en coupe réglée et de lui verser des impôts de plus en plus lourds. Mon unique espoir consistait à lancer une offensive, certes vouée à l'échec, mais qui nous permettrait de mourir dignement.

— Relève-toi, gouverneur.

L'émotion d'Emheb était perceptible.

— Dois-je comprendre, Majesté, que Thèbes est intacte et prête à combattre ?

— Oublie ton attaque suicide. Pour former une véritable armée, il nous faudra patience et respect du secret.

— Je suis votre homme, Majesté !

— Pas seulement le mien, Emheb. Tu es en présence de mon époux, le pharaon Séqen.

Ahotep crut que le corpulent gouverneur allait défaillir.

— Un roi... Nous avons un roi ! Majesté, vous êtes porteuse de miracles !

— Dans l'immédiat, nous avons besoin d'onguents, de fards et de techniciens capables d'en produire.

Un large sourire anima le visage épanoui d'Emheb.

— Malgré leurs investigations, les Hyksos n'ont jamais trouvé mes caches d'encens et de styrax ! Je dispose aussi d'une belle réserve d'onguents de qualités diverses, et vous pourrez approvisionner le temple comme les particuliers. Quant aux fabricants, les meilleurs d'Égypte résident bien à Edfou. Plusieurs partiront pour Thèbes avec vous. Venez voir mes trésors... Ils n'attendaient qu'un nouveau couple royal !

Avec un enthousiasme communicatif, le gouverneur fit découvrir à ses hôtes les cryptes du sanctuaire où avaient été préservés encensoirs, vases et pots à onguents.

— Ne modifions rien, décida Ahotep. Les Hyksos doivent continuer à croire qu'Elkab est morte et qu'Edfou agonise.

35

Séqen faisait les cent pas devant le pavillon d'accouchement.

— Les sages-femmes sont-elles vraiment compétentes ? demanda-t-il à Qaris, presque aussi nerveux que lui.

— Ce sont les meilleures de Thèbes, Majesté. N'ayez aucune angoisse.

— Ahotep souffrait beaucoup ! Ces dernières semaines, elle aurait dû se reposer. Le voyage à Edfou l'a épuisée.

— Sauf votre respect, Majesté, il fut couronné d'un tel succès que l'avenir s'est éclairé !

— Je sais, Qaris, je sais... Mais la reine devrait se ménager davantage.

— Une reine d'Égypte est une reine d'Égypte, rappela Qaris, fataliste. Et lorsqu'elle se nomme Ahotep...

— Un accouchement ce n'est pas si long !

— Nos spécialistes savent faire face aux situations les plus difficiles.

— Au temps des pyramides, sans doute, mais sûrement pas dans la Thèbes d'aujourd'hui ! En cas d'incident grave, ni Ahotep ni notre enfant ne survivront.

L'intendant n'eut pas le courage de le démentir.

Séqen reprit ses allées et venues.

À l'heure où le soleil atteignait le sommet du ciel, Téti la Petite sortit de la salle d'accouchement, un bébé dans les bras.

— C'est un magnifique garçon !

Séqen n'osa pas le toucher.

— Ahotep ?

— Elle est rayonnante de bonheur.

Elles étaient trois, une brune, une rousse et une châtain. Trois veuves dont les maris, propriétaires de grands domaines dans le Delta, avaient été déportés par les Hyksos. Comme tant d'autres, elles auraient pu sombrer dans le chagrin. Mais, pour honorer la mémoire des disparus, elles avaient décidé de se comporter en authentiques Égyptiennes.

D'abord, elles avaient elles-mêmes assumé la fonction de prêtresses funéraires afin que le *ka* de leurs époux continue à vivre. Ensuite, elles s'étaient occupées de la gestion de leurs biens en unissant leurs compétences. En dépit de l'augmentation des impôts, les trois femmes réussissaient à garder l'ensemble de leur personnel et à lui assurer une existence décente. Dans toute la Basse-Égypte, leur réputation avait grandi au point de parvenir jusqu'aux oreilles de l'épouse de l'empereur.

Quand la sculpturale Abéria, aux mains plus larges que celles d'un robuste paysan, se présenta à l'entrée de la grande villa où vivaient les trois veuves, le portier fut impressionné.

— Tes patronnes sont ici ?

— Bien sûr. Tu cherches un emploi ?

— Toi, tu n'en as plus.

Les mains de la dame Abéria se refermèrent autour du cou du portier et lui brisèrent le larynx. Abandonnant le cadavre du pantin, elle se heurta à des métayers.

— Nous avons tout vu, tu es une criminelle !

Une cinquantaine de soldats hyksos envahirent la propriété. Ils massacrèrent ceux qui tentaient de s'enfuir et fouettèrent les autres.

Détendue, Abéria était entrée dans le bureau où les trois veuves, affolées, tenaient serrés contre elle leurs papyrus comptables.

— C'est donc vous, les dernières femmes d'affaires du pays des vaincus... Ignorez-vous que vos pratiques sont contraires à nos lois ? Des femelles comme vous doivent être soumises à un homme et ne prendre aucune initiative. À dater de cet instant, vos domaines et vos biens sont réquisitionnés.

— Nous payons régulièrement les taxes, protesta la rousse, et nous...

Abéria la gifla si violemment qu'elle s'effondra, à demi assommée.

— Ramassez-moi cette catin, ordonna-t-elle aux deux autres veuves, et suivez les soldats. L'empereur vous a attribué un autre travail.

L'idée de son épouse avait beaucoup amusé Apophis : rassembler à Avaris de belles Égyptiennes autrefois fortunées, les enfermer dans une prison composée de chambres au confort sommaire et les offrir aux dignitaires qui avaient envie de jouir d'une femelle une minute ou une journée.

Avoir ses entrées au harem impérial serait désormais l'une des faveurs les plus prisées.

La dame Tany avait opéré elle-même la sélection, éliminant les trop âgées que la dame Abéria avait été ravie d'étrangler avant de brûler leurs cadavres.

Le règlement du harem était simple : les aristocrates égyptiennes devaient satisfaire tous les désirs de la caste dirigeante. Celle qui pleurnichait, protestait ou tombait malade finissait entre les mains d'Abéria.

Et l'épouse de l'empereur, toujours à la recherche d'un

maquillage qui atténuerait sa laideur, prenait un vif plaisir en voyant ainsi avilies la jeunesse et la beauté de ces femmes dont elle aurait dû être la servante.

Apophis souffrait du foie, et ses chevilles épaisses avaient tendance à gonfler. Ces désagréments étaient la conséquence d'une vive contrariété, due au rapport de Khamoudi sur la Nubie.

Le peuple de guerriers noirs était un vassal, certes, et il se réjouissait de la chute d'une Égypte qu'il détestait. Mais les tribus venaient de choisir un jeune roi, Nedjeh, dont la réputation de bravoure et de cruauté était parvenue jusqu'à Avaris.

Prenant au sérieux ces échos désagréables, l'empereur avait convoqué son ambassadeur, qui lui envoyait régulièrement des informations sur l'évolution de ses alliés noirs. Le diplomate était un espion de première force et il n'ignorait rien de ce qui se passait dans le Sud lointain. Ex-général d'infanterie, il avait tant de sang sur les mains qu'aucune action brutale ne le rebutait.

Ce n'était pas un ennemi qui l'avait rendu borgne, mais une petite peste. Une gamine battue à mort parce qu'elle ne lui donnait pas assez de plaisir. La Nubienne avait eu suffisamment de force pour lui planter une épingle en os dans l'œil gauche avant de trépasser.

— Une idée fabuleuse, ce harem ! s'exclama le Borgne lorsque l'empereur entra dans la salle de réception où l'ambassadeur vidait sa deuxième jarre de vin blanc. Je n'en suis pas sorti pendant trois jours et je me suis offert je ne sais plus combien de superbes Égyptiennes, si raffinées que je croyais rêver... Ça m'a vraiment changé de l'ordinaire ! Majesté, vous êtes un génie.

La flatterie ne déplaisait pas à Apophis, mais il était trop soucieux pour l'apprécier.

— Le rapport de Khamoudi n'est-il pas trop pessimiste ?

— Il n'a fait que répéter mes propos. Votre bras droit est efficace et impitoyable, nous nous entendons à merveille.

— Tant mieux, le Borgne, tant mieux... Mais je t'ai connu moins craintif face aux tribus nègres.

— J'ai un principe : ne jamais attaquer quand je ne suis pas sûr de gagner. Pour exterminer ces bêtes sauvages, il me faudrait des troupes plus nombreuses et plus aguerries que celles de l'adversaire. Aujourd'hui, ce n'est pas le cas.

— Te serais-tu laissé déborder ?

— En quelque sorte oui, Majesté. Je n'ai pas vu grimper ce Nedjeh, auquel mes agents de renseignements ne promettaient aucun avenir. J'en ai empalé un moi-même devant ses collègues afin de leur montrer que j'étais particulièrement mécontent. En me présentant devant vous, je sais que vous me condamnerez à mort, à juste titre. C'est pourquoi j'ai profité du harem jusqu'à l'épuisement.

Apophis réfléchit.

Certes, ses subordonnés n'avaient pas droit à l'échec. Mais remplacer le Borgne ne serait pas facile. De plus, il prendrait garde à ne plus commettre de faute. Aussi la version officielle serait-elle une adaptation de la réalité : si Nedjeh avait été nommé chef des Nubiens, c'était avec la bénédiction de l'empereur.

— Tu repartiras d'ici vivant, annonça Apophis. En tant qu'ambassadeur hyksos, tu féliciteras de ma part l'homme qui a fédéré les clans.

Le Borgne n'en croyait pas ses oreilles.

— M'enverrez-vous une armée pour l'anéantir, Majesté ?

— Combattre les Nubiens sur leur terrain présente de nombreuses difficultés, tu le sais mieux que moi. Et je n'ai encore aucune raison de déclarer la guerre à mes sujets du Grand Sud.

— Au nord de son territoire, Nedjeh ne contrôle qu'Éléphantine, mais il ne s'arrêtera pas là.

— Est-ce un imbécile ?

— Je ne crois pas.

— Alors, le Borgne, il sait que provoquer la colère des Hyksos serait une erreur fatale. Sans doute cherchera-t-il à renforcer son pouvoir en Nubie. Un jour, nous utiliserons ses talents. S'il devient gênant, nous interviendrons. Retourne là-bas, caresse-le dans le sens du poil, et informe-moi de ses moindres faits et gestes. Et cette fois, aucun faux pas.

Stupéfait de s'en tirer à si bon compte, l'ambassadeur se promit une nuit au harem avant de repartir sur son bateau.

36

Le pharaon Séqen était effondré.

Les impôts qu'exigeaient les Hyksos étaient encore plus lourds que ceux de l'année précédente. L'empereur ne se satisferait pas d'une nouvelle stèle à sa gloire et ses contrôleurs fiscaux vérifieraient chaque sac de grains avec le plaisir sadique de condamner les Thébains à la famine. Ceux qui songeaient à fêter le nouvel an devraient renoncer aux réjouissances.

Certes, grâce à la réorganisation de l'agriculture thébaine qui lui prenait tout son temps, Séqen parvenait à répondre aux exigences de l'occupant. Mais ces efforts considérables ne pouvaient conduire qu'au désastre, car la population de la dernière enclave libre commençait à perdre espoir.

Voilà plus de deux ans que la reine Ahotep mourait lentement d'une maladie que les médecins thébains étaient incapables de guérir. La jeune femme dormait une quinzaine d'heures, tentait de se lever, vacillait et était obligée de se recoucher. Ses idées se brouillaient au bout de quelques minutes et elle sombrait dans une léthargie d'où elle ressortait chaque fois plus épuisée.

Seule l'éblouissante gaieté du petit Kamès offrait encore un peu de joie à un palais qui s'enfonçait dans la désespérance. Ahotep avait eu raison de lui choisir ce nom signifiant « Celui qui est né de la puissance vitale », car le bambin forcissait à vue d'œil.

Séqen pensait parfois que la santé de son épouse était passée dans le corps de son fils, mais comment aurait-il pu le lui reprocher ? Il y avait eu tant de bonheur lors de cette naissance, synonyme d'avenir !

En compagnie de Qaris, Séqen regardait la maquette. Presque toute l'Égypte était devenue hyksos, et l'existence de petits groupes de résistants dans le Nord demeurait une illusion.

— Ce n'est probablement pas dans ce palais que mon fils célébrera son prochain anniversaire... Mais où aller ? Pas au nord, mais pas davantage au sud ! D'après les informations fournies par le gouverneur Emheb, les Nubiens torturent et exécutent les Égyptiens qui refusent de collaborer. Ils se sont rendus maîtres de nos anciennes forteresses, et leur roi, Nedjeh, songerait à étendre son territoire.

— Apophis l'en empêchera !

— Je comprends aujourd'hui pourquoi il ne rase pas notre ville : elle est le piège qu'il tend à Nedjeh. Si le Nubien attaque Thèbes, l'armée hyksos l'anéantira.

Téti la Petite interrompit les deux hommes.

— Viens vite, Séqen. Ahotep te demande.

Blême, le pharaon se précipita dans la chambre de son épouse.

Ahotep expirait.

Il lui serra si fort la main qu'un peu de lumière revint dans ses yeux.

— C'est ce démon qui me vole ma vie... Apophis, l'empereur des ténèbres.

— J'attaque Avaris et je le tue !

— Emmène-moi à Karnak... Demain, c'est le nouvel an, n'est-ce pas ?

— Oui, mais...

— Dessine-moi le signe de la lune sur le cœur et confie-moi à celui qui peut me sauver.

Le Nil bouillonnait, la crue montait à une vitesse inquiétante et la violence du soleil de juillet contraignait bêtes et hommes à s'abriter.

À l'heure de midi, portant son épouse dans ses bras, Séqen grimpa lentement l'escalier qui menait au toit du temple d'Osiris, maître de la mort et de la résurrection. Il posa sur les dalles le corps nu de la reine d'Égypte, l'exposant ainsi aux rayons de Râ, seul à même de vaincre les ténèbres.

Ahotep avait tant donné d'elle-même que les canaux de son organisme s'étaient vidés de leur énergie. Tels les objets rituels que les prêtres rechargeaient au nouvel an après douze mois d'utilisation, la reine espérait être régénérée. Elle, fille de la lune, implorait le soleil d'accomplir l'impossible mariage d'où surgirait une vie nouvelle.

Livrer son épouse à la violence d'un rayonnement aussi intense n'était-il pas insensé ? Roi sans couronne, Séqen serait incapable de poursuivre la lutte sans Ahotep. L'âme du combat, c'était elle.

Tout entier habité par la présence du soleil, le corps de la reine devint lumière.

Craignant d'avoir les yeux brûlés, Séqen se détourna. Révolté par sa propre lâcheté, il courut vers elle afin de faire cesser son supplice.

La peau d'Ahotep était brûlante.

— Tu ne dois pas rester ici, lui dit-il.

— Aie confiance, Séqen.

Implacable, le soleil continua à rayonner jusqu'à ce que les canaux de la jeune femme fussent remplis de sa sève.

Enfin, Ahotep se releva.

— L'empereur des ténèbres ne m'a pas tuée. C'est la première blessure que je lui inflige.

Apophis poussa un petit cri de douleur.

Son barbier venait de le couper en le rasant.

Affolé, il s'agenouilla.

— Mille pardons, Majesté... Ce n'est pas grave, je vous assure !

— Travailler au palais réclame l'excellence.

— Cet incident ne se reproduira plus, je vous le jure !

— Les serments ne sont que mensonges, affirma l'empereur. Un chien qui a mordu mordra, un incapable restera un incapable. Mes mines de cuivre sont grandes consommatrices de personnel... Tu y termineras tes jours.

Deux gardes s'emparèrent du barbier dont les pleurnicheries exaspéraient Apophis. L'assistant du malheureux tamponna la légère blessure avec du lin et la recouvrit d'une compresse au miel.

— La cicatrisation sera très rapide, Majesté.

— Trouve-moi vite un nouveau barbier.

Cette journée commençait mal. Irrité, l'empereur attendait des nouvelles du corps expéditionnaire qu'il avait envoyé en Syrie afin de brûler un village qui avait l'impudence de protester contre des impôts excessifs. Quant à sa marine de guerre, elle pourchassait des pirates chypriotes assez fous pour s'attaquer à des bateaux de marchandises hyksos.

C'est un Khamoudi guilleret qui demanda audience.

— Triomphe total, Majesté ! Les Syriens révoltés et les pirates chypriotes ont été exterminés. Une fois de plus, l'amiral Jannas a prouvé son efficacité. J'ai ordonné que les cadavres des Syriens soient exhibés dans les villages voisins afin d'éviter d'autres désordres.

L'empereur était satisfait de son bras droit. Riche, dépravé et haï Khamoudi vénérait son maître tout-puissant et lui obéissait sans sourciller. Tant qu'il se tiendrait à sa place, Apophis couvrirait ses pires exactions.

L'empire continuait à s'étendre, mais la plus extrême vigilance était de mise. Ici ou là, des insensés esquissaient des mouvements de révolte que Khamoudi réprimait avec un maximum de cruauté. Sur tous les territoires contrôlés par Apophis s'élevaient des bûchers composés de corps d'hommes, de femmes, d'enfants et d'animaux. Même lorsqu'une province semblait pacifiée, Khamoudi organisait une razzia préventive. Voir torturer des notables locaux et disparaître une bourgade dans les flammes calmait les ardeurs d'éventuels dissidents.

— N'oublions pas de surveiller les Crétois, Majesté. Je n'en ai pas la preuve, mais ils ont peut-être commandité l'agression contre nos bateaux. Tous mes informateurs sont en alerte.

— Que la flotte de Jannas soit prête à appareiller.

Avec gourmandise, Khamoudi imaginait déjà la destruction de la grande île.

— As-tu reçu un rapport du Borgne ?

— D'après notre ambassadeur en Nubie, Majesté, le roitelet noir semble se tenir tranquille. Mais je demeure persuadé qu'il finira par se ruer sur Thèbes. La proie est trop tentante.

— Il lui faudra d'abord éliminer les policiers qui contrôlent Edfou.

— C'est la raison pour laquelle je ne leur envoie pas de renforts, précisa Khamoudi. Edfou est le dernier verrou avant Thèbes. En le faisant sauter, Nedjeh se croira plus fort que les Hyksos auxquels il aura ainsi déclaré la guerre. Nous l'anéantirons lors de la bataille de Thèbes, qui sera rayée de la carte, et nous coloniserons la Nubie à notre guise.

37

— J'ai peur, avoua Face de mulot.

— Moi aussi, reconnut Nez de travers, mais il n'y a aucun danger. Tu sais bien qu'on nous couvre en haut lieu. La reine Téti est gâteuse, sa fille mourante et Thèbes agonisante. Nous, on s'enrichit et on s'en va. Vraiment rien à craindre.

— D'accord, mais quand même... Piller une tombe... J'ai peur !

— On ne risque rien, je te dis ! Ici, sur la rive ouest de Thèbes, il ne reste plus que quelques paysans qui crèvent de faim et des tombeaux bien cachés qui contiennent des trésors. Imagines-tu ce qu'on pourra se payer ?

— Et si on nous arrête ?

— Impossible ! Viens, ne perdons pas de temps.

L'indicateur les attendait au pied d'une colline.

— La meilleure tombe est par là, indiqua-t-il d'un bras hésitant. Vous avez ce qu'il faut ?

— Ne t'inquiète pas et montre-nous.

Les premières marches de l'escalier menant à la sépulture d'un noble étaient apparentes.

— C'est moi qui les ai dégagées, expliqua l'indicateur. Mon père en connaissait l'emplacement et avait promis au défunt de ne jamais le révéler à quiconque. Mais les temps sont si durs...

— Les temps sont comme ils sont. Allons-y.

Avec des barres à mine en cuivre, Face de mulot et Nez de travers démolirent un muret protecteur, s'engagèrent dans un couloir et allumèrent une torche. La porte du caveau ne leur résista pas longtemps et ils pénétrèrent dans la chambre funéraire.

À côté du sarcophage, des sièges et des coffres contenant bijoux, vêtements, sandales et ustensiles de toilette que Nez de travers enfourna dans des sacs.

— Partons vite, recommanda Face de mulot. Je suis sûr que l'âme du mort nous observe.

— Il reste le plus important : le sarcophage!

— Non, pas ça!

— Il y a forcément un collier d'or et de belles amulettes... On va être riches!

Nez de travers fracassa le couvercle du sarcophage.

La momie était en parfait état de conservation. Sur sa poitrine, un collier de fleurs séchées.

Nez de travers s'attaqua aux bandelettes.

Horrifié, son complice retourna dans le couloir pour ne pas assister à cette profanation. Quand il entendit de joyeuses exclamations, ses remords s'estompèrent.

— Des amulettes en or, un gros scarabée en lapis-lazuli et des bagues! Aide-moi à remplir nos sacs.

Sans oser regarder la momie martyrisée, Face de mulot donna quand même un coup de main.

Au sortir de la tombe, il eut un haut-le-cœur.

— Vous voilà enfin! Bon butin? demanda l'indicateur.

— Fabuleux! On partage tout de suite?

— Bien sûr.

Alors que Nez de travers exhibait une amulette en forme de jambe, l'indicateur lui planta un poignard dans le ventre et tenta de faire subir le même sort à son compagnon. Mais Face de mulot eut un réflexe salvateur et ne fut blessé qu'à la hanche.

Bien qu'il perdît beaucoup de sang, il parvint à s'enfuir en espérant que son agresseur ne le rattraperait pas.

— L'homme est mort, dit l'intendant Qaris. Il se nommait Face de mulot et, malgré la gravité de sa blessure, il a réussi à traverser le Nil et à atteindre le palais pour tout nous raconter.

— Des pilleurs de tombes ! s'étonna Ahotep. Comment peut-on être aussi vils... Ces criminels ignorent-ils que l'âme du mort les châtiera ?

— L'appât du gain est si fort que rien ne les arrête. Et ce n'est pas tout...

— La reine est encore fragile, rappela Séqen. Évitons-lui un nouveau choc.

— Ne me cachez rien, ordonna la jeune femme.

— Alors, c'est à moi de te l'apprendre : Face de mulot a révélé l'identité de l'homme qui leur a garanti l'impunité. Ce criminel n'est autre que le responsable de la caserne en lequel j'avais entière confiance.

L'information consterna la reine.

— Plus grave encore, ajouta Qaris, le parti des collaborateurs ne désarme pas. La certitude de votre décès l'a même renforcé.

— Autrement dit, conclut Séqen, tous mes efforts pour créer une véritable année thébaine sont réduits à néant. Jamais nous ne pourrons lutter contre l'empereur.

— Bien sûr que si ! protesta Ahotep. Il nous faut simplement changer de stratégie. C'est l'ancien général, aujourd'hui disparu, qui nous avait donné la solution : créer une base secrète.

— Dans l'enclave thébaine, il y aura forcément des yeux pour la découvrir !

— Puisque l'énergie circule de nouveau dans mes veines, déclara Ahotep, je vais m'occuper ostensiblement du bien-être des Thébains. La caserne restera ce qu'elle est et n'abritera plus que des policiers qui assureront l'ordre. Les partisans de la collaboration seront ainsi persuadés que nos ambitions, très limitées, ne les menaceront pas. Toi, Séqen, tu auras les mains libres pour recruter nos futurs soldats et les former.

— Mais... à quel endroit ?

— Sur la rive ouest, bien entendu ! Nous ferons savoir à la population que des voleurs ont tenté d'y piller les tombes de nos ancêtres. En conséquence, nous déployons des forces de sécurité autour de la nécropole et nous y interdisons toute présence. Seules les âmes des morts, magiquement protégées, y auront droit de cité.

La reine se pencha sur la maquette de Qaris.

— Par prudence, nous établirons notre base secrète ici, dans le désert, au nord de Thèbes*. Au cas où des curieux parviendraient à s'aventurer dans les parages, nos guetteurs les élimineraient.

— Majesté, objecta Qaris, c'est une entreprise ardue et de longue haleine !

— Elle nous prendra plusieurs années, j'en suis consciente. Si nous réussissons, combattre ne sera plus impossible.

Dans une demi-journée, la caravane en provenance de l'oasis de Bahariya sortirait du désert et aborderait les franges verdoyantes de l'oasis du Fayoum, un petit paradis où hommes et bêtes se reposeraient avant de reprendre la piste en direction d'Avaris.

Le chef des caravaniers, Adafi le Voleur, avait toujours été à la solde des Hyksos. Ennemi juré des Égyptiens qui avaient

* Il s'agit du site de Deir el-Ballas.

humilié son peuple depuis la nuit des temps, il se réjouissait chaque jour davantage des bienfaits de l'occupation. Peu à peu, la terre des pharaons se vidait de son sang pour devenir l'une des provinces de l'empereur.

Adafi le Voleur admirait Apophis. Comme lui, il ne croyait qu'à l'usage de la force. N'était-ce pas en assassinant trois autres caravaniers qu'il avait pu s'emparer de leurs ânes et apparaître ainsi comme l'un des commerçants les plus riches de Libye ?

Plaisir supplémentaire, il avait récemment capturé un Égyptien venant du sud auquel il avait lui-même coupé les oreilles et la langue. Tel un noble, il lui faisait porter ses sandales et son éventail que l'esclave devait sans cesse agiter pour offrir de l'air frais à son maître.

Adafi livrait à Avaris des jarres de bon vin, du sel et des dattes d'une qualité exceptionnelle. L'ensemble était destiné au Grand Trésorier Khamoudi, qui ne payait rien mais autorisait le Libyen à prélever pour lui-même une partie de la production des oasis.

Malgré l'heure matinale, la chaleur devenait déjà écrasante.

— Davantage d'air, paresseux !

L'esclave égyptien s'approcha de l'âne sur lequel était installé son maître pour mieux l'éventer. Il ne ménageait pas sa peine, avec l'espoir que son cœur lâcherait au plus vite et que la mort mettrait un terme à son supplice.

Soudain, la caravane s'immobilisa.

Adafi le Voleur mit pied à terre. Son second ne tarda pas à le rejoindre.

— L'âne de tête s'est arrêté, expliqua-t-il. Il y a un cadavre en travers de la route.

— Quelle importance ? On le piétine et on continue !

— Sur le cadavre, il y a un collier et des bracelets. De plus, le pagne et les sandales semblent de bonne qualité.

— Je m'en occupe.

Suivi de son porte-éventail, le Libyen remonta la colonne. Avec le butin, on ne plaisantait pas. Le chef se servait le premier.

Étendu sur le dos, le mort paraissait jeune. Il portait une belle moustache et, surtout, de beaux bijoux.

Salivant d'aise, Adafi le Voleur se pencha pour arracher le collier.

Brutalement ressuscité, le Moustachu s'empara d'un poignard dissimulé dans le sable et trancha la gorge du détrousseur de cadavre.

— À l'attaque ! cria-t-il en se relevant.

38

Conformément aux ordres, les résistants n'avaient pas fait de quartier. Depuis plus de deux ans, ils attaquaient les petites caravanes, tantôt dans le désert de l'Ouest, tantôt dans celui de l'Est. Les opérations n'étaient pas faciles à monter, car il leur fallait obtenir des renseignements sûrs et courir un minimum de risques. Lorsque le convoi se révélait trop important ou protégé par des soldats hyksos, l'Afghan et le Moustachu préféraient renoncer.

Ils avaient néanmoins inscrit quelques belles proies à leur tableau de chasse, amassé des réserves de nourriture, ainsi que des vêtements et divers objets qu'ils troquaient en cas de nécessité. Cette caravane était leur plus grosse prise.

— La résistance s'enrichit ! constata le Moustachu. Pourquoi fais-tu cette tête-là, l'Afghan ?

— Parce que nous avons tapé trop fort. Sur le cadavre du pillard que tu as tué, j'ai trouvé un scarabée, signé de Khamoudi. Cette caravane lui était destinée, et il déclenchera une enquête.

La joie du Moustachu s'estompa.

— Il ne faut surtout pas qu'il apprenne notre existence... Peut-être pensera-t-il à un raid de Bédouins ?

— Les coureurs des sables sont alliés des Hyksos, et jamais

ils n'oseraient s'en prendre à une caravane officielle. En cas d'erreur, leur premier réflexe consisterait à porter leur butin à Avaris pour implorer le pardon des autorités.

— Nous voilà dans de beaux draps !

— Une seule solution, décida l'Afghan : faire croire que les marchands se sont entre-tués. On laissera donc sur place un maximum de denrées, et on n'emmènera que quelques ânes.

Les résistants disposèrent les corps de manière à rendre évidente une bagarre généralisée.

— Regarde donc celui-là, dit le Moustachu à l'Afghan. On lui a coupé les oreilles et la langue. Mais il y a plus intéressant : il est circoncis à l'égyptienne et, sous l'aisselle gauche, on lui a tatoué le signe de la lune dans la barque !

— Un signe de reconnaissance, ça devient évident. Ce pauvre type a été fait prisonnier, nous aurions dû l'épargner.

— Comment savoir ?

— Il y a forcément un autre réseau de résistance quelque part, estima l'Afghan.

— Thèbes agonise, Edfou est aux mains des Hyksos, Éléphantine sous le joug nubien. Que ça nous plaise ou non, nous sommes seuls.

— Ce signe de reconnaissance existe bel et bien, et nous le voyons pour la seconde fois.

Le Moustachu vacilla.

— Tu voudrais aller au sud, après avoir brisé la barrière d'Hérakléopolis ?

— Nous n'en sommes pas encore là, bien que notre bilan ne soit pas si mauvais. Notre réseau s'étoffe mois après mois, nous avons plusieurs bases sûres, les paysans nous soutiennent et nous informent, nous disposons d'une forge pour fabriquer des armes et nous mangeons à notre faim. Notre domaine est étroit, certes, mais nous y sommes en sécurité. Lorsque nous serons prêts, sois-en sûr, nous nous occuperons d'Héra-kléopolis.

— Viens près de moi, mon chéri, supplia la dame Yima, qui avait décoloré ses cheveux afin de paraître encore plus blonde.

Les seins découverts, à peine vêtue d'un châle, elle minaudait sur son lit.

Khamoudi la gifla.

— Tu n'es qu'une chienne en chaleur... L'empereur m'attend.

Yima pleurnicha. Elle savait bien que ses sortilèges captivaient son mâle et qu'il ne pourrait pas se passer d'elle bien longtemps. La nuit prochaine, elle lui offrirait une jeune Cananéenne qui, après avoir connu l'extase, servirait de nourriture aux crocodiles. Yima se prêtait à n'importe quel amusement, à condition qu'elle en fût l'organisatrice.

Khamoudi marcha à pas lourds vers la petite pièce de la forteresse où il pouvait s'entretenir avec Apophis sans que personne les entendît. Ce n'était pas cette ridicule histoire de caravane qui le contrariait ; ces imbéciles de voleurs s'étaient entre-tués, sans doute à cause de la rapacité d'Adafi, mais les marchandises avaient fini par lui parvenir. Beaucoup plus sérieuse était la situation au large de la Crète.

D'après l'un de ses espions, c'étaient bien les Crétois qui avaient commandité les pirates chypriotes avec la ferme intention de s'emparer de plusieurs bateaux de marchandises hyksos. La preuve formelle manquait, certes, mais Apophis ne devait-il pas réagir au plus vite ?

La flotte de guerre de l'amiral Jannas mouillait en vue de la grande île, prête à attaquer. Des transports de troupes la rejoindraient avant l'assaut.

Khamoudi détestait les Crétois. Hautains, imbus de leur passé et de leur culture, ils ne se comportaient pas en véritables vassaux. Un temps, il avait songé à organiser un faux attentat contre Jannas en attribuant sa paternité aux Crétois ; mais ce montage exigeait trop de complicités, et le Grand Trésorier n'avait pas droit à l'erreur.

Cette erreur, c'étaient les Crétois eux-mêmes qui l'avaient commise ! Connaissant Apophis, Khamoudi savait que sa colère froide serait terrible et que seule la destruction de l'île la calmerait.

L'empereur se faisait raser par un nouveau barbier qui peinait à réprimer un léger tremblement lorsqu'il faisait glisser le fil du rasoir sur la joue du maître du monde.

— De bonnes nouvelles, Khamoudi ?

— La situation est délicate, Majesté.

— Dépêche-toi de terminer, barbier.

Nerveux, ce dernier se hâta avec la hantise de commettre un impair. Par bonheur, il rasa parfaitement l'empereur sans le blesser et s'éclipsa avec son matériel.

— L'amiral Jannas doit attaquer la Crète, préconisa Khamoudi. Cette île orgueilleuse mérite d'être châtiée.

— Tu as donc acquis la certitude que les Crétois menacent notre flotte commerciale.

— Aucun doute, en effet.

— Agir est donc indispensable.

— Je transmets immédiatement vos ordres à l'amiral Jannas !

— Attends d'abord de les connaître... Les Crétois sont de rudes guerriers que nous ne vaincrons pas facilement.

Khamoudi fut étonné.

— Ils seront écrasés sous le nombre !

— Bien entendu, et ils le savent. C'est pourquoi ils auraient intérêt à satisfaire mes exigences. Que leurs tributs soient doublés, qu'ils m'envoient deux mille mercenaires et cinquante bateaux, et que leurs meilleurs peintres se rendent à Avaris pour y décorer mon palais. Si une seule de ces conditions n'est pas remplie, je me sentirai offensé et Jannas interviendra.

Khamoudi était ravi.

Jamais les Crétois n'accepteraient une telle humiliation.

Affable et sympathique, le Supérieur des greniers Héray connaissait chaque Thébain et, selon les instructions d'Ahotep, il fournissait gratuitement du pain et de la bière aux familles les plus pauvres. Grâce à sa vigilance, personne ne souffrait de la faim. Et comme il était aimé de ses subordonnés qu'il traitait avec respect, ceux-ci accomplissaient leurs tâches sans faillir. Jamais les greniers thébains n'avaient été mieux gérés.

Qui se serait méfié d'Héray ? Il apaisait les angoisses, désamorçait les conflits et ne se montrait pas avare d'histoires drôles qui déridaient les esprits les plus chagrins. Les familles aisées étaient honorées de le recevoir et l'on s'en remettait volontiers à lui. Aussi avait-il gagné la confiance des femmes comme des hommes, des jeunes comme des vieux, des crédules comme des sceptiques.

— J'ai le sentiment que la ville n'a plus de secret pour toi, avança Ahotep, alors qu'elle se promenait en sa compagnie dans le jardin du palais, sous la surveillance de Rieur.

— Majesté, j'ai identifié les principaux partisans de la collaboration avec les Hyksos. Ce sont des mous, certes, mais je vous avoue ma déception et mon inquiétude, car ils sont beaucoup plus nombreux que je ne le supposais. Thèbes est minée par la peur, l'égoïsme et la lâcheté.

— Le contraire m'aurait surprise. Maintenant, nous savons avec certitude que seule la base secrète nous permettra de préparer une armée. Je compte sur toi pour faire croire aux collaborateurs que nous avons renoncé à toute initiative dangereuse. Explique-leur bien que ma seule ambition consiste à avoir un deuxième enfant et à vivre tranquillement au palais en profitant de mes ultimes privilèges.

— Je saurai les endormir, Majesté.

Rieur huma l'air.

D'abord sur ses gardes, il s'aplatit sur le sol, les pattes avant bien tendues, prêt à jouer. Et il émit des couinements de joie lorsque le petit Kamès courut dans sa direction.

Lorsque le chien lui lécha le front, le bambin éclata de rire puis fit semblant d'être effrayé.

— Maman, maman ! Sauve-moi !

Ahotep prit l'enfant dans ses bras et l'éleva au-dessus de sa tête.

— Un jour, mon fils, nous serons libres.

39

En sortant de l'étable où venait de naître un veau que sa mère s'était empressée de lécher, Ahotep inspecta des terrains que leurs propriétaires avaient laissés plusieurs années à l'abandon. Sous l'impulsion de la reine, dont les initiatives étaient prolongées par Héray, l'élevage se développait tandis que des porteurs d'eau venaient régulièrement irriguer les jardins. Grâce au limon déposé par le Nil lors de sa crue, les paysans fertilisaient les sols et obtenaient de superbes récoltes.

Ahotep veillait aussi à l'entretien des digues et à la mise en service de nouveaux bassins de retenue, de sorte que la province thébaine, même lors de la saison sèche, ne manquât point d'eau.

— Tout est prêt, Majesté, lui annonça Héray.

Comme les vignerons avaient bien travaillé et que la qualité des crus s'annonçait excellente, Ahotep avait décidé de célébrer une fête en pleine campagne et en présence des notables. Bien que la menace hyksos fût lancinante, chacun apprécia ce moment arraché à l'angoisse, et l'on goûta sans retenue le vin nouveau. Qu'il était exaltant de remercier le dieu du pressoir, d'échanger des propos futiles et de croire en l'avenir, ne fût-ce qu'un instant !

L'intendant Qaris demanda le silence.

— Beaucoup s'étonnent de ne pas voir ici Sa Majesté Téti la Petite. Notre souveraine est de tout cœur avec nous, mais sa santé fragile ne l'autorise pas à sortir du palais. Elle m'a chargé de vous annoncer qu'elle renonçait officiellement à sa tâche et que sa fille Ahotep assumait désormais la totalité des devoirs d'une reine d'Égypte.

Des acclamations saluèrent cette nouvelle.

Un notable prit la parole.

— Nous nous félicitons de ce choix, mais qu'en pensera le pharaon Apophis ?

— Dans la lettre officielle qui vient de lui être adressée, sa très respectueuse servante Ahotep sollicite son approbation et le prie de continuer à protéger sa bonne ville de Thèbes.

Membre du parti des collaborateurs, le notable sourit d'aise.

De nombreux paysans, en revanche, déplorèrent cette attitude. La jeune femme souffrait de ne pouvoir leur dire la vérité, mais il fallait que la population thébaine fût persuadée que sa nouvelle reine avait définitivement renoncé à combattre les Hyksos.

Quant à ceux qui se révoltaient, ils étaient contactés par Héray et ses agents. Après une période de probation, on leur suggérait d'annoncer haut et fort qu'ils quittaient Thèbes la misérable pour tenter leur chance ailleurs.

Et ils rejoignaient la base secrète de la rive ouest, où un entraînement impitoyable les soumettait à rude épreuve.

C'est avec tristesse que les fêtards se dispersèrent.

— Patience, Majesté, suggéra Qaris à la reine, dont il percevait la frustration.

— L'autre lettre est-elle partie ?

— Elle a été remise à la douane de Coptos, qui la fera parvenir à l'empereur. Comme d'habitude j'ai imité l'écriture du défunt ministre de l'Agriculture et j'ai apposé son sceau. Le traître informe Apophis qu'à l'image de votre mère vous êtes une reine de pacotille et une survivance folklorique qui amuse le bon peuple. Étant donné votre jeunesse, votre inexpérience, votre amour des enfants et votre manque d'intérêt pour la chose publique, il n'y a strictement rien à redouter de vous.

Si Apophis avait su rire, il ne s'en serait pas privé. Une femme... Thèbes avait choisi une femme et, qui plus est, une gamine pour la gouverner ! Mais qu'y avait-il donc à gouverner ? Un ramassis de pouilleux morts de peur à l'idée de voir survenir l'armée hyksos. Comme ils seraient surpris quand déferleraient sur eux les guerriers nubiens !

Pour l'heure, Apophis se moquait bien de la ridicule cité de Thèbes. Seul l'éventuel affrontement avec la Crète occupait ses pensées. S'il frappait, le coup devait être décisif. Il prouverait à tous ses sujets présents et futurs que nul ne pouvait contester son autorité. Aussi avait-il fait disposer trois lignes de bateaux au large de la grande île : d'abord, ceux où se trouvaient des archers d'élite et des frondes géantes ; ensuite, les transports de fantassins ; enfin, les cargos de l'intendance. D'après les estimations de Jannas, les soldats hyksos étaient cinq fois plus nombreux que les Crétois.

Pourtant, l'empereur se montrait moins optimiste que Khamoudi. La bataille serait farouche et, après le débarquement, il faudrait s'emparer d'une capitale crétoise bien fortifiée. Aussi Apophis préparait-il déjà une deuxième vague d'assaut qu'il commanderait personnellement.

De l'île des révoltés, il ne resterait rien.

Pas un humain, pas un animal, pas un arbre.

— Te voilà enfin, Khamoudi ! Alors ?

— L'amiral Jannas a transmis vos exigences aux Crétois. Ils ont demandé à négocier, il a bien entendu refusé en leur accordant vingt-quatre heures pour répondre.

— Jannas est parfois trop conciliant, estima l'empereur. La seconde vague d'assaut est-elle prête à partir ?

— Elle est à vos ordres, Majesté.

L'Afghan demeurait sceptique.

— D'après un message en provenance d'Avaris, la quasi-totalité des bateaux de guerre s'apprêterait à quitter le port.

— Pour quelle destination ? demanda le Moustachu, intrigué.

— Selon la rumeur, les Hyksos auraient l'intention d'envahir la Crète.

— Ça ne tient pas debout ! La grande île est leur alliée.

— Notre informateur précise que l'empereur lui-même prendrait la tête de l'expédition.

— Il est sûr, ton bonhomme ?

— Tu le connais mieux que moi : c'est l'un des magasiniers de l'arsenal d'Avaris que tu as recruté toi-même. Il risque sa vie et celle de son messager en nous communiquant ce genre d'information.

Le Moustachu croqua un oignon frais.

— Qui va régner sur l'Égypte pendant l'absence de l'empereur ?

— Probablement son fidèle Khamoudi.

— Et si on tentait de le supprimer ? Lui disparu, on provoquerait un soulèvement de la paysannerie du Delta !

— Belle perspective, je te le concède... Mais c'est trop beau pour être vrai, tu ne crois pas ? À supposer que l'empereur soit vraiment absent, il n'aura pas laissé sa capitale sans protection. Un superbe piège, non ?

Le Moustachu en aurait pleuré, mais il devait se rendre à l'évidence. Ce n'était pas une poignée de résistants qui pouvait s'emparer d'Avaris.

Suspendue au bras de sa fille, Téti la Petite était ravie de visiter sa ville. Elle fut étonnée par la propreté des rues et la quantité de beaux légumes exposés sur le marché. Chacun fut heureux de revoir la reine mère qui prit grand plaisir à converser avec les uns et les autres avant d'admirer les ustensiles de cuisine que fabriquaient des ateliers rouverts depuis peu. Après avoir malaxé de l'argile trempée dans de l'eau, les artisans faisaient sécher la pâte au soleil et la cuisaient à basse température. Ils façonnaient des écuelles, des vases et des coupes qu'ils recouvraient d'un enduit les rendant imperméables.

La vieille dame s'intéressa aussi aux simples corbeilles tressées avec des joncs flexibles se prêtant aux courbures, colorés en rouge, en bleu ou en jaune. Celles destinées à contenir des objets lourds voyaient leur fond renforcé avec deux barres de bois disposées en croix.

— Si cette corbeille rouge vous plaît, Majesté, dit l'un des artisans à la reine mère, permettez-moi de vous l'offrir.

— En échange, tu recevras un pot d'onguent.

Téti la Petite n'ouvrit son cadeau qu'au palais.

Par bonheur, la corbeille était vide. Selon le code convenu avec Séqen et Héray, cela signifiait que la sécurité de la base secrète était parfaitement assurée et qu'aucun collaborateur ne représentait un danger immédiat. Dans le cas contraire, un petit papyrus aurait informé la reine mère et Ahotep des dispositions à prendre.

— Ce midi, déclara Téti la Petite, je boirai un peu de vin blanc. Cette promenade m'a revigorée.

40

Du haut de la citadelle, Apophis vit rentrer au port le navire amiral, suivi des autres bâtiments de la flotte de guerre et d'un bateau de commerce lourdement chargé.

Sur les quais, la police empêchait toute manifestation populaire. L'empereur avait interdit la liesse qui, jadis, accompagnait le retour des marins. En toutes circonstances, les soldats hyksos devaient se montrer disciplinés et prêts au combat.

Apophis reçut Jannas dans la grande salle d'audience du palais, en présence d'un Khamoudi renfrogné et des dignitaires du régime.

— Les Crétois se seraient-ils montrés raisonnables, amiral ?

— Afin de mieux vous satisfaire, ils ont triplé leurs tributs et ils vous enverront dans les prochaines semaines les bateaux et les mercenaires que vous avez exigés. Le roi de la grande île vous présente ses excuses et vous promet que le regrettable incident qui a provoqué notre intervention ne se reproduira pas. Il déplore d'avoir été abusé par de médiocres conseillers qui ont été jetés aux fauves.

— Et les artistes ?

— Les meilleurs peintres crétois sont à votre disposition. Ils ont voyagé sur le bateau de marchandises, premier cadeau de la Crète, décidée à sceller son statut de vassal fidèle et dévoué.

— Fais-les entrer.

Ils étaient une dizaine, à la chevelure bouclée et aux tuniques colorées. Le plus âgé avait une quarantaine d'années, le plus jeune vingt-cinq ans.

— Agenouillez-vous devant l'empereur et baissez les yeux, ordonna Khamoudi.

Grâce à ces hommes, Apophis effacerait à Avaris toute trace de la culture égyptienne.

— Vous décorerez mon palais à la crétoise. Je veux qu'il soit plus beau que celui de Cnossos et que chaque peinture soit éclatante. Si vous réussissez, vous aurez la vie sauve. Sinon, je considérerai votre échec comme une insulte à ma personne.

— Ce n'est encore qu'un embryon d'armée, dit Séqen à Ahotep, mais chacun de mes premiers soldats devient peu à peu un véritable guerrier capable de vaincre n'importe quel adversaire au corps à corps. Les conditions d'existence sont très rudes, mais c'est bien ainsi. Car ce qui les attend est plus rude encore.

Nus à l'ombre d'un sycomore dont le feuillage dispensait une douce fraîcheur, les deux jeunes gens avaient fait l'amour avec passion. Pourtant, une ombre de tristesse voilait le regard de la reine.

— Je ne comprends pas, avoua-t-elle. Bien que ma mère m'ait offert un coquillage contre la stérilité et le mauvais œil, je ne parviens pas à être enceinte. Manges-tu suffisamment de céleri ?

Séqen sourit.

— Crois-tu que j'en aie besoin pour te prouver mon désir ? Une seule journée loin de toi, et je me morfonds !

— Je veux un deuxième garçon.

— Ce serait un grand bonheur, mais ne faut-il pas accepter la décision des dieux ?

— Kamès aura un frère, je le sais !

Séqen n'osa plus formuler la moindre objection. Les caresses de son épouse lui firent oublier tout ce qui n'était pas ce corps parfait, si doué pour l'amour.

Le petit Kamès aimait apprendre des rudiments de lutte avec son père, se promener avec Rieur et se laisser câliner par sa mère, tout en écoutant de belles histoires où la justice triomphait. Mais ce qu'il préférait, c'était jouer avec sa grand-mère. Quand il lui faisait des niches, Téti la Petite ne le grondait pas ; elle tentait de le piéger à son tour, et la facétieuse bataille se terminait dans un concert de rires agrémenté de pâtisseries que la reine mère préparait elle-même avec un talent inégalable.

Au contact de ce garnement à la surprenante vitalité, Téti la Petite retrouvait une nouvelle jeunesse. Son appétit étonnait le cuisinier du palais, un agent d'Héray, d'autant plus qu'elle ne prenait pas un gramme.

Toujours aussi fière et élégante, la reine mère ne manquait pas d'apparaître sur le marché au moins une fois par mois pour la plus grande joie de la population, qui finissait par penser que sa ville échapperait à la destruction.

Les paniers et les corbeilles offerts à Téti la Petite demeuraient vides.

Non seulement le réseau de surveillance d'Héray se révélait fort efficace à Thèbes même, mais encore la reine mère prenait-elle soin de rappeler régulièrement le nécessaire respect de l'âme des défunts reposant dans la nécropole de la rive ouest. Elle et Qaris propageaient de terrifiantes histoires de revenants et de démons, qui dévoraient les imprudents assez fous pour s'aventurer dans le domaine des morts.

Les fréquentes absences de Séqen n'étaient connues que du personnel du palais, entièrement acquis à la résistance. Des rumeurs entretenues par Téti la Petite et son intendant avaient solidement assis la réputation de chasseur et de pêcheur d'un jeune écervelé qui ne tenait pas en place.

Du côté des partisans de la collaboration, la cause était entendue : la famille régnante n'abritait aucun foudre de guerre et elle acceptait sans broncher l'ordre hyksos. Mieux encore, depuis la prise de fonction d'Ahotep, elle avait réussi à améliorer le niveau de vie des Thébains, ce dont personne ne se plaignait.

Pourtant, le marchand de vases Chomou demeurait insatisfait. Né de père égyptien et de mère cananéenne, il avait eu beaucoup de difficultés à obtenir la considération de ses concitoyens, plutôt méfiants et réservés à son égard. La disparition de son ennemi le plus influent, le ministre de l'Agriculture, avait permis à Chomou de nouer des contacts avec d'autres commerçants qui partageaient ses idées : la dynastie thébaine n'avait aucun avenir et la province du Sud devait revenir de manière beaucoup plus claire dans le giron de l'empereur. Qui d'autre qu'Apophis, en effet, pouvait rendre la cité d'Amon de nouveau prospère ?

Le comportement d'Ahotep avait surpris Chomou et ses amis. Lui était persuadé que cette excitée allait attirer sur eux la fureur de l'empereur, mais les faits lui avaient donné tort. En fondant une famille, la jeune femme semblait goûter les vertus de la soumission.

Aussi les révoltés contre la toute-puissance hyksos préféraient-ils quitter Thèbes, où aucun partisan de la collaboration n'avait été châtié pour ses propos. Et ce n'étaient ni la vieille reine mère ni le fantomatique Séqen qui pousseraient les Thébains au combat.

Aucun indice n'autorisait à supposer qu'un feu couvait sous

la cendre. Cependant, Chomou se sentait mal à l'aise. Certes, grâce à la petite reprise de l'activité économique, il vivotait moins mal ; mais pourquoi l'empereur n'avait-il pas chassé Téti la Petite et sa fille ? Ses amis lui répondaient qu'elles géraient correctement l'enclave et que leurs résultats satisfaisaient le nouveau pharaon. Après tout, Thèbes n'était plus qu'une bourgade de province, loin d'Avaris, et elle ne figurait pas parmi les centres d'intérêt de l'empereur.

Puisque chacun mangeait à sa faim, pourquoi ne pas se contenter de la bienveillance des Hyksos qui, à l'évidence, avaient oublié cette petite cité à l'agonie ?

Chomou malaxa les poils de sa barbe rousse.

Il fallait que l'empereur apprenne l'existence d'un homme comme lui et lui confie des responsabilités en rapport avec son dévouement. Mais comment entrer en contact avec Apophis ? Sortir de l'enclave thébaine était très risqué, et Chomou n'avait pas le goût du danger.

Dans l'immédiat, à lui de convaincre davantage de Thébains d'adhérer au parti des collaborateurs.

— Tu en es sûr, absolument sûr ? demanda Emheb au guetteur.

— Absolument sûr. Il s'agissait bien de deux guerriers nubiens. Ils ont changé plusieurs fois de poste d'observation de manière à étudier notre ville sous plusieurs angles.

Ainsi, ce que redoutait tant le gouverneur d'Edfou était sur le point d'advenir. Les Nubiens avaient décidé d'étendre leur territoire au-delà d'Éléphantine en progressant vers le nord.

Edfou, Elkab, Thèbes... Autant de proies faciles !

Faciles, mais empoisonnées.

Investir Edfou, c'était s'attaquer aux Hyksos. Dès qu'ils apprendraient la chute de la ville, ils enverraient l'amiral Jannas avec l'ordre d'écraser les Nubiens et de dévaster le Sud.

Pour empêcher les Nubiens d'attaquer, il fallait donc appeler l'empereur au secours et provoquer l'intervention du même Jannas ! Ce dernier démasquerait Emheb et les résistants, massacrerait les habitants d'Edfou et mettrait la région à feu et à sang, Thèbes y comprise.

Être anéanti par les Nubiens ou par les Hyksos... Il n'y avait pas d'autre choix.

41

— Regarde, maman, regarde! C'est Filou!

Le petit Kamès était devenu l'ami du pigeon voyageur qui effectuait des vols fréquents entre Edfou et Thèbes. Il se posait dans le jardin du palais et, fier d'avoir accompli sa mission, se laissait caresser par le garçonnet.

Kamès avait appris à dénouer la ficelle qui liait un rouleau de papyrus à la patte droite du pigeon. S'il l'avait été à la patte gauche, Ahotep aurait immédiatement su que l'auteur du message n'était pas le gouverneur Emheb.

Bien entendu, le texte était rédigé en écriture cryptée et il comportait, à trois reprises et au milieu de mots dépourvus de sens, le signe de reconnaissance des résistants.

Ce que lut la reine la pétrifia.

Le pharaon Séqen, la reine mère Téti la Petite, l'intendant Qaris et le Supérieur des greniers Héray écoutèrent avec attention le message désastreux du gouverneur Emheb que leur transmit la reine Ahotep d'une voix étranglée.

— Nous ne nous trompions pas, observa le roi. L'empereur n'épargnait Thèbes que pour mieux s'en servir comme d'un piège.

— Sommes-nous capables de résister aux Nubiens? demanda Héray sans grand espoir.

— Je ne dispose que d'une centaine de véritables soldats. Même s'ils se joignent aux hommes d'Emheb, nous serons écrasés dès le premier assaut.

— La réputation de cruauté des Nubiens n'est pas usurpée, confirma Qaris. Il faut préparer la fuite de la famille royale.

— Et la population thébaine ? s'indigna Ahotep.

— Même si nous tentons de la déplacer, elle sera vite repérée et massacrée, soit par les Hyksos, soit par les Nubiens, soit par les deux.

— Alors, qu'elle prenne les armes et se batte sous notre commandement !

— Les civils en seront incapables, objecta Héray. N'oubliez pas, Majesté, que les partisans de la collaboration refuseront l'affrontement et tenteront de convaincre leurs concitoyens de les imiter en leur promettant la vie sauve.

— Qaris a raison, reconnut le pharaon Séqen. Ahotep, sa mère et notre fils doivent quitter Thèbes. Moi et mes soldats, nous gagnerons Edfou et je combattrai aux côtés d'Emheb.

— Je suis trop vieille et trop fatiguée pour quitter ma ville natale, décréta Téti la Petite. Et puis j'essaierai de négocier avec l'occupant.

— Je n'abandonnerai pas mon mari, décida Ahotep.

— Toi et Kamès, vous êtes l'avenir. Avec une escorte, vous vous cacherez dans le désert et...

— Nous y crèverons comme des lâches, loin de ceux que nous aimons... Jamais ! Retourne à la base secrète, Séqen, et prépare tes soldats à mourir en guerriers. Je réponds au gouverneur Emheb que nous le rejoindrons dès que nécessaire.

La belle Venteuse avait jeté son dévolu sur le plus talentueux des peintres crétois. De plus, le séduisant jeune homme était le chef du petit clan d'artistes contraints de décorer le palais d'Apophis.

— Je peux te regarder travailler, Minos ?

— J'ai horreur de ça.

La grande et mince Eurasienne passa un doigt raffiné sur ses lèvres sensuelles.

— Tu sais bien que tu es obligé d'obéir à l'empereur et que l'empereur est mon frère. Il ne me refusera rien, même pas la tête d'un peintre crétois.

— Sans moi, ce palais restera ce qu'il est : une horrible prison.

— Te crois-tu irremplaçable, Minos ?

— Je le suis. Et dès que j'aurai terminé, je rentrerai chez moi avec mes compagnons.

— Comme tu es naïf !

L'artiste se retourna pour découvrir la magnifique princesse à la voix enjôleuse.

— Pourquoi dis-tu ça ?

— Parce que tu ne retourneras jamais en Crète. Ne comprends-tu pas que tu es devenu la propriété de l'empereur ?

Minos lâcha son pinceau.

Venteuse passa tendrement la main dans les cheveux bouclés du peintre et l'embrassa dans le cou.

— Ce n'est pas si terrible, si tu sais t'y prendre. L'Égypte est un pays agréable, et il n'appartient qu'à toi de rendre ce palais plus attrayant. Tu n'as d'ailleurs pas le droit d'échouer, souviens-toi.

Minos demeurait immobile.

— J'espère que tu n'es pas qu'un amateur de garçons, s'inquiéta Venteuse en dénouant le pagne du Crétois.

À voir l'effet de ses caresses, elle fut rassurée.

N'y tenant plus, Minos la prit fiévreusement dans ses bras et ils s'allongèrent sur le dallage.

— Il existe des endroits plus confortables pour faire connaissance, suggéra-t-elle.

— Puisque tu doutes de mes capacités amoureuses, je tiens à te les prouver sans tarder.

La cérémonie des tributs consacrait, une nouvelle fois, la toute-puissance de l'empereur et pharaon Apophis, devant lequel ses vassaux s'étaient inclinés, après lui avoir offert, en plus grande quantité que l'année précédente, les richesses de leurs contrées respectives.

Particulièrement remarquée, l'intervention de l'ambassadeur de Crète qui, en termes choisis, avait vanté la grandeur d'Apophis et insisté sur la fierté qu'éprouvait la grande île en voyant ses meilleurs artistes décorer le palais d'Avaris, désormais considéré comme le centre du monde.

L'amiral Jannas, lui, avait été convié à évoquer les forces armées hyksos, tant terrestres que maritimes, afin de bien faire comprendre à d'éventuels rebelles qu'ils couraient à une mort certaine. Pendant le discours de Jannas, l'empereur observait l'ambassadeur de Nubie, dont le visage était resté imperturbable.

Enfin, le Grand Trésorier Khamoudi avait annoncé, comme chaque année, une augmentation des impôts et des taxes, indispensable pour que les différents services de l'État hyksos puissent assurer le bien-être et la sécurité de ses sujets. Tout retard ou toute tentative de tricherie entraîneraient de lourdes pénalités. Si un vassal manquait à ses devoirs, l'armée interviendrait aussitôt pour les lui rappeler.

Aucun diplomate n'aimait séjourner longtemps à Avaris, où l'omniprésence de la police rendait l'atmosphère étouffante. Et chacun savait que l'empereur pouvait faire disparaître n'importe qui si tel était son bon plaisir.

Le plus soulagé était l'ambassadeur de Crète qui, malgré la totale soumission de son pays, redoutait quand même des représailles. Connaissant à la fois Apophis, Khamoudi et Jannas, il avait convaincu son roi de ne plus jamais rien tenter contre les Hyksos et de se satisfaire des conditions d'existence que l'empereur accordait à la grande île.

Au moment où son bateau quittait le port d'Avaris, il eut une pensée émue pour son collègue nubien, lequel venait d'être convoqué par Apophis.

Sans doute ne le reverrait-il plus.

— Tu as été bien silencieux, dit Apophis à l'ambassadeur de Nubie qui, malgré toute son expérience, avait la gorge serrée et le ventre secoué par des spasmes.

— Cette cérémonie était parfaite, Majesté, et les exposés parfaitement clairs.

— Puisque l'empire est en paix, j'ai décidé de m'occuper un peu mieux de l'Égypte et de la Nubie. C'est pourquoi je confie une nouvelle mission à l'amiral Jannas et au Grand Trésorier Khamoudi.

L'ambassadeur frémit. La voix rauque de l'empereur ne venait-elle pas d'annoncer l'extermination du peuple nubien ?

— Ne te méprends pas sur mes intentions, reprit Apophis. Puisque mon ami et fidèle sujet Nedjeh se comporte loyalement et n'a commis aucune faute grave, pourquoi le châtierais-je ?

L'ambassadeur suait à grosses gouttes.

Dans moins d'un mois, Nedjeh avait l'intention d'attaquer Edfou, puis de s'emparer de Thèbes et de placer l'empereur devant le fait accompli. À lui le Nord, aux Nubiens le Sud.

— Les finances publiques sont un art difficile, poursuivit Apophis. Malgré la bonne volonté des autorités locales, il existe toujours des imprécisions, voire des oublis fâcheux. Khamoudi est si dévoué à la cause de l'État qu'il ne supporte plus ces imperfections. Aussi un recensement est-il devenu indispensable.

— Un recensement..., bredouilla l'ambassadeur.

— Les troupes de l'amiral Jannas partiront demain pour Éléphantine, où elles recenseront hommes et animaux, tête par tête. Elles effectueront ensuite le même travail en Nubie, tandis que d'autres soldats s'occuperont des provinces du Sud. Bien entendu, je compte sur la complète et active collaboration de mon serviteur Nedjeh.

— Bien entendu, répéta l'ambassadeur.

42

— Un bateau hyksos, gouverneur.

— Un seul ? s'étonna Emheb.

— Oui, et pas très gros. Un officier et une douzaine d'hommes en sont descendus. Ils se dirigent vers nous. On les tue quand ?

— On n'y touche pas avant de savoir ce qu'ils veulent. Si un bateau est porté manquant, Jannas réagira de manière violente.

Le gouverneur Emheb était perplexe.

À l'évidence, les Hyksos avaient été avertis des intentions des Nubiens. Pourquoi n'envoyaient-ils que d'aussi modestes renforts ?

Une simple avant-garde, probablement.

Emheb parviendrait peut-être à abuser ceux-là en leur garantissant qu'Edfou était bien sous contrôle et qu'elle servirait de base aux Hyksos pour barrer la route aux Nubiens, mais ce ne serait que partie remise. Ces émissaires annonçaient forcément l'arrivée de Jannas.

— L'officier attend, gouverneur.

— Amenez-le-moi.

Plus de vingt navires de guerre chargés de Hyksos étaient passés devant Thèbes en remontant le Nil.

Les rues de la ville étaient désertes.

Au palais, personne ne parvenait à cacher son angoisse. Téti la Petite jouait encore avec Kamès, mais sans son entrain habituel. Même Rieur était nerveux.

— L'empereur a toujours un coup d'avance, constata Qaris. Les Nubiens ont eu tort de le défier.

— Et c'est Thèbes qui va payer leur folie ! protesta Ahotep.

— Mettez-vous à l'abri, Majesté, supplia l'intendant. Rejoignez le roi sur la rive ouest.

— Dès que Séqen et ses hommes pourront traverser le Nil, ils viendront nous défendre.

C'est un Héray haletant qui fit irruption dans la salle d'audience.

— Des Hyksos débarquent... Ils seront bientôt ici !

— Je les recevrai, annonça Téti la Petite, tenant Kamès dans ses bras. Ils n'oseront pas toucher à une grand-mère et à son petit-fils.

— Non, mère. C'est à moi de les affronter.

La jeune reine sortit du palais pour aller au-devant du détachement hyksos.

À son chef, elle demanderait d'épargner Thèbes. Que pouvait-elle offrir en échange, sinon elle-même ? Sans doute l'empereur serait-il ravi de la réduire en esclavage. Quand elle serait en sa présence, elle trouverait les mots justes pour lui dire quel monstre et quel lâche il était.

Ce serait son dernier combat.

Inexorablement, les soldats avançaient.

Immobile sous le soleil, Ahotep refusait sa peur.

Soudain, elle se demanda si ses yeux ne la trompaient pas. Non, c'était bien lui !

— Gouverneur Emheb !

— Vous n'avez rien à craindre, Majesté, murmura-t-il. Ni

les Nubiens ni les Hyksos ne vous attaqueront. L'empereur a décidé un recensement général qui s'étend à la Nubie, et c'est Jannas en personne qui en est chargé, à la tête de ses troupes. Impossible pour Nedjeh de désobéir. Il est cloué dans sa capitale et devra se comporter en fidèle sujet de l'empereur. Plus question pour lui de s'emparer d'Edfou et de Thèbes, ses velléités de conquête sont étouffées dans l'œuf. Apophis connaîtra le nombre exact de guerriers noirs et taxera leur roi en conséquence. Quant à Thèbes, bourgade dépourvue d'importance, c'est à moi, parfait collaborateur, de m'en occuper avec la dernière sévérité.

Ahotep aurait volontiers sauté au cou d'Emheb, mais des dizaines d'yeux devaient observer la scène.

— Ma ville est indépendante ! clama-t-elle. Comment vous, un Égyptien, pouvez-vous ainsi trahir votre pays en devenant un séide de l'empereur ?

— Apophis est notre pharaon, Majesté, et nous lui devons tous obéissance, répondit le gouverneur Emheb d'une voix forte. Je ne suis ici qu'avec quelques soldats qui procéderont au recensement des habitants de Thèbes. Si vous ne voulez pas coopérer, un régiment entier s'acquittera de cette tâche après avoir arrêté et déporté les récalcitrants.

Ahotep tourna le dos au gouverneur.

— La famille royale comprend quatre personnes, déclara-t-elle avec dédain : la reine mère Téti la Petite, mon mari Séqen, mon fils Kamès et moi-même. Pour le personnel du palais, voyez l'intendant Qaris. Et pour le reste de la population, débrouillez-vous.

Caché derrière un volet mi-clos, Chomou n'avait rien perdu de l'altercation. Dès que la reine eut disparu, il courut vers le gouverneur.

— Bienvenue aux glorieux Hyksos ! Mon nom est Chomou, je suis commerçant et je représente les nombreux Thébains qui vénèrent l'empereur. Nous sommes prêts à faciliter la tâche de vos soldats.

Surmontant son écœurement, Emheb esquissa un sourire.

— Je te nomme recenseur local. Tu vas t'installer dans un bureau avec deux scribes hyksos, tu rassembleras les déclarations et tu les classeras. N'omets pas de me signaler les tricheurs.

— Vous aurez le nombre exact d'habitants, gouverneur !

Les lèvres luisantes d'excitation, Chomou osa poser la question décisive :

— M'autorisez-vous à signer le rapport définitif en insistant sur mon dévouement envers l'empereur ?

— Si je suis satisfait de ton travail, pourquoi pas ?

Jamais Chomou n'avait savouré un tel moment d'extase. Lui, recenseur officiel pour le compte de l'empereur ! Enfin, la première marche de l'escalier qui menait à la mairie de Thèbes, dont il chasserait la famille royale pour en faire une véritable cité hyksos.

Les paysans du Delta ne reconnaissaient plus leur région. Un peu partout avaient fleuri des cantonnements militaires qui remplaçaient les cabanes de bergers, et un animal inconnu jusqu'alors proliférait : le mouton à laine. Les Hyksos en consommaient beaucoup, refusaient la viande de porc prisée par les Égyptiens et, contrairement à eux, préféraient les vêtements de laine à ceux de lin.

Chaque jour, constatait le Moustachu, un fossé plus profond se creusait entre l'occupant et l'occupé. Bien que le nombre de collaborateurs augmentât, peu d'entre eux étaient sincères et croyaient vraiment aux vertus de l'ordre hyksos. La plupart essayaient de sauver leur vie en feignant de vénérer un tyran que plus aucune force au monde ne saurait atteindre.

Dans ce climat de désespérance, il n'était pas facile de recruter de nouveaux résistants. En revanche, ceux qui voulaient combattre Apophis étaient prêts à se sacrifier et ne reculeraient pas devant le danger.

Aujourd'hui, le Moustachu avait échoué.

Après avoir travaillé pendant un mois avec des éleveurs de porcs sans leur demander d'autre salaire qu'un peu de nourriture, il s'était dévoilé avec l'espoir d'en engager au moins un. Mais les cinq hommes, tout en lui manifestant leur sympathie, ne se sentaient pas de taille à se lancer dans une aventure aussi folle.

Alors qu'ils passaient près de la remise abandonnée où se cachait l'Afghan, qui attendait les résultats de la démarche de son ami, l'un des porchers s'arrêta net.

— Des Hyksos chez nous !

De fait, une dizaine de fantassins aux cuirasses noires sortaient de la ferme où vivaient les éleveurs et leurs familles.

Le Moustachu ne pouvait ni s'enfuir ni prévenir l'Afghan. Les soldats avaient repéré les paysans et marchaient vers eux. Restait à espérer que les porchers ne le vendraient pas.

— Opération de recensement, annonça le gradé, un Anatolien costaud. Vos noms et le nombre exact de vos bêtes. Ah... je vous signale que le prix de vente de vos porcs est baissé de moitié et les taxes augmentées d'autant.

— Vous nous ruinez !

— Ce n'est pas mon problème, mon gars. Tu n'as qu'à faire comme nous et ne pas manger de cochon. Dis donc... T'en aurais pas caché quelques-uns dans la remise, là-bas ?

— Non, elle est abandonnée.

— On va quand même voir, rien que pour s'assurer que tu ne mens pas. Dans le cas contraire, mon gars, tu auras de sérieux ennuis.

— Défendez-vous, ils veulent vous tuer ! hurla le Moustachu en brisant le cou d'un des soldats, auquel il arracha son épée qu'il planta dans la poitrine de son camarade le plus proche.

Rageur, l'Anatolien ficha sa lance dans le ventre d'un porcher qui tentait de l'apaiser. Ne disposant que de leurs poings, les paysans furent de dérisoires adversaires pour les Hyksos. Mais ils les retardèrent suffisamment pour laisser le temps à une véritable bête fauve de jaillir de la remise avec une fourche.

L'Afghan la planta dans les reins de l'Anatolien.

Figés de stupeur, ses soldats manquèrent de réaction. Rompus au combat de près, les deux résistants ne leur laissèrent aucune chance.

Maculées de sang, les mains du Moustachu tremblaient. L'Afghan reprenait son souffle.

Pas un des porchers n'avait survécu. L'Afghan acheva les Hyksos blessés. Furieux, le Moustachu piétina les cadavres jusqu'à ce qu'aucun visage ne fût reconnaissable.

43

Installé dans son luxueux bureau d'Avaris où lui parvenaient les rapports des recenseurs, le Grand Trésorier Khamoudi avait beaucoup grossi. Celui que ses subordonnés surnommaient, en grand secret, « Sa Suffisance » ou « Attrape-tout », était devenu richissime. Contrôlant la production de scarabées et de papyrus, prélevant pour son compte personnel une partie des rentrées fiscales avec l'accord d'Apophis, il laissait libre cours à son avidité, doublée d'une solide avarice.

Au terme de trois années d'efforts, le recensement s'achevait. Conformément aux instructions de Khamoudi, les soldats hyksos avaient exploré les moindres recoins de l'Égypte et de la Nubie, revenant à plusieurs reprises dans les contrées les plus peuplées, de sorte que ni une tête d'homme ni une tête de bétail ne leur échappât. Et le résultat était remarquable : pas un être humain ne se soustrairait aux multiples impôts décrétés par l'empereur.

Déçu par les débuts de l'entreprise, Khamoudi avait eu une idée géniale : confier les premières déclarations à des scribes locaux. En cas d'erreur lors de la vérification par des officiels hyksos, ils étaient brûlés vifs en place publique. La mesure avait produit les effets escomptés : les lettrés égyptiens s'étaient révélés d'excellents collaborateurs, traquant jusqu'au dernier paysan qui se terrait sur son lopin de terre, même dans une province reculée.

Aussi était-ce avec une légitime fierté que Khamoudi pouvait se présenter devant son maître, occupé à calculer la prochaine grille des salaires des soldats et des fonctionnaires de l'État hyksos. La démarche était aussi simple qu'efficace : les augmenter en prélevant davantage sur les revenus de ses sujets, placés dans l'incapacité de protester.

— Majesté, le recensement est un franc succès !

— De combien se sont élevées nos recettes ?

— Plus de trente pour cent ! Même les Nubiens ont été matés. Je ne dis pas que Nedjeh ne dissimule pas quelques trésors familiaux qu'il a oublié de déclarer, mais ne faut-il pas lui pardonner cette faute vénielle ?

— En échange, tu majoreras le prix du blé que nous lui vendons. Aucun incident notable ?

— Nous avons perdu une patrouille qui a eu l'imprudence de se baigner dans le Nil, à un endroit infesté de crocodiles. On n'a retrouvé que des morceaux de chair collés aux uniformes. Pas d'autre incident. Qui oserait se révolter contre notre armée ? Même les farouches Nubiens ont compris qu'il valait mieux obéir sans discuter à l'amiral Jannas. Autre motif de satisfaction : l'extinction de tout mouvement de résistance et le nombre croissant de collaborateurs égyptiens. Le gouverneur d'Edfou, Emheb, a été un recenseur actif. La campagne thébaine comptait le double d'animaux que prévu, et il a même débusqué les propriétaires d'un seul porc.

— N'a-t-il pas protégé sa propre ville ?

— Pas du tout, Majesté ! Être investi d'une mission officielle lui a donné des ailes de rapace. Grâce à lui, nous saignerons Edfou à blanc.

— Nomme-le inspecteur général des impôts de la province thébaine, et que ses rentrées fiscales soient en constante hausse. Son attitude inspirera certainement d'autres notables égyptiens, qui accéléreront le pourrissement de leur peuple.

Même l'Afghan était épuisé.

Depuis le début du recensement, le petit groupe de résistants était sans cesse obligé de se déplacer, avec la crainte d'être intercepté par l'une des nombreuses patrouilles hyksos qui sillonnaient la Moyenne-Égypte sans oublier les fermes isolées.

À plusieurs reprises, le désert leur avait fourni un abri temporaire, mais le manque de vivres les contraignait à retourner dans la campagne où les paysans se montraient hostiles.

Il n'était plus question de recruter, mais uniquement de survivre.

— On ne tiendra plus longtemps, confessa le Moustachu. Les nerfs de nos hommes sont à bout. À force de servir de gibier, ils sont rongés par la peur. Certains ont même envie de rentrer chez eux.

— Ils y seront exécutés.

— Ils préfèrent ça à une fuite continuelle.

— Je tenterai de les raisonner. Et si je n'y parviens pas...

— Tu ne vas quand même pas abattre ceux qui n'y croient plus ?

— Tu proposes une meilleure solution ?

L'Afghan avait raison. Mais comment se résoudre à une telle extrémité ?

— Si nous les laissons partir, renchérit l'Afghan, ils nous dénonceront. Tout ce que nous avons subi pendant plusieurs années n'aura servi à rien.

— Ce sont nos compagnons, pas nos ennemis !

— En perdant pied, ils le deviendront.

L'un des résistants les alerta.

— Un fermier vient vers nous.

— Connu ?

— Il nous a déjà donné asile.

— Vérifie s'il est suivi par des Hyksos.

Le paysan était seul.

Sous la protection de l'Afghan, caché derrière un tamaris, le Moustachu accepta de lui parler.

— Que veux-tu, fermier ?

— C'est fini, le recensement est terminé ! Les patrouilles spéciales sont reparties pour Avaris, la flotte de guerre aussi. Il ne reste plus que les troupes d'occupation habituelles. Dès ce soir, vous pourrez dormir chez moi.

Thèbes était exsangue.

Ahotep ne regrettait pas d'avoir approuvé la stratégie préconisée par le gouverneur Emheb, mais elle ruinait les habitants de la petite cité. Les nouvelles taxes sur les récoltes laissaient à peine aux Thébains de quoi manger, et il fallait toute la force de persuasion d'Ahotep pour préserver leur goût de vivre.

Téti la Petite la secondait avec efficacité. Se rendant souvent sur le marché, elle expliquait aux maîtresses de maison que la famille royale ne mangeait ni mieux ni davantage qu'elles. Et le petit Kamès affirmait haut et fort que Thèbes triompherait de tous ses ennemis.

Le marchand de vases Chomou souffrait d'une dépression nerveuse. Il avait espéré que les militaires hyksos resteraient à Thèbes et lui attribueraient le poste de maire pour le remercier d'avoir dénoncé ceux qui possédaient quelques biens sans les avoir déclarés au fisc. Bien qu'il l'eût chaudement félicité, le gouverneur Emheb était retourné à Edfou sans démettre de ses fonctions la reine Ahotep, qui, il est vrai, avait accepté toutes ses conditions.

Comment lutter contre la popularité de la jeune souveraine et de la reine mère ? Englué dans sa déception, Chomou n'avait guère d'arguments à offrir aux partisans de la collaboration, puisque Ahotep satisfaisait aux exigences de l'empereur.

Le Supérieur des greniers Héray l'avait un peu réconforté en lui promettant que, dans l'avenir, il aurait certainement un rôle décisif à jouer. Sa dévotion envers le nouveau maître du pays ne passerait pas inaperçue, d'autant plus que le rapport du gouverneur Emheb avait été particulièrement élogieux à l'égard de ce collaborateur si diligent.

En vérité, Emheb s'était bien gardé d'évoquer le cas de ce rongeur qu'Héray surveillait comme le lait sur le feu. Tôt ou tard, Chomou sortirait de son état d'abattement et retrouverait sa capacité de nuire.

Dans la région thébaine, le recensement n'était pas tout à fait terminé. Sous peine d'être soupçonné, Emheb n'avait pu empêcher un détachement hyksos de se rendre sur la rive ouest de Thèbes afin d'y inspecter la nécropole et ses abords, pourtant réputés vides de toute habitation.

Mais pas un coin de terre ne devait échapper aux recenseurs.

Et, s'ils faisaient correctement leur travail, ils tomberaient sur la base secrète.

44

Filou se posa sur l'épaule de Séqen, qui, après l'avoir caressé, lut le message que lui apportait le pigeon.

— Les Hyksos inspectent la nécropole, annonça-t-il à ses hommes. Ensuite, il ne leur restera plus à contrôler que la région désertique qui s'étend vers le nord.

— On les affrontera et on les tuera, promit un jeune guerrier.

— Ce serait une victoire sans lendemain, estima Séqen. La disparition de ce détachement serait signalée au quartier général, qui nous enverrait toute une armée contre laquelle nous serions impuissants.

— On ne va pas se laisser massacrer sans réagir !

— Respectons les consignes d'urgence et ne traînons pas.

À l'entrée de la nécropole, le chef du détachement hyksos eut un mouvement de recul. Le gouverneur Emheb lui avait confié que plus aucun Égyptien ne s'aventurait dans cet endroit hanté par des monstres à tête de vautour et à pattes de lion. Ils attaquaient leurs victimes par-derrière, leur crevaient les yeux, leur perçaient le crâne, buvaient leur sang et mangeaient leur moelle.

Ancien pirate, l'officier avait abattu suffisamment d'adversaires pour ne pas redouter ce genre de bestioles. Mais ses soldats, pourtant bien armés, n'étaient pas de son avis.

L'austérité du lieu et le silence pesant qui y régnait le mirent néanmoins mal à l'aise.

Lorsqu'un chien aboya, le Hyksos sursauta.

L'un des fantassins tira aussitôt une flèche. Elle s'écrasa sur une stèle maudissant les profanateurs, et le dernier gardien du cimetière prit la fuite.

— On ne va quand même pas recenser les morts, observa un fantassin.

— Et si on pillait les tombes ? suggéra l'un de ses camarades.

— Toi, vas-y le premier.

— Tu crois à ces histoires de monstres ?

— Bien sûr que non ! Mais vas-y le premier.

Le chef du détachement avait l'œil : petites sépultures, la plupart abandonnées, certaines éventrées... Il n'y avait rien à espérer.

— Personne à recenser dans ce coin-là, constata-t-il. Allons explorer la dernière zone en blanc sur ma carte.

— Par là, chef, c'est le désert !

— Tu en as peur ?

— Certains prétendent que c'est dangereux, avec tous ces monstres qui rôdent !

— Aucun monstre ne saurait résister à trois cents soldats hyksos. En avant.

De la base secrète, il ne restait plus rien d'apparent. Séqen avait fait disparaître toute trace de campement. Ses hommes s'étaient bien cachés, les uns derrière des collines plus avant dans le désert, les autres dans des galeries souterraines creusées à proximité du camp d'entraînement. Le roi et deux de ses meilleurs soldats s'étaient réfugiés dans une grotte naturelle d'où ils pouvaient observer le site sans être repérés.

Séqen vit arriver les éclaireurs hyksos, bientôt suivis de l'avant-garde, puis du gros de la troupe.

Ils marchaient d'un bon pas, comme s'ils étaient pressés de traverser une région hostile.

Soudain, leur chef s'immobilisa et contempla le sol.

— Pourvu qu'il n'ait pas découvert l'entrée d'une galerie, s'inquiéta l'un des soldats égyptiens.

— Il n'y en a pas à cet endroit, le rassura le roi.

L'officier ramassa un objet et le brandit.

— L'une des épées en bois que nous utilisons pendant les exercices, maugréa Séqen, furieux contre cette négligence qui risquait de leur coûter la vie.

— C'est un jouet, chef! estima un sous-officier.

— Possible... Il a beaucoup servi.

— Voilà les seules armes dont disposent les Égyptiens pour nous combattre! s'exclama un fantassin, qui déclencha l'hilarité générale.

Tournant lentement sur lui-même, le chef du détachement scruta le site.

— Explorez-moi tout ça, ordonna-t-il.

Pendant plus de trois heures, les Hyksos cherchèrent d'autres objets, preuve que l'endroit avait été habité ou l'était encore.

Le résultat fut négatif. À l'évidence, le jouet avait échoué là à la suite d'une tempête de sable, à moins que l'un des rejetons d'une tribu nomade ne l'eût oublié.

— On est arrivés au bout de la zone, chef, fit remarquer un éclaireur. Pas âme qui vive.

— Il y a encore cette grotte qui m'intrigue. Jetons-y un coup d'œil.

— Ils viennent vers nous, Majesté!

— Garde ton sang-froid, soldat.

— S'ils pénètrent dans la grotte, nous sommes perdus!

— Aie confiance.

— On devrait s'enfuir !

— Trop tard. Allons tout au fond, aplatissons-nous sur le sol, et plus un mot.

À l'entrée de la grotte, Séqen avait disposé des ossements d'animaux, dont certains encore pourvus de lambeaux de chair.

— Il y a un monstre là-dedans ! constata un Hyksos.

— Pas un monstre, mais certainement un carnassier, objecta le chef.

— S'il se trouve dans son antre, il nous attaquera.

— On dispose d'un moyen simple pour le savoir... Archers, en position !

Une dizaine de flèches partirent vers le fond de la grotte.

Lorsque l'une d'elles s'enfonça dans le bras du soldat placé devant lui, Séqen lui plaqua aussitôt la main droite sur la bouche afin de l'empêcher de crier.

Les autres flèches étaient passées au-dessus des trois Égyptiens et s'étaient écrasées contre la paroi.

— La bête n'est pas au nid, jugea l'un des archers. On attend son retour ?

— Elle nous sentirait et ne s'approcherait pas... Et puis nous n'avons pas à recenser les animaux sauvages du désert ! Retour au camp.

Soulagé, le détachement hyksos quitta cet endroit inhospitalier où même un rebelle acharné n'aurait pas accepté de vivre.

Enlacés, chaque jour davantage épris l'un de l'autre, Ahotep et Séqen regardaient les soldats de la nouvelle armée égyptienne dresser leurs tentes et réinstaller leur campement.

La reine avait elle-même soigné le blessé, tous ses camarades acclamant la jeune femme dont le bref discours avait vanté leur courage, garant des victoires futures.

— Le désert nous donne la force de Seth, dit Ahotep. Il n'existait pas de meilleur lieu pour accueillir notre base secrète. À présent, il faut la développer.

— De quelle manière ? demanda Séqen.

— Nos soldats méritent mieux que de simples tentes. Nous allons construire une forteresse, une caserne, des maisons et même un palais !

— Ahotep, tu...

— Plus aucun Hyksos n'explorera ces solitudes. Bâtissons avec un seul mot d'ordre : la libération. À Thèbes, il y a trop de collaborateurs. Nous continuerons à leur donner le change aussi longtemps que nous ne serons pas prêts. Ensuite, nous les éliminerons afin d'assurer notre cohérence.

Séqen n'avait rien à ajouter. C'était exactement le plan insensé qu'il comptait proposer à son épouse.

— Pourquoi as-tu pris le risque de te cacher dans cette grotte au lieu de choisir une galerie souterraine ?

— Parce que je voulais voir arriver et repartir les Hyksos afin que mes hommes ne fussent pas en danger.

Ahotep entraîna son mari jusqu'à la grotte où la mort l'avait frôlé.

— Tu es devenu un véritable chef, Séqen, et je suis fière de toi.

La superbe jeune femme ôta sa robe et s'allongea sur cette couche improvisée.

— Donne-moi un deuxième fils, mon amour.

45

Ils n'étaient que trois scribes et ils travaillaient dur, tout au long de la journée et une bonne partie de la nuit. Installés à demeure sur la base secrète de Deir el-Ballas, ils administraient la petite agglomération qui comptait à présent un fortin, une caserne, plusieurs maisons et un modeste palais.

L'enthousiasme qui régnait parmi les résistants décuplait leurs forces. Ils avaient entière confiance dans le couple royal, dont la détermination sans faille était le meilleur des encouragements à poursuivre une tâche impossible.

Les briques avaient été fabriquées sur place, des porteurs d'eau faisaient d'incessants allers et retours entre le fleuve et le désert que les jardiniers de la base avaient réussi à fertiliser en bordure des habitations. Grâce aux pêcheurs, les soldats mangeaient du poisson frais, tandis que la brasserie et la boulangerie fournissaient les produits de base. Les nuits sans lune, un détachement traversait le Nil et venait chercher sur la rive ouest une cargaison de viande séchée.

Remplir les ventres était insuffisant. C'est pourquoi Ahotep avait ordonné aux scribes d'ouvrir une école où les résistants apprendraient à lire et à écrire. Après-demain, certains occuperaient des postes à responsabilités dans une Égypte libérée.

La reine n'avait qu'un seul garde du corps : Rieur, qui ne faisait rire personne. À sa masse musculaire impressionnante, le molosse ajoutait une rapidité d'intervention digne d'un chien de chasse. Taquin, il aimait s'approcher sans bruit des charpentiers et leur poser délicatement son énorme patte sur l'épaule. La plupart suaient à grosses gouttes avant que la voix fruitée d'Ahotep ne les délivrât.

Les artisans jouaient un rôle essentiel dans la préparation de la guerre. Pendant que les soldats s'entraînaient sous le commandement de Séqen, ils fabriquaient des flèches, des arcs, des lances, des épées et des boucliers. Mais tout cela serait inutile sans un moyen de transport : le bateau.

Aussi la reine avait-elle peu à peu engagé des charpentiers, soumis au secret, comme tous les habitants de la base. Le gouverneur Emheb lui avait envoyé des spécialistes d'Edfou, toujours considérée par les Hyksos comme une ville très sûre que dirigeait un collaborateur impitoyable à la dévotion de l'empereur. Grand collecteur d'impôts, Emheb se réarmait, lui aussi, et installait ses recrues sur le site dévasté d'Elkab auquel il redonnait vie.

Thèbes, Edfou, Elkab : sur la maquette de l'intendant Qaris, il y avait à présent trois cités égyptiennes qui n'étaient pas sous domination hyksos.

Promu Supérieur des ânes, Vent du Nord assumait, à la tête de ses collègues, le transport des matériaux destinés au chantier naval. Ils apportaient du bois, du papyrus et des outils sans rechigner devant l'effort, comme s'ils avaient conscience de participer à une action décisive.

Tout allait trop lentement au goût d'Ahotep, mais elle prenait son mal en patience. Et l'ouverture du chantier naval lui apparaissait comme une étape capitale : quand les résistants disposeraient enfin d'une flotte de guerre, ils ne seraient plus cloués sur place et pourraient lancer leur première attaque.

Les artisans travaillaient en plein air, au rythme de chansons dont certaines paroles n'étaient pas à mettre dans toutes les oreilles. La reine n'en avait cure, préférant s'attarder sur la fabrication du premier bateau, porteur de tant d'espoir.

Les troncs d'acacias étaient débités en petites planches que les charpentiers assemblaient comme des briques pour former la « muraille » de l'embarcation. Elles étaient fixées par de longues chevilles ou liées par de solides cordages passant dans des trous percés au foret.

Avec une herminette, le maître charpentier façonnait l'étambot, pièce servant de support au gouvernail, tandis que ses assistants s'occupaient de l'étrave et de la quille.

La reine examina elle-même la coque, tant à l'intérieur qu'à l'extérieur. Le travail était loin d'être terminé, car il faudrait encore égaliser les planches déjà mises en place puis procéder au calfatage, qui les rendrait parfaitement étanches.

— Êtes-vous satisfaite, Majesté ?

— Ne pourrais-tu aller plus vite ?

— Nous faisons le maximum. La précipitation gâterait le matériau, et nous avons besoin de solides bateaux pour transporter nos troupes. Malheureusement, je manque de techniciens expérimentés, et former les apprentis prend du temps, beaucoup de temps.

— Nous réussirons, promit la souveraine.

Le sourire d'Ahotep était la plus belle récompense des charpentiers. Il lui suffisait d'apparaître pour faire régner la joie de vivre et la volonté d'aboutir.

L'un des artisans, cependant, ne partageait pas ces sentiments.

Quand il avait été recruté, il souhaitait seulement un meilleur salaire et n'imaginait pas qu'une telle base pût exister. En la créant, Ahotep était devenue folle et menait Thèbes à sa perte. Tôt ou tard, les Hyksos découvriraient ce nid de rebelles, et les représailles seraient terrifiantes.

Apprenti charpentier, il n'avait que vingt ans et nulle envie d'être la victime d'un combat perdu d'avance. Pendant quelque temps, il avait tenté de se persuader que l'utopie d'Ahotep s'éteindrait d'elle-même. Mais la base secrète fonctionnait bel et bien, on y fabriquait des armes, on y entraînait des soldats et l'on y construisait même un bateau de guerre!

Inutile de parler à ses supérieurs, tous acquis à la cause de la reine.

À l'apprenti d'agir seul, et de manière radicale, afin d'éviter une catastrophe.

L'âme de ce projet insensé, c'était Ahotep. Elle morte, même Séqen, dont la stature de chef ne cessait pourtant de s'affirmer, serait brisé. Les révoltés quitteraient leur base, regagneraient Thèbes et reconnaîtraient la souveraineté des Hyksos.

Il devait donc supprimer Ahotep.

— Majesté, puis-je vous montrer quelque chose de surprenant?

La reine fut intriguée.

— C'est à l'extrémité du chantier... Je crois que vous serez étonnée.

Ahotep le suivit. Ils passèrent entre des rangées de planches soigneusement empilées et pénétrèrent dans un espace étroit, délimité par des troncs non équarris.

— Qu'y a-t-il de si surprenant?

L'apprenti brandit un lourd maillet en bois et un ciseau bien aiguisé.

— Vous êtes un danger pour tous les Thébains! Seule votre mort leur épargnera le chaos.

Dans les yeux de l'artisan, la volonté de tuer.

— Tu te trompes : lutter est notre unique chance de survie.

— On ne lutte pas contre les Hyksos, chacun le sait!

— Serais-tu un lâche ?

Le regard de l'apprenti se durcit.

— Nous n'avons pas d'autre choix que de nous soumettre à l'empereur. Vous ne recherchez qu'un pouvoir illusoire !

— Si nous le voulons vraiment, nous regagnerons notre liberté.

— C'est faux !

— Tu as peur, je le comprends. Mais un jour, la peur changera de camp.

— Les Hyksos ont triomphé. Pourquoi refusez-vous de l'admettre ?

— Parce que l'amour de la liberté doit rester plus fort que tout, quelles que soient les circonstances.

— Tant pis pour vous, Majesté. Vous mourrez avec vos illusions.

L'apprenti fracasserait le crâne de la reine avec son maillet et lui percerait le cœur de son ciseau. Elle aurait à peine le temps de souffrir. Ensuite, l'assassin s'enfuirait et rejoindrait Coptos, où il s'engagerait dans la milice hyksos.

À l'instant où il levait son bras pour frapper, une lourde patte se posa sur son épaule.

L'apprenti se retourna.

Campé au sommet d'un empilement de troncs, Rieur se trouvait au-dessus de lui.

Furieux de voir sa maîtresse menacée, le molosse inclina sa tête sur le côté et planta ses crocs dans la carotide de l'agresseur afin de le hisser jusqu'à lui, sans se soucier de ses hurlements qui s'éteignirent bientôt dans un râle d'agonie.

46

Le rapport du petit réseau de résistants d'Avaris, réduits à communiquer quelques informations au péril de leur vie, n'avait rien de réjouissant. Le pouvoir de l'empereur était absolu. Sur tout le territoire régnait l'ordre hyksos, et la moindre tentative de sédition était réprimée avec la dernière férocité. La capitale se présentait comme une gigantesque caserne, l'Égypte des dieux et des pharaons agonisait.

Grâce au recensement, Khamoudi avait réussi à imposer le plus pauvre des paysans, et la caste des dirigeants continuait à s'enrichir, sans oublier d'augmenter le nombre de ses esclaves égyptiens.

— Il ne nous reste plus qu'à attaquer la garnison d'Hérakléopolis et à mourir dignement après avoir tué un maximum de Hyksos, estima le Moustachu.

— Lis au moins le message jusqu'au bout, recommanda l'Afghan. On y parle de Thèbes.

— Thèbes n'existe plus.

— Bien sûr que si, puisque la reine Ahotep a succédé à sa mère, avec l'accord des Hyksos et sous leur contrôle.

— Quelle importance ? Ce n'est qu'une dynastie de pacotille ! Je vais parler à nos hommes.

Soudain, une idée folle traversa l'esprit du Moustachu.

— Tu as bien dit... Ahotep ?

— C'est ce nom-là, en effet, confirma l'Afghan.

— Ahotep... Ça signifie « la lune est accomplie », et la lune, c'est le signe de reconnaissance que nous cherchons à comprendre depuis si longtemps !

— Tu supposes que cette Ahotep serait à la tête d'un réseau de résistants thébains ? Elle n'est qu'une femme, mon ami. Comment pourrait-elle seulement envisager de lutter contre la puissance militaire hyksos ?

— Thèbes n'est peut-être pas morte. Ahotep a peut-être regroupé autour d'elle quelques partisans aussi déterminés que nous ! On oublie l'attaque suicide et on part pour le sud.

— Traverser les lignes hyksos... Impossible.

— Pour l'ensemble de nos hommes, oui. Pour nous deux, non. Et si je ne me suis pas trompé, nous établirons la jonction avec nos alliés thébains.

À une mauvaise crue, très insuffisante, s'ajoutait l'incurie de l'administration hyksos qui ne se préoccupait pas d'entretenir des bassins de réserve et de remplir des silos de secours pour nourrir les habitants de Haute-Égypte.

Grâce aux mesures prises par Ahotep, les Thébains échapperaient de justesse à la famine. Mais si le destin s'acharnait sur eux et rendait la prochaine crue aussi maigre, beaucoup mourraient de faim.

Mi-juillet, de nombreux champs de blé avaient été frappés par la pestilence et gâtés par une humidité anormale. Seules les plantations effectuées fin novembre avaient été épargnées par ce nouveau malheur. Sur ordre de la reine, les soldats et les artisans de la base secrète étaient les mieux nourris, afin qu'ils puissent continuer à s'entraîner et à travailler presque normalement.

Remis de sa dépression, le marchand Chomou se présenta au palais, où il fut reçu par Héray, le Supérieur des greniers.

— Tu as encore exigé que je te remette une vache laitière! Bientôt, je serai ruiné.

— Je ne suis pas responsable, Chomou. Telles sont les exigences du gouverneur Emheb, qui prélève sur chacun d'entre nous les impôts hyksos. Nous sommes tous logés à la même enseigne, la famille royale y comprise.

— L'empereur ne veut pas notre détresse, mais notre prospérité!

— Certainement, mais la loi est la loi. Thèbes ne peut s'y soustraire.

— Il faut écrire à Apophis et lui expliquer notre situation!

— La reine s'en charge, rassure-toi. L'essentiel, c'est d'obéir aux ordres de notre souverain.

Comment ne pas approuver les propos d'Héray? Désarmé, Chomou ne parvenait pas à comprendre pourquoi l'empereur plongeait ses fidèles sujets thébains dans la misère.

— J'espère que la reine ne se répand pas en propos insolents...

— Au contraire, Chomou, au contraire! Voilà bien longtemps que notre souveraine a renoncé à ce genre d'attitude, aussi vaine que puérile. Nous traversons une mauvaise passe, sans doute parce que nous sommes une province reculée, trop loin d'Avaris et du centre de l'empire. Mais je suis persuadé que notre soumission finira par être payée de retour.

— Moi aussi, Héray, moi aussi... On ne voit plus beaucoup Séqen, ces derniers temps.

— Le mari d'Ahotep passe son temps à chasser et à courir la campagne. C'est un sanguin qui ne tient pas en place. Au palais, on ne s'en plaint pas, car il nous rapporte du gibier. Et pour ta vache?

— Je suis heureux de payer mes impôts à l'empereur et de contribuer ainsi à la grandeur des Hyksos, déclara Chomou avec fierté. C'est un sacrifice, mais il est nécessaire.

Héray posa la main sur l'épaule du Cananéen.

— Tu es un exemple pour les Thébains.

Le commerçant rosit.

En s'éloignant, il continua à réfléchir au comportement de Séqen. Certes, les explications d'Héray étaient plausibles, mais tout de même... À l'occasion, il ferait suivre ce bouillant personnage afin de s'assurer qu'il ne fomentât pas un complot dérisoire avec quelques paysans.

— J'ai le sentiment que Chomou redevient dangereux, confia Héray à la reine Ahotep.

— Des faits précis ?

— Non, mais il me semble guéri et de nouveau décidé à vous nuire.

— Fais-le surveiller jour et nuit.

— Cette surveillance n'a jamais cessé, Majesté. Tous les partisans de la collaboration avec l'ennemi ont été identifiés. Le moment venu, ils seront arrêtés en quelques minutes.

— Toujours aucune nouvelle du Nord ? demanda Ahotep à Qaris.

— Aucune, Majesté. Il ne subsiste probablement pas le moindre réseau de résistants.

— Puisque nous sommes seuls, nous nous battrons seuls ! Le travail acharné du pharaon Séqen commence à porter ses fruits : nous disposons à présent d'une petite armée dont les soldats sont capables de terrasser n'importe quel adversaire.

— Les bateaux ? questionna l'intendant.

— Le premier vient de sortir du chantier naval, la construction du deuxième débute. L'équipe des charpentiers s'aguerrit, elle aussi, et travaillera plus vite.

— D'après le dernier message du gouverneur Emheb, Majesté, les résistants rassemblés à Edfou et à Elkab forment une troupe non négligeable. Il n'y a plus rien à craindre du côté des Nubiens, qui se contentent des territoires accordés par l'empereur et n'ont nulle envie de voir déferler les régiments de l'amiral Jannas. Et Emheb continue d'être considéré comme le parfait modèle du collaborateur qui remplit les caisses de l'occupant en saignant la région aux quatre veines.

Téti la Petite fit irruption dans la salle de la maquette où se tenait le conseil secret.

— Viens vite, Ahotep ! Kamès s'est blessé.

De fait, le garçonnet s'était profondément entaillé la main droite avec le fil d'un rasoir qu'il avait dérobé dans le cabinet de toilette de son père.

Ses cris devaient s'entendre dans toute la ville, mais il y avait plus sérieux.

— Cette plaie est anormale, jugea Ahotep en tentant de calmer son fils.

— Le mauvais œil ! conclut Téti la Petite. Il existe un moyen de le conjurer : utiliser de l'alun.

— À condition qu'il en reste dans la pharmacie du palais...

Pendant que la reine mère partait à la recherche du précieux produit, Ahotep s'adressa avec douceur et fermeté à Kamès.

— Tu souffres beaucoup et tu exprimes ta douleur, rien de plus normal. Mais tu dois aussi lutter contre elle avec l'intention de lui tordre le cou. Sinon, tu ne deviendras jamais un homme.

Kamès ravala ses larmes et osa regarder sa main.

— Toi et moi, poursuivit la reine, nous détestons le mauvais génie qui t'a fait du mal. Nous allons le priver de voix. Grâce au remède que va nous apporter ta grand-mère, nous le ferons sortir de ta chair, le sang s'arrêtera de couler, et ta main sera plus forte qu'auparavant.

Du haut de ses neuf ans, Kamès traça son avenir. Celui d'un être fier, décidé à combattre et à vaincre.

L'alun que Téti la Petite appliqua sur la plaie fut d'une remarquable efficacité : il repoussa le mauvais œil et provoqua la cicatrisation rapide de la première blessure du fils de Pharaon.

47

Jusqu'à Coptos, tout s'était bien passé.

Au prix d'interminables détours, l'Afghan et le Moustachu avaient évité les forteresses et les patrouilles hyksos. Buvant dans les canaux, se nourrissant de petit gibier, ils n'avaient progressé qu'avec la lenteur d'une tortue, mais sans le moindre heurt.

Se faire héberger dans une ferme était trop dangereux. Dans cette région, ils ne pouvaient faire confiance à personne.

Sur chaque chemin, des douaniers et des policiers. Même les pistes du désert étaient contrôlées.

— On ne passera pas, déplora le Moustachu.

— Il reste le Nil.

— Seuls circulent des bateaux hyksos ! Si nous volons une barque, ils nous intercepteront.

— J'ai vu défiler des transports de marchandises, rappela l'Afghan.

— Du blé pour les alliés nubiens de l'empereur.

— On se dissimule dans un chargement et on débarque à la hauteur de Thèbes.

— Et si l'équipage nous repère ?

— Tant pis pour lui.

« Une chance sur dix de réussir », pensa le Moustachu.

C'était beaucoup mieux que rien.

La matinée était d'une douceur exceptionnelle et le ciel d'une clarté incomparable. Kamès jouait à la balle avec ses camarades, Téti la Petite préparait des pâtisseries, Thèbes continuait à vivre au rythme rassurant des travaux et des jours comme si, grâce à la présence d'un soleil éclatant, la menace de destruction était suspendue.

Ahotep posa sur une cuillère à fard la statuette de femme que lui avait fabriquée sa mère, en appliquant une vieille recette de magie. Dépourvue de bras et de jambes, elle offrait un large triangle pubien marqué par des trous d'épingle. Quant à la cuillère, elle représentait une nageuse nue qui poussait devant elle un canard. La nageuse, c'était la déesse du ciel Nout, immergée dans l'océan des origines. Elle soulevait le dieu de la terre, Geb, incarné dans le canard. Ainsi le couple primordial donnait-il naissance à de multiples formes de vie. Associer les deux objets ne garantissait-il pas la fécondité ?

Ahotep sortit du palais et se dirigea vers un calotrope, un arbre aux fleurs roses à cinq pétales sous lequel Séqen s'était endormi. En raison de ses fruits en forme de testicule, l'imposant végétal était réputé pour ses vertus aphrodisiaques.

La reine s'agenouilla et caressa doucement le front de l'homme qu'elle aimait chaque jour davantage.

— Ahotep... Tu es radieuse !

— Parfois, je songe au gringalet timide qui n'osait pas m'aborder... Tu es devenu un véritable guerrier, capable de mener ses hommes au combat.

— La réalité n'est pas si riante. Bientôt dix ans d'efforts, et nous n'avons encore qu'une minuscule armée.

— Ce qui compte, c'est son désir de vaincre ! Ne ressens-tu pas le mien ?

Séqen se redressa pour prendre Ahotep dans ses bras. Enlacés, ils s'allongèrent pour ne former qu'un seul être.

— Enfin, lui avoua-t-elle, je suis de nouveau enceinte.

Le Grand Trésorier Khamoudi avait encore grossi et il éprouvait de plus en plus de difficulté à s'habiller avec ses vieux vêtements. Hostile au gaspillage, il tiendrait jusqu'à l'ultime limite avant de s'en faire offrir de nouveaux par le meilleur tisserand de la capitale, qui serait bien inspiré de ne pas divulguer les véritables mensurations de son illustre client.

Khamoudi avala quand même un beignet au cumin, car c'était jour de fête pour la caste dirigeante d'Avaris. L'empereur avait promis de célébrer une fête inédite, l'armée l'acclamerait, et Khamoudi n'avait que d'excellentes nouvelles à lui annoncer. La Nubie et l'Égypte se prosternaient devant leur souverain, toute forme de résistance avait été éradiquée. Comme le confirmait régulièrement le ministre de l'Agriculture de Thèbes, la petite cité mourante n'avait plus qu'une seule et louable ambition : payer ses impôts et ses taxes à Apophis.

Ne subsistait qu'un problème mineur, mais difficile à résoudre : les attaques de caravanes par des bandes de malfaiteurs, peu nombreux et très mobiles. Sur la piste du Ouadi Toumilat, entre le Delta oriental et la mer Rouge, Khamoudi venait d'obtenir un excellent résultat en piégeant une vingtaine de Bédouins, que les Hyksos avaient empalés avec un soin tout particulier. Leur supplice servirait d'exemple.

— Abandonne tes dossiers, l'avertit son épouse Yima, l'empereur est prêt !

Toutes affaires cessantes, ne se préoccupant nullement de sa grassouillette moitié, le Grand Trésorier se hâta de rejoindre son maître que protégeait sa garde spéciale.

À la fois par mesure de sécurité et parce qu'il détestait la populace, l'empereur sortait rarement de la citadelle. Aussi cette apparition dans les rues d'Avaris déclencha-t-elle l'enthousiasme d'une foule en liesse, soigneusement organisé par Khamoudi. Quiconque serait surpris à ne pas clamer le nom du pharaon Apophis serait déporté dans les mines de cuivre.

L'empereur s'immobilisa devant le jardin d'un Égyptien collaborateur. Un véritable enchantement composé de bleuets, d'iris, de mauves, de chrysanthèmes et de pieds-d'alouette.

— Détruis-moi tout ça, ordonna-t-il à son bras droit.

— Maintenant, Majesté ?

— Je n'aime pas me répéter, mon ami.

Le Grand Trésorier fit appel aux hommes de sa propre suite, qui piétinèrent les fleurs et arrachèrent les jeunes pousses.

— Je ne veux plus voir un seul jardin dans ma capitale, décréta Apophis, à l'exception de celui de la citadelle, par faveur spéciale accordée à l'épouse de l'empereur. La vue des fleurs amollit.

— Si Votre Majesté veut bien se donner la peine d'entrer...

La dame Yima, avec l'approbation de « l'impératrice » Tany, avait préparé une réception au harem en l'honneur d'Apophis. Bien qu'elle détestât cette harpie, grosse, laide et vulgaire, Yima ne cessait de l'encenser afin d'éviter ses foudres. Sans solliciter l'autorisation de son époux, Tany n'hésitait pas à faire supprimer qui lui déplaisait par la dame Abéria, toujours ravie d'étrangler ses victimes.

Par bonheur, l'entente entre son mari et l'empereur demeurait au beau fixe, et Yima se sentait protégée. Néanmoins, elle n'oubliait pas de féliciter l'affreuse Tany pour tout et rien afin de rester dans ses bonnes grâces.

Yima et Khamoudi continuaient à se livrer aux perversions les plus viles, sachant qu'Apophis ne leur en tenait pas rigueur, d'autant plus que le couple s'amusait volontiers avec des

Égyptiennes, qui ne sortaient pas vivantes de leurs jeux sadiques.

Apophis contempla la grande salle de réception, avec son bassin intérieur et ses sièges confortables.

— C'est un beau harem que nous avons là, dame Yima.

— Tout le mérite en revient à votre épouse, Majesté !

— Qu'avez-vous à me montrer de si exceptionnel ?

— Une danse, Majesté. Une danse lascive qu'exécutaient autrefois les femmes de mauvaise vie dans les maisons de bière. Aujourd'hui, elle le sera pour vous, et vous seul, par la dernière héritière de la plus riche famille de Memphis. Si vous n'êtes pas satisfait de sa prestation, la dame Abéria l'étranglera.

— Amusant, en effet... Qu'elle danse !

Elle avait dix-huit ans et elle était superbe.

La dame Abéria lui arracha son voile de lin et la poussa, nue, vers le centre de la salle.

— Montre-nous ce que tu sais faire, ordonna Yima. Sinon...

Ne cherchant à cacher ni son sexe ni ses seins, la jeune fille se tint droite comme une statue de déesse.

— Danse ! éructa Yima, hystérique.

Quand elle tenta de saisir le bras de l'Égyptienne pour la secouer, cette dernière la gifla.

— Nul n'est plus misérable que vous, déclara la prisonnière avec un calme impressionnant. Lors du jugement de l'autre monde, l'Avaleuse se régalera de vos âmes pourries.

— La fierté de ce peuple vaincu m'exaspère, dit l'empereur. Que cette révoltée soit mise à mort.

48

Malgré des massages quotidiens et des préparations médicinales destinées à éviter une hémorragie, le médecin du palais restait très inquiet. Les pronostics de naissance demeuraient flous, l'évolution de la grossesse préoccupante. Ahotep aurait dû rester alitée, mais aux recommandations du praticien elle rétorquait toujours : « Tout se passera bien parce que tout doit bien se passer. Et j'aurai un deuxième fils. »

Même Téti la Petite ne parvenait pas à raisonner sa fille, qui avait entrepris la lourde tâche de faire à nouveau fonctionner les ateliers de tissage, en sommeil depuis trop longtemps. Officiellement, la jeune reine ne supportait plus de voir les Thébaines mal fagotées; en réalité, il fallait des vêtements pour l'armée de libération.

Ce regain d'activité avait attiré l'œil de Chomou. Aussi les tisserandes fournissaient-elles des robes, des sous-vêtements et des châles au vu et au su de tous, tandis que des tuniques et des pagnes partaient de nuit pour la base secrète. La nécessité de donner le change ralentissait à la fois la production et la livraison, mais la plus extrême prudence s'imposait.

Ahotep avait recruté elle-même quatre tisserandes expérimentées qui rêvaient à chaque instant de voir les Hyksos anéantis. Elles seules savaient, tandis que leurs apprenties s'occupaient de vêtir de neuf la population. Chomou y avait même trouvé son compte en louant à bon prix un local vide.

Alors que la reine le visitait afin de s'assurer que l'aération était bonne et que les ouvrières disposaient d'un matériel convenable, Héray intervint.

— Majesté, votre présence est requise au palais.

— Est-ce si urgent ?

— Je le crois.

Le Moustachu était au bord des larmes.

— Thèbes... Nous sommes à Thèbes ! Tu te rends compte, l'Afghan, on a réussi !

— C'est beaucoup plus petit que Memphis.

— Cette ville grandira, tu peux en être sûr ! Rien n'est plus nourrissant que la liberté.

— À condition qu'elle existe encore... Je te rappelle que la région est sous domination hyksos.

— Et moi, je te rappelle que le signe d'Ahotep proclame le contraire !

— Ne t'emballe pas, camarade. On a échappé à l'armée, à la police et aux crocodiles... Restons vigilants.

— Allons au palais et révélons notre identité.

— Et si la reine Ahotep a partie liée avec les Hyksos ?

Grisé par l'aventure, le Moustachu ne voulait pas y croire. Mais exclure cette éventualité aurait été puéril.

— C'est moi qui vais au palais, décida l'Afghan. Je m'expliquerai à la manière d'un étranger maladroit. Si tout va bien, je ressors libre et je viens te chercher. Dans le cas contraire, prends la fuite et rejoins nos hommes.

— Je n'accepte pas de te laisser courir un tel risque !

Le Moustachu n'eut pas le temps de développer ses arguments.

Surgissant des roseaux, une dizaine de robustes gaillards armés de lances les entourèrent.

En son for intérieur, l'Afghan salua l'habileté de la manœuvre. Pourtant habitué au danger, il n'avait pas perçu leur présence. Ils étaient intervenus avec une promptitude digne de soldats professionnels.

Le Moustachu se faisait les mêmes réflexions.

Inutile de lutter.

— Qui êtes-vous ? demanda l'un des Thébains.

— Nous souhaitons voir la reine Ahotep... À cause de ce signe.

Le Moustachu montra le hiéroglyphe de la lune dessiné sur la paume de sa main.

Le soldat demeura sceptique.

— Pour quelle raison désirez-vous parler à notre souveraine ?

— Nous avons des renseignements importants à lui communiquer.

— On va vous lier les mains et vous nous suivrez. Au moindre geste suspect, on vous abat.

C'était la plus belle femme que l'Afghan ait jamais vue. Dans son regard de feu, capable de conquérir en un instant n'importe quel homme, s'alliaient puissance, tendresse et intelligence.

— Je viens d'Afghanistan, le Moustachu est égyptien. Nous sommes les chefs d'un réseau de résistants basé en Moyenne-Égypte et nous avons des contacts avec quelques habitants d'Avaris.

Téti la Petite et Qaris en eurent le souffle coupé, Héray fut étonné, Ahotep ne sourcilla pas.

— Donnez-nous de bonnes raisons de croire que vous n'êtes pas des espions hyksos.

— Nous sommes prêts à vous révéler les noms de nos hommes, les endroits où ils se cachent, et à vous préciser l'emplacement des forteresses et des garnisons hyksos. Nous avons formé des combattants, fabriqué des armes, tissé un réseau de sympathisants, mais nous sommes incapables de nous engager dans un choc frontal, avoua le Moustachu. Néanmoins, nous dépouillons des caravanes et nous supprimons un à un les mouchards de l'empereur, qui se croit mieux informé qu'il ne l'est réellement.

L'Afghan et le Moustachu parlèrent, Qaris nota. À partir de ces informations inestimables, il compléterait sa maquette. Et il songeait déjà à un plan d'attaque sur des points précis du territoire !

— Et si tout cela n'était que mensonge ? questionna Ahotep.

— Nous n'avons aucun autre moyen de vous convaincre, Majesté.

— En ce cas, je vais vous livrer aux soldats de l'empereur.

— Vous n'êtes pas de leur côté ! s'exclama le Moustachu. Non, pas vous, c'est impossible... Sur le nom de Pharaon, même s'il n'existe plus aucun être humain pour remplir cette fonction, je vous jure que nous disons la vérité ! Que mon âme soit détruite si je mens.

Ahotep et Séqen admiraient l'un de ces couchers de soleil dont la montagne thébaine avait le secret. Avant le triomphe apparent de la nuit, le ciel se teintait de rose et d'orange, tandis que le fleuve se couvrait d'un argent scintillant.

— Quand accepteras-tu de prendre enfin du repos ?

— Le lendemain de l'accouchement, si nécessaire.

— Le médecin n'est pas rassurant, tu le sais.

— Laisse-le dire, Séqen ; moi, je fais confiance aux dieux. La construction des bateaux avance-t-elle ?

— Trop lentement, beaucoup trop lentement ! Nos charpentiers se heurtent à de graves difficultés en raison de la mauvaise qualité du bois. Par moments, je...

Ahotep posa l'index sur les lèvres de son mari.

— Plusieurs mots inutiles ont été rayés de notre vocabulaire, comme « doute » ou « découragement ». Ils traduisent des sentiments luxueux que seuls peuvent s'autoriser des peuples libres. Continue à renforcer notre base secrète et ne te pose aucune question inutile.

Séqen embrassa Ahotep avec fougue.

— Pendant quelque temps, dit-elle en souriant, il faudra modérer tes ardeurs. Mais lorsque tu verras notre enfant, tu ne regretteras pas ce sacrifice.

Séqen caressa les cheveux noirs de son épouse.

— Crois-tu vraiment à la sincérité du Moustachu et de l'Afghan ?

— Mettons-les à l'épreuve. Si ce sont des espions, ils commettront forcément un faux pas. En revanche, s'il existe bien un réseau de résistants dans le Nord, il nous sera très utile lorsque nous entreprendrons la reconquête.

— Les vêtements nous parviennent au compte-gouttes, et nous manquons d'armes.

— Je m'en occupe, promit Ahotep. Nos nouveaux hôtes seront, je l'espère, des alliés efficaces.

Le projet de la reine satisfit le pharaon.

Soudain, son visage s'assombrit.

— Ces derniers temps, j'ai été suivi. J'ai réussi à briser la filature dans le désert, mais je suis persuadé que le parti des collaborateurs commence à trouver bizarres mes agissements.

— J'identifierai ton suiveur, assura Ahotep. S'il s'approche trop près de la base, les mesures de sécurité seront appliquées.

49

Comme son compagnon, l'Afghan ramassait des silex, tantôt clairs, tantôt sombres, dont la dureté dépassait celle du métal. Sans rechigner à la tâche, les journées lui semblaient un peu longues.

— On nous a condamnés aux travaux forcés, estima-t-il.

— Ne crois pas ça, objecta le Moustachu. Au contraire, on nous accorde un maximum de confiance.

Les mains sur les hanches, l'Afghan regarda son camarade avec circonspection.

— Tu peux m'expliquer ça ?

— Chez nous, on utilise les silex pour les rasoirs et les instruments de chirurgie... et aussi pour les armes ! Pointes de flèche et de lance, poignards, haches... C'est archaïque, mais peu coûteux et efficace. Chacun doit penser que nous ramassons des cailloux, alors que nous préparons la force de frappe de la future armée thébaine !

— Pourquoi la reine Ahotep ne nous l'a-t-elle pas dit ?

— Parce qu'elle veut voir si nous sommes assez intelligents pour le comprendre.

Chomou but une coupe de lait de chèvre. Le jugeant aigre, il le recracha. Depuis quelque temps, il souffrait de l'estomac et dormait mal, se posant sans cesse la même question : pourquoi l'empereur oubliait-il ses fidèles sujets thébains ? Ils s'acquittaient pourtant de leurs devoirs avec ponctualité, et le gouverneur Emheb n'avait rien à leur reprocher.

La reine Ahotep paraissait inoffensive. En revanche, Séqen l'intriguait. C'est pourquoi Chomou avait ordonné à l'un de ses cousins, partisan comme lui d'une totale collaboration avec les Hyksos, de suivre le mari de la reine.

— Alors ? lui demanda-t-il, irrité.

— Séqen chasse et pêche, révéla le cousin. Pour éviter de me faire repérer, je ne le suis pas partout. Et les dieux sont témoins que son énergie semble inépuisable !

— Autrement dit, il te sème !

— Il ne faut pas exagérer... Mais il connaît bien le désert.

« Quel imbécile ! pensa Chomou. Il est incapable d'accomplir correctement sa mission. »

— Tu dois continuer, cousin. Je veux en savoir plus.

— C'est très fatigant...

— Je te paierai davantage.

— Dans ces conditions...

Le cousin ne serait qu'un leurre bien visible. Un autre suiveur, plus habile, prendrait la relève au moment où Séqen se croirait en sécurité.

— N'êtes-vous pas lassés de ramasser des silex ? demanda Séqen.

— On en ramassera autant qu'il en faudra, répondit le Moustachu, et aussi longtemps qu'il le faudra. Préparer des armes, n'est-ce pas une tâche essentielle ?

L'Afghan approuva d'un signe de tête.

Le pharaon jaugeait les deux hommes : le Moustachu, enthousiaste, volontaire, capable d'aller jusqu'au bout ; l'Afghan, froid, déterminé, sauvage.

Ils formaient un duo redoutable, doté manifestement d'une expérience longue de plusieurs années, et l'on sentait que leur complicité les rendait inégalables dans l'action.

— Êtes-vous de bons chasseurs ?

— Quand on a l'intention de survivre en territoire occupé, c'est préférable, répondit l'Afghan.

— Alors, venez avec moi.

À bonne distance du trio qui s'engagea dans le désert de l'Est, une dizaine d'archers étaient prêts à intervenir si l'Afghan et le Moustachu s'en prenaient à Séqen.

Depuis quelque temps, ils ne cessaient de poser des questions au mari d'Ahotep, comme s'ils le soupçonnaient d'être davantage qu'un écervelé, uniquement préoccupé de pêcher de gros poissons et de rapporter du gibier au palais.

Séqen les mena jusqu'à une cabane en roseaux édifiée à la lisière du désert.

— Entrez et regardez.

Méfiants, les deux hommes hésitèrent.

— Qu'y a-t-il là-dedans ? demanda le Moustachu.

— La réponse à vos questions.

— On déteste les surprises, déclara l'Afghan. En règle générale, elles ne réservent rien de bon à des gens comme nous.

— Votre curiosité mérite pourtant d'être satisfaite.

L'œil soupçonneux, le Moustachu pénétra dans la cabane, prêt à se défendre contre un éventuel agresseur. Quant à l'Afghan, il n'hésiterait pas à bondir sur Séqen, bien que ce dernier fût à la fois plus grand et plus fort.

Des boyaux.

Des dizaines de boyaux de tailles et de dimensions variées.

— Voici le principal produit de la chasse, précisa Séqen. Vous comprenez pourquoi, je suppose ?

Les regards du pharaon et de l'Afghan se défièrent.

— À quoi servent des boyaux ? interrogea ce dernier. À devenir des cordes pour des instruments de musique ou... pour des arcs. Des silex, des boyaux... Thèbes se réarme, n'est-ce pas ? Et c'est vous le général en chef.

L'Afghan faisait face à Séqen, le Moustachu se tenait derrière lui. S'ils l'attaquaient en même temps, le roi devrait se montrer très rapide pour sortir indemne de l'assaut. Cet exercice-là, il l'avait répété cent fois.

Le Moustachu mit un genou à terre. L'Afghan l'imita.

— Nous sommes à vos ordres.

Séqen ne prêtait aucune attention à la splendeur des étoiles qui brillaient dans un ciel de lapis-lazuli. Fou d'inquiétude, il arpentait le couloir du palais menant à la chambre où Ahotep tentait de donner naissance à leur deuxième enfant.

Le médecin n'avait pas caché son pessimisme. Et les trois sages-femmes, pourtant expérimentées, se montraient nerveuses. « Ce sera la mère ou l'enfant », avait prédit l'une d'elles.

À l'idée de perdre Ahotep, le roi avait la gorge serrée par le désespoir. Sans elle, il serait incapable de continuer la lutte. La reine était l'âme du combat, elle incarnait l'alliance de la magie et de la volonté. Avec elle, rien n'était impossible.

Leur amour était le feu qui l'animait, l'air qui lui donnait le souffle, l'eau qui lui permettait de survivre, la terre sur laquelle il bâtissait.

Et si leur enfant mourait, c'est elle qui serait brisée.

Qaris s'abîmait dans la contemplation de sa maquette, Héray buvait de la bière sans avoir soif, Téti la Petite veillait sur le sommeil du petit Kamès. Chacun savait que le sort du pays se jouait dans cette chambre, où le dieu du destin jonglait avec la vie et la mort.

Séqen n'était pas seulement de plus en plus amoureux d'Ahotep. Chaque jour, il l'admirait davantage. En elle avait survécu la fierté des reines de l'âge d'or, comme si la grandeur de l'Égypte, occupée et piétinée, refusait de s'éteindre.

Ahotep avait la force de juguler le malheur.

Ce malheur qui, tel un dragon, avait perçu le danger et tentait d'étouffer son adversaire. Et Séqen ne pouvait procurer aucune aide à l'épouse qu'il aimait et vénérait.

Le jeune homme avait envie de hurler, de crier son indignation contre cette injustice, d'en appeler aux dieux afin qu'ils n'abandonnent pas celle qui percevait leurs voix et tentait, au péril de son existence, de transmettre leurs paroles.

Fragile, inquiète, Téti la Petite s'approcha de son gendre.

— Quoi qu'il arrive, lui promit-il, j'attaquerai. Au moins, Thèbes mourra dignement.

La porte de la chambre s'ouvrit.

Apparut l'une des sages-femmes, le visage marqué par la fatigue.

Séqen la prit par les épaules.

— Ne me cachez rien ! exigea-t-il.

— Vous avez un deuxième fils. La reine est vivante, mais très faible.

50

La statue de calcaire représentait le premier des Sésostris assis sur son trône, le regard levé vers le ciel.

— Maintenant ! ordonna l'empereur de sa voix éraillée.

D'un coup de masse porté avec un maximum de puissance, Khamoudi décapita le chef-d'œuvre qui exaspérait son maître.

C'était la dixième statue ancienne qu'il détruisait sur le parvis du temple de Seth, face aux dignitaires hyksos, ravis de voir disparaître ces témoignages d'une culture désuète.

Apophis s'approcha d'un sphinx dont le visage était celui du troisième des Amenemhat.

— Qu'un sculpteur remplace le nom de ce monarque déchu par le mien, décida-t-il. Il en sera ainsi pour les quelques monuments que j'accepte de conserver et qui proclameront désormais ma gloire.

De rares serviteurs d'Apophis auraient droit à une statue grossière, à la peau peinte en jaune, façonnée par un sculpteur ignorant les rites anciens.

— Pourquoi ce sourire dédaigneux ? demanda l'empereur à sa jeune sœur, Venteuse.

— Parce que au moins deux des hauts fonctionnaires qui viennent de se prosterner devant toi sont de fieffés hypocrites.

En public, ils t'adulent. D'après leurs confidences sur l'oreiller, ils te détestent.

— Tu travailles très bien, petite sœur. Donne leurs noms à Khamoudi.

— Non, pas à lui. Il me déplaît trop.

— Alors, à moi.

— À toi, je ne peux rien refuser.

Sans hésiter, Venteuse envoya au supplice les deux hommes qu'elle avait séduits afin de connaître leurs pensées les plus secrètes.

— Il paraît que tu es tombée amoureuse de Minos, mon peintre crétois.

— C'est un amant inventif et plein d'ardeur.

— Émet-il des critiques contre moi ?

— Il ne songe qu'à son art... et à mon corps.

— Ce soir, qu'il se présente devant moi.

— Tu ne comptes pas me priver de mon jouet préféré, j'espère ?

— Pas encore, rassure-toi.

L'empereur n'était pas mécontent du nouveau décor de son palais. Il n'avait plus rien d'égyptien et reproduisait fidèlement les principaux thèmes de la résidence royale de Cnossos, en Crète. L'un d'eux lui plaisait particulièrement : le saut qu'effectuait un acrobate afin d'éviter la charge d'un taureau de combat. L'homme bondissait par-dessus la tête de l'animal, prenait appui sur son cou, bras et jambes tendus, et retombait au-delà de la queue... si le saut périlleux était réussi.

Un détail l'intriguait. La stylisation du peintre ne lui permettait pas de l'identifier avec certitude, et c'est pourquoi il avait convoqué le Crétois.

Minos tremblait de peur.

— Es-tu satisfait de ton séjour parmi nous ?

— Bien sûr, Majesté !

— Tes compagnons aussi ?

— Plus personne ne souhaite rentrer en Crète !

— Tant mieux, car c'est hors de question. Votre travail ici est loin d'être terminé, et vous décorerez ensuite mes palais dans les principales villes du Delta.

Minos s'inclina.

— C'est trop d'honneur, Majesté.

— Bien entendu, il ne faudra pas me décevoir. Dis-moi... quelle est la fonction de cet étrange jardin, sous le taureau ?

— C'est le labyrinthe, Majesté. Il n'existe qu'une seule entrée et une seule sortie. L'endroit servait de repaire à un monstre à tête de taureau. À l'intérieur, il y a tellement de méandres que le visiteur imprudent s'égare au point d'y perdre la raison, à moins qu'il ne succombe sous les coups de la bête. Seul le héros porteur du fil d'Ariane possède une chance d'en sortir vivant.

— Amusant... Je veux un dessin développé.

— Comme il vous plaira, Majesté.

Séqen serra Ahotep si fort contre lui qu'elle crut étouffer.

— Tu es hors de danger, mon amour ! Mais tu ne pourras plus enfanter.

— Je voulais deux fils, je les ai. Comment trouves-tu le second ?

Le père eut un regard émerveillé pour le bébé joufflu qui dormait dans son berceau.

— Il est magnifique !

— Il s'appellera Amosé, « Celui qui est né du dieu Lune », puisqu'il a vu la lumière à l'instant où la pleine lune atteignait son apogée. Comme son père et son frère aîné, il n'aura d'autre but que la liberté et la souveraineté de l'Égypte.

La jeune mère s'abandonna dans les bras de Séqen.

— J'ai cru périr en lui donnant naissance et je n'ai pas cessé de penser à toi... Tu aurais continué à te battre, n'est-ce pas ?

— Sans toi, quelle chance aurions-nous eue de vaincre ? Je commande des soldats courageux et prêts à mourir pour leur pays, parce que tu es son âme et sa magie.

— Retourne à la base secrète, Séqen. Il y a encore tant à faire !

— À une condition : que tu prennes le repos nécessaire.

— Ma mère veillera sur moi.

— Elle est incapable de t'imposer sa volonté ! J'exige ta parole, reine d'Égypte. Sinon, je ne quitte pas cette chambre.

— Tu l'as... Mais ce n'est que la parole d'un otage !

Les Thébains se réjouissaient de l'heureuse nouvelle : la mère et l'enfant se portaient bien. Une grand-mère attentionnée, une reine dont les accouchements n'avaient pas altéré la beauté, deux superbes garçons et un père toujours aussi épris de son épouse : voilà l'image paisible qu'offrait la famille royale à la petite cité de Thèbes.

Une image qui ne rassurait pas le marchand Chomou, car le comportement de Séqen ne cessait de l'intriguer. On pouvait être passionné de chasse et de pêche, mais tout de même ! Dès le lendemain de la difficile naissance de son fils, partir tôt matin pour traverser le Nil, se perdre dans les solitudes de la rive ouest, et prendre autant de risques pour revenir avec un malheureux lièvre !

Cette fois, Chomou en était sûr : Séqen avait des activités inavouables.

Il fallait que la filature fût enfin efficace et lui procurât la vérité.

Après avoir repéré le cousin de Chomou, utilisé comme leurre, Séqen avait fait mine de s'aventurer dans un oued. Puis il était revenu sur ses pas et avait pris la direction de la base secrète.

Grassement payé par le marchand, le Cananéen qui suivait Séqen savait se rendre presque invisible. Le mari d'Ahotep prenait de multiples précautions : il s'arrêtait souvent, se retournait, regardait dans toutes les directions, effaçait la trace de ses pas. Mais le suiveur déjouait les pièges, pensait à s'accroupir ou s'aplatir au bon moment.

Aussi la filature n'avait-elle pas été rompue.

À plat ventre au sommet d'un monticule, le Cananéen découvrit le but du voyage de Séqen : un camp peuplé de militaires à l'exercice! Et ce n'était pas une installation de fortune, puisqu'il y avait un fortin, une caserne, des maisons et même un petit palais!

Ainsi Ahotep et Séqen bâtissaient-ils une base secrète où ils préparaient une armée, qui commettrait tôt ou tard la folie d'attaquer les Hyksos. Il fallait alerter Chomou au plus vite!

Au moment de se relever, le Cananéen eut l'impression d'avoir un poids sur la nuque.

Un poids qui se fit soudain oppressant et lui enfonça le visage dans le sable, étouffant ainsi ses cris de frayeur.

Après avoir plaqué au sol cet espion avec sa patte, Rieur lui planta ses crocs dans la nuque. Les consignes de sécurité étaient les consignes de sécurité, et le molosse les appliquait avec rigueur et compétence.

51

Spécialiste des razzias et des exécutions sommaires, l'Iranien était excédé. Depuis plus de cinq ans, ce porc de Khamoudi bloquait sa promotion et s'attribuait, auprès de l'empereur, les mérites des raids sanglants qui brisaient toute velléité de rébellion sur le territoire hyksos.

Le système mis en place par Khamoudi était d'une efficacité remarquable : quiconque désirait voir son renom préservé devait passer par lui et payer ses services. De plus, il s'associait à chaque initiative commerciale dont il se prétendait l'auteur et, à ce titre, percevait des droits sans limitation de durée. Quiconque osait protester voyait son entreprise dépérir, et quiconque continuait à protester était victime d'un accident.

Avec l'appui d'une trentaine d'officiers de son pays, l'Iranien avait décidé de se débarrasser de Khamoudi, à la condition que l'empereur ne soupçonnât aucun d'eux. De leurs conciliabules était né un plan infaillible : utiliser l'une des Égyptiennes du harem dès que l'occasion se présenterait.

Elle venait précisément de se produire.

Afin d'humilier davantage encore une fille de notables qu'il avait lui-même décapités, Khamoudi l'avait extirpée du harem pour en faire sa pédicure. Très fier de ses petits pieds potelés, le Grand Trésorier contraignait son esclave à le traiter avec douceur et déférence avant de l'obliger à satisfaire ses caprices les plus dépravés.

L'Iranien n'avait éprouvé aucune difficulté à transformer la jeune Égyptienne en instrument du destin. Consciente qu'elle ne ressortirait pas vivante de la villa de Khamoudi, elle avait néanmoins accepté de remplir une mission qui redonnerait un sens à son horrible existence.

La lecture du papyrus comptable amenait le Grand Trésorier au bord de l'extase. En moins d'un an, sa fortune avait doublé ! Et il n'avait pas l'intention de s'arrêter là. Puisque aucune transaction importante ne s'effectuait sans son contrôle, il augmenterait les prélèvements obligatoires à répartir entre l'empereur et lui-même.

— Votre pédicure est arrivée, l'avertit son intendant.

— Qu'elle entre.

La jeune femme se prosterna devant le maître des lieux.

— Déshabille-toi, petite, et lèche-moi les pieds.

Brisée, l'esclave s'exécuta docilement.

— Maintenant, coupe-moi les ongles. Si tu me fais mal, tu seras fouettée.

Khamoudi prenait presque plus de plaisir à se faire obéir qu'à martyriser des gamines qui, après l'avoir connu, ne pourraient plus jamais aimer un homme.

La jeune Égyptienne ouvrit la boîte en bois dans laquelle se trouvait son matériel. Elle y prit le couteau de silex que lui avait donné l'Iranien et songea à ses parents qu'elle allait venger. Un coup au cœur, et l'existence du tortionnaire prendrait fin. Avec l'officier iranien, elle avait répété cent fois le bon geste pour être certaine de ne pas échouer.

— Dépêche-toi, petite, j'ai horreur d'attendre.

Non, pas au cœur. C'était plus bas qu'elle devait frapper,

beaucoup plus bas ! Avant de mourir, son bourreau perdrait sa virilité.

La jeune Égyptienne s'agenouilla et leva les yeux afin de graver dans sa mémoire le regard du monstre qu'elle s'apprêtait à châtrer.

Ce fut son erreur.

Jamais le Grand Trésorier n'avait vu une telle lueur de haine dans les yeux de son esclave.

Quand le bras armé du couteau se tendit vers son sexe, il eut le temps de parer le coup et ne ressentit qu'une brûlure à la cuisse droite, que l'arme avait entaillée.

D'un violent coup de poing, il frappa la jeune femme au visage.

À moitié assommée, le nez en sang, elle lâcha son arme. Khamoudi l'agrippa par les cheveux.

— Tu as voulu me tuer, moi, Khamoudi ! Tu n'as pas agi seule, j'en suis sûr... Je vais te torturer moi-même et tu me donneras le nom de tes complices. De tous tes complices.

Le cadavre déchiqueté du Cananéen était exposé devant le palais de Thèbes. Une bonne partie de la population s'était rassemblée pour contempler ses effroyables blessures.

Séqen prit la parole.

— Je l'ai trouvé dans le désert, expliqua-t-il. En dépit de son état, quelqu'un le reconnaît-il ?

Bien qu'un gros grain de beauté sur ce qui restait de la hanche gauche lui permît d'identifier le suiveur qu'il avait mandaté, Chomou se garda bien de répondre.

— Que lui est-il arrivé ? demanda l'intendant Qaris.

— Il s'est sans doute aventuré trop loin et a subi le sort réservé aux imprudents : des monstres l'ont assailli et ont commencé à le dévorer.

Affolés et choqués, de nombreux Thébains rentrèrent chez eux.

— Ne me demande plus de suivre Séqen pendant qu'il chasse, murmura le cousin de Chomou à l'oreille du commerçant. Je n'ai pas envie d'être la proie des créatures du désert.

Le chef du parti des collaborateurs était ébranlé. À l'évidence, le malheureux suiveur avait bien été victime des griffons et des dragons qui hantaient les solitudes inhospitalières bordant la vallée du Nil.

Un jour ou l'autre, ce serait le tour de Séqen.

Les énormes mains de la dame Abéria se refermèrent autour du cou du gradé coupable de complot contre Khamoudi. C'était sa quinzième victime de la journée, et elle avait su la faire longuement souffrir avant de lui accorder la mort.

La répression organisée par le Grand Trésorier, avec l'autorisation de l'empereur, était terrifiante. Tous les conjurés, leurs femmes, leurs enfants et leurs animaux avaient été exécutés sur le parvis du temple de Seth. Les uns brûlés vifs, d'autres décapités, d'autres encore lapidés et empalés.

Gémissant sur sa blessure, Khamoudi bénéficiait d'une nouvelle faveur d'Apophis, lequel entendait réserver un traitement particulier aux deux principaux coupables, l'officier iranien et la pédicure égyptienne.

— Commençons par cette jeune dépravée, décréta l'empereur. Viens, mon fidèle ami, admirer mes nouvelles créations au pied de la forteresse. Elles te feront oublier ta douleur.

Khamoudi découvrit une arène et une construction circulaire en bois, dépourvue de toiture.

— Amenez la criminelle, ordonna l'empereur.

L'Égyptienne avait été torturée avec tant de sauvagerie qu'elle était presque incapable de marcher. S'appuyant contre l'une des parois de l'arène, elle eut néanmoins la force de jeter un regard haineux à ses bourreaux, installés sur une estrade pour ne rien perdre du spectacle.

Apophis claqua des doigts.

Un taureau de combat fit irruption dans l'enceinte, les naseaux fumants et le sabot furieux.

— Saute par-dessus ses cornes, recommanda l'empereur de sa voix rauque. Si tu réussis, je t'accorderai la vie sauve.

Le monstre s'élança.

Épuisée, la jeune femme n'eut d'autre réaction que de fermer les yeux.

L'officier iranien ne comprenait pas.

Pourquoi l'avait-on jeté dans cette bâtisse circulaire à l'intérieur de laquelle avait été dessiné un chemin tortueux, interrompu par des palissades formant chicanes ?

— Progresse dans mon labyrinthe, exigea l'empereur du haut de l'estrade, et tâche de trouver la sortie. C'est ta seule chance d'obtenir mon pardon.

Du supplice au cours duquel il avait livré un à un les noms de ses complices, l'Iranien était ressorti défiguré et presque impotent. Aussi lui avait-on offert une béquille afin qu'il pût avancer en prenant appui sur sa jambe gauche, à peu près intacte.

Il fit quelques pas.

Du sol jaillit une hache qui lui trancha trois orteils.

Hurlant de douleur, l'Iranien se cogna contre une palissade, puis tenta de la contourner. Mais son passage déclencha la sortie simultanée de deux lames.

La première lui perça le flanc, la seconde le cou.

Et l'homme qui avait voulu supprimer Khamoudi se vida de son sang sous les yeux de l'empereur et de son fidèle Trésorier.

— Ces deux incapables étaient trop abîmés pour faire durer notre plaisir, estima Apophis. Les prochains, nous les prendrons en bon état, et le spectacle sera plus attractif.

52

La crue avait été si faible qu'il n'y aurait pas assez de limon pour toutes les cultures de la province thébaine. De plus, dès le début du prochain printemps, les bassins de retenue seraient épuisés. Inutile de compter sur la clémence de l'empereur qui, quelles que soient les circonstances climatiques, ne baisserait pas les impôts.

Seule consolation, la récolte de concombres avait été abondante ; mais il faudrait en remettre la majeure partie au gouverneur Emheb qui la ferait parvenir à Avaris.

Ce soir-là, Séqen était abattu.

— Nous ferons face, lui promit Ahotep. Grâce à l'excellente gestion d'Héray, nous possédons de belles réserves de nourriture. En nous rationnant, nous passerons cette année difficile.

— Ça ne suffira pas.

— Qu'est-il arrivé à la base ?

— Les soldats veulent une augmentation de leur solde. S'ils ne l'obtiennent pas, ils déposeront les armes et retourneront à Thèbes.

— N'ont-ils plus envie de se battre ?

— Trop d'années se sont écoulées, Ahotep. Ils sont persuadés que nous n'oserons jamais attaquer les Hyksos. Tant qu'à s'entraîner durement, ils exigent d'être mieux payés.

— As-tu tenté de les raisonner ?

— D'habitude, j'y parviens. Cette fois, j'ai échoué.

— Ne comprennent-ils pas que leurs efforts seront bientôt couronnés de succès ?

— Qaris vient de m'apprendre que les garnisons d'Edfou et d'Elkab ont formulé les mêmes protestations. C'est fini, Ahotep. Nous n'avons plus les moyens de poursuivre la résistance. Dans quelques jours, nous abandonnerons la base secrète.

Ahotep sortit du palais au milieu de la nuit en déjouant la surveillance de ses propres gardes, traversa la ville endormie et pressa le pas jusqu'à la limite des cultures.

Là où commençait le royaume du désert, elle hésita.

Seth y régnait en maître et, à tout instant, il pouvait déclencher des forces d'une telle sauvagerie qu'aucun humain ne pouvait y résister. Les monstres existaient bel et bien, et nul Égyptien sensé ne se serait risqué dans cette contrée hostile sans la protection du soleil, seul capable de repousser les créatures maléfiques.

Mais l'Égypte était dominée par l'empire des ténèbres, et Ahotep devait les affronter pour bien les connaître et leur subtiliser une part de leur puissance.

La jeune reine quitta le monde des humains et pénétra dans le désert en se remémorant les paroles des sages. Oui, c'était le lieu de tous les dangers, mais aussi celui des montagnes dont le ventre abritait l'or et les pierres précieuses. Au cœur de chaque malheur, n'y avait-il pas un bonheur caché ?

Ahotep emprunta le lit d'un torrent desséché et adopta le bon rythme afin d'économiser son souffle. Ses sandales de cuir lui évitaient de se blesser les pieds et, grâce à la lumière de la lune, elle distinguait les accidents du paysage.

Autour d'elle, des craquements et des sifflements. Une roche se brisa, les débris dévalèrent la pente d'une colline. Le rire des hyènes s'accompagna du hululement des chouettes, tandis qu'un long serpent croisa en zigzaguant le chemin de l'intruse.

Ahotep suivait son instinct qui lui dictait d'avancer, et d'avancer encore. Ses pas se faisaient aériens, la fatigue disparaissait.

Elle parvint à l'entrée étroite d'une vallée que bordaient de menaçants gradins de pierre. Franchir ce goulot d'étranglement ne l'isolerait-elle pas à jamais ?

La reine le franchit.

Cette fois, elle s'enfonçait profondément dans les ténèbres, car la douce lumière de son astre protecteur n'atteignait pas le fond de ce ravin.

Surgit un homme grand, au visage laid marqué par un nez protubérant. Il était rouge vif, armé d'une dague jaune brillant d'une lueur mauvaise, et se dirigeait vers elle, agressif.

L'empereur Apophis... Oui, c'était bien lui, le lâche qui persécutait le peuple égyptien, le tyran contre lequel Ahotep avait juré de combattre !

Elle ne recula pas. Quoique désarmée, elle lutterait.

Ramassant une pierre, elle la jeta sur l'ennemi, qu'elle crut avoir manqué.

Deux fois, elle recommença.

Certaine d'avoir atteint sa cible, elle n'empêchait pourtant pas l'empereur de progresser et ne lui arrachait même pas un cri.

Un spectre... Ce n'était qu'un spectre surgi de l'empire des ténèbres pour la dévorer !

Fuir était impossible.

Puisque les pierres l'avaient traversé, la reine le traverserait, elle aussi.

Quand le spectre ne fut plus qu'à un mètre d'elle, Ahotep fonça sur lui, tête baissée.

Elle eut le sentiment d'entrer dans un brasier dont les flammes mordaient sa chair avec cruauté. Sur le point de s'évanouir, elle aperçut une lueur sur laquelle elle concentra toute sa volonté.

La lueur grandit. Au fur et à mesure, la douleur s'atténuait. Une boule orangée se forma et grossit si vite que la nuit fut vaincue. Un nouveau jour venait de naître, l'aube éclairait de centaines d'arbres aux branches longues et minces, ornées de petites fleurs vertes au parfum rafraîchissant.

Des balanites... Un véritable trésor qui offrait du bois pour fabriquer des outils, de l'huile et même une substance qui purifiait l'eau. Ahotep mangea quelques fruits jaunes, savoureux et sucrés.

Au sortir de cette forêt plantée en plein désert, le sol changeait de nature. À certains endroits semblaient couler des bras d'eau.

La jeune femme s'agenouilla pour toucher ce nouveau miracle : un gisement d'argent composé de plusieurs filons ! Il était né du mariage du dieu de la lune et de la déesse du désert, sous la protection de Seth l'Ardent, dont le feu l'avait fait croître au sein de la roche.

Séqen pourrait payer ses soldats, la résistance était riche !

Ivre de joie, Ahotep rebroussa chemin en gravant dans sa mémoire chaque détail de son itinéraire.

À la sortie de la vallée désertique, un léopard qui fixait sa proie.

Ahotep n'avait nulle part où se réfugier.

Soudain apparut une gazelle aux cornes en forme de lyre. À la grande surprise de la reine, le fauve ne s'y intéressa pas. Il n'accorda pas davantage d'intérêt à un superbe ibex qui, dans la langue hiéroglyphique, servait à écrire la notion de dignité.

En avançant très lentement, Ahotep s'aperçut que d'autres animaux s'étaient rassemblés là : un oryx blanc, une autruche, un lièvre aux grandes oreilles, un renard, un chacal, un blaireau, un hérisson et une belette. Sur les rochers s'étaient posés un faucon et un vautour.

Les habitants du désert contemplaient la souveraine. Mais qu'en attendaient-ils ? Elle sut que, si elle ne leur donnait pas satisfaction, ils ne la laisseraient pas passer.

Ahotep se recueillit et comprit qu'elle devait faire preuve de sa magie. En affrontant les ténèbres où se terrait le spectre de l'empereur, elle avait touché le mal. En pleine clarté, il lui fallait montrer que son âme était intacte et qu'elle restait, selon l'expression traditionnelle, « juste de voix ».

Alors, elle chanta.

Un hymne à la renaissance de la lumière, à l'émergence du scarabée hors de la mort, à la forme mystérieuse du premier soleil.

Du plus féroce au plus tendre, les animaux esquissèrent des pas de danse puis formèrent un cercle autour de la Reine Liberté.

Ils étaient enchantés par sa voix d'or, elle se nourrissait de leurs forces, directement issues du grand Dieu. À la différence de l'homme, jamais un animal n'avait trahi son origine céleste.

Pour mieux chanter les mots de puissance, Ahotep avait fermé les yeux. Lorsqu'elle les rouvrit, les habitants du désert avaient disparu. Mais des traces de pattes dans le sable indiquèrent à la jeune femme qu'elle n'avait pas rêvé.

Et c'est vers la lumière divine que montèrent ses pensées, empreintes de gratitude et de vénération.

53

Alors que le facteur du palais longeait un champ appartenant à Chomou, plusieurs employés du marchand cananéen lui barrèrent la route.

Derrière eux, leur patron.

— Où vas-tu, l'ami ?

— Mais... comme d'habitude ! Remettre le courrier officiel à la patrouille du gouverneur Emheb, qui l'enverra à Avaris.

— Ce courrier, je veux le voir.

Le facteur s'emporta.

— Impossible... Tout à fait impossible !

— Donne-le-moi immédiatement, ou nous te briserons les os.

Chomou n'avait pas l'air de plaisanter. Au désespoir, le facteur fut contraint de lui obéir.

Il n'y avait qu'une seule lettre.

Le marchand brisa le sceau royal et lut la missive. Elle se composait d'une longue louange des infinis mérites d'Apophis, suivie d'un paragraphe dans lequel le rédacteur affirmait que Thèbes s'enfonçait dans une léthargie de plus en plus profonde.

La signature fit sursauter Chomou.

C'était celle du ministre de l'Agriculture, destitué et mort depuis plusieurs années!

Ainsi, le palais n'avait cessé de comploter et de mentir... Avec une preuve pareille, le Cananéen n'aurait aucune peine à rameuter les partisans de la collaboration.

— Où se trouve Séqen?

— Parti chasser dans le désert, répondit l'un des employés.

— Et Ahotep?

— Au temple de Karnak, indiqua un autre.

— Parfait... Je sais ce qui nous reste à faire.

— Et le facteur?

— Il a forcément partie liée avec les résistants. Tuez-le.

Revigoré par les extraordinaires découvertes d'Ahotep, Séqen était reparti pour la base secrète afin d'annoncer d'excellentes nouvelles aux soldats.

Quant à la reine, elle se devait d'accomplir un acte majeur qui protégerait la future armée de libération.

C'est pourquoi elle s'était rendue au temple de Karnak où elle avait ordonné aux prêtres de couvrir de fleurs tous les autels.

— Nous allons honorer la mémoire de nos ancêtres, déclara-t-elle, et plus particulièrement celle des pharaons.

— Majesté... l'occupant l'a interdit sur tout le territoire! s'étonna un prêtre pur.

— Si tu as peur de remplir ta fonction, quitte immédiatement ce sanctuaire. Sinon, obéis.

Le ritualiste s'inclina.

— Sortez des cryptes les anciennes tables d'offrandes.

Les officiants ramenèrent au jour des chefs-d'œuvre en diorite, en granit et en albâtre. Dans la pierre, les sculpteurs avaient gravé diverses sortes de pains, des côtes et des cuisses de bœuf, des oies troussées, des oignons, des concombres, des choux, des grenades, des dattes, du raisin, des figues, des gâteaux, des vases de vin et de lait. Ainsi était représenté l'éternel banquet dont les saveurs immatérielles monteraient jusqu'aux âmes des défunts.

Chacune de ces figures était un hiéroglyphe qui se lisait et se prononçait. Aux prêtres de les faire vivre afin qu'ils continuent à s'animer d'eux-mêmes et que les formules magiques demeurent éternellement efficaces.

— Majesté, là-bas, une fumée... Un bâtiment brûle!

Là-bas, c'était le centre de la ville.

Le Moustachu avait tant d'heures de sommeil à récupérer qu'il dormait une bonne partie de la journée. L'Afghan, lui, préférait inventer des combinaisons de *senet,* le jeu de stratégie préféré des Égyptiens.

Quand ils ne chassaient pas, les deux hommes résidaient dans une petite maison, non loin du palais. Après tant de nuits passées à la belle étoile, ils appréciaient le confort d'un lit et les plats que leur préparait une voisine.

Au fond, comme le remarquait le Moustachu, la routine n'avait pas que de mauvais côtés.

— J'ai soif, l'Afghan.

— Tu bois trop de bière.

— Elle me fait croire que la liberté n'est pas une illusion. À force de fabriquer des armes, on finira bien par s'en servir, non?

— Ni Ahotep ni son mari ne sont des velléitaires, reconnut l'Afghan. Mais ce n'est pas avec la garde du palais que nous pourrons attaquer les Hyksos.

— C'est bizarre, je me suis fait la même réflexion. Donc...

— Donc, la reine de Thèbes ne nous a pas tout dit parce qu'elle ne nous accorde qu'une confiance relative.

— À sa place, je n'agirais pas autrement, estima le Moustachu.

— Et moi non plus ! Ahotep est aussi intelligente que belle. À une femme de cette trempe, en revanche, on doit accorder une totale confiance. Même dans mon pays, je n'ai rencontré personne qui lui ressemble.

— N'oublie pas qu'elle est mariée… Évite de tomber amoureux.

Soudain, l'Afghan se redressa, tel un fauve aux aguets. Habitué aux réactions de son compagnon de lutte, le Moustachu sortit de sa torpeur.

— Que se passe-t-il ?

— Le groupe de types très pressés, dans la ruelle… Il se prépare un mauvais coup.

— La police locale s'en chargera.

— Peut-être pas. Tu n'as pas envie de te dérouiller les jambes ?

— Ça ne nous fera pas de mal.

Le groupe en rejoignit un deuxième, puis un troisième à la tête duquel se trouvait le marchand Chomou. Et tous convergèrent vers le palais.

— Ce ne sont pas des brigands, conclut le Moustachu. Ils ne vont quand même pas…

— Si… Bien sûr que si !

À toutes jambes, l'Afghan et le Moustachu empruntèrent un raccourci qui leur permit d'atteindre les abords du palais avant les partisans de la collaboration avec les Hyksos.

Assis sur le seuil, un vieux garde sommeillait, sa lance posée près de lui.

— Aux armes ! hurla le Moustachu. Le palais est attaqué !

C'était la demeure de fonction d'Héray que Chomou avait incendiée, en regrettant l'absence de son propriétaire.

Stupéfaits, les voisins n'avaient pas osé intervenir.

Quand Ahotep arriva sur les lieux du sinistre, ils étaient encore pétrifiés.

— Héray est-il indemne ? s'inquiéta-t-elle.

— Oui, répondit une veuve, toute tremblante. C'est le marchand de vases qui a incendié sa demeure.

— Qu'a-t-il fait ensuite ?

— Avec ses amis, ils ont promis de détruire le palais !

Ses deux fils, sa mère, l'intendant Qaris... Ahotep fut sur le point de défaillir, mais elle reprit vite contenance.

— Ce sont des traîtres ! Venez tous avec moi, il faut les arrêter !

À la tête d'une pauvre troupe composée de vieillards, de femmes et d'enfants, la reine s'élança.

Si elle ne parvenait pas à sauver les siens, Ahotep tuerait Chomou de ses mains.

Devant le palais, une mêlée furieuse.

Sous l'impulsion de l'Afghan et du Moustachu, les gardes avaient réussi à contenir l'assaut. En leur portant secours, Héray et des paysans équilibraient les forces.

— La reine ! hurla l'un des collaborateurs. Dispersons-nous !

Quelques instants de flottement furent fatals aux partisans de Chomou. Héray et le Moustachu en profitèrent pour éliminer les principaux meneurs, tandis que l'Afghan plaquait Chomou au sol.

— Ne me touchez pas ! gémit-il, voyant sa défaite consommée.

Le regard d'Ahotep l'effraya davantage que l'épée d'Héray, dont la pointe s'enfonçait dans sa poitrine.

— Tu as tué des Thébains, constata la reine avec gravité, et tu voulais anéantir la famille royale. Existe-t-il crimes plus graves ?

— Vous êtes des révoltés qui refusent de reconnaître l'autorité de l'empereur... Le voilà, le plus grand crime ! s'exclama Chomou. Si vous vous soumettez enfin, je plaiderai votre cause auprès de notre seul et unique souverain en le suppliant d'épargner Thèbes.

— Tu seras jugé pour haute trahison, Chomou, et comme ennemi de la patrie qui t'avait adopté.

— Vous ne comprenez donc pas que vous et les résistants êtes condamnés ! J'ai fait parvenir un message à l'empereur, il sera bientôt ici et reconnaîtra mes mérites.

54

Ahotep serra longuement Kamès dans ses bras avant d'offrir mille câlins au petit Amosé qui n'avait pas eu le temps d'avoir peur. Si les émeutiers avaient réussi à pénétrer dans le palais, l'intendant Qaris se serait enfui avec les deux enfants tandis que Téti la Petite, à la tête de ses derniers fidèles, aurait retardé l'agresseur.

— Ne montre aucune faiblesse, recommanda-t-elle à Ahotep. Cette fois, Chomou et ses partisans sont allés trop loin.

— Encore beaucoup plus que tu ne le crois : il a alerté l'empereur.

La reine mère blêmit.

— Alors, les Hyksos ne tarderont pas à déferler ! Notre armée est-elle prête ?

— Elle le sera.

Des cris firent sursauter les deux femmes.

D'autres collaborateurs lançaient-ils un nouvel assaut ?

— C'est le roi, les rassura Qaris.

Prévenu par un pigeon messager, Séqen avait aussitôt quitté la base secrète avec une centaine d'hommes. D'abord effrayés, les Thébains s'étaient ensuite enthousiasmés en reconnaissant le mari d'Ahotep et des compatriotes qu'ils croyaient partis pour le Nord depuis longtemps.

Le pharaon pénétra en trombe dans le palais.

— Ahotep !

Ils s'étreignirent longuement.

— Rassure-toi, notre famille est saine et sauve. Mais plusieurs gardes sont morts... Et sans l'intervention du Moustachu et de l'Afghan, les partisans d'Apophis auraient triomphé.

— Sont-ils hors d'état de nuire ?

— Héray s'en occupe. Mais Chomou a envoyé un message à l'empereur.

— Je prépare immédiatement des lignes de défense afin de briser la première offensive hyksos. Après, nous contre-attaquerons.

— Auparavant, il nous reste une tâche essentielle à accomplir. Mère, veux-tu bien t'en charger ?

— Avec joie, ma fille ! Ce sera l'un des plus beaux jours de ma vie.

— De vrais soldats, ces gars-là ! estima le Moustachu en observant les hommes de Séqen massés devant le palais.

— Exact, approuva l'Afghan. Entraînés et disciplinés... Voilà ce que l'on nous cachait : une milice correctement préparée pour lutter contre les Hyksos. C'est la meilleure nouvelle depuis bien longtemps.

Héray se dirigea vers les deux hommes.

— Sa Majesté désire vous voir.

Intimidé, le Moustachu précéda l'Afghan. Ni l'un ni l'autre n'osèrent lever les yeux vers la reine, qui avait revêtu une robe de cérémonie.

— Je tenais à vous remercier et à vous féliciter pour votre bravoure. L'un et l'autre, vous êtes nommés officiers dans l'armée de libération.

Interloqués, les deux résistants se regardèrent.

— Aujourd'hui, annonça la reine, vous en apprendrez davantage.

La population thébaine s'était regroupée face à l'entrée principale du temple de Karnak. Relayée par des hérauts afin que nul n'en ignore, s'éleva la voix de Téti la Petite dont l'assurance en surprit plus d'un.

— Grâce aux dieux, Thèbes est de nouveau gouvernée par un pharaon et une grande épouse royale ! À vous tous ici rassemblés, je révèle que Séqen a été rituellement couronné roi de Haute et de Basse-Égypte et qu'il a été reconnu comme tel par la reine Ahotep. Ainsi la continuité des dynasties a-t-elle été préservée, ainsi la légitimité du pouvoir est-elle assurée.

Le moment de surprise passé, les Thébains acclamèrent leurs souverains, dont les noms furent gravés sur une stèle qui serait déposée dans le temple, sous la protection d'Amon.

Lorsque les clameurs se turent, ce fut au tour du pharaon Séqen de prendre la parole.

— Les partisans de la collaboration avec l'ennemi ont été arrêtés. Ils seront jugés et condamnés. À présent, nous devons tous affronter la redoutable épreuve de la guerre. Notre armée est prête à combattre, mais le concours de chacun d'entre vous est indispensable. Du sang, des larmes, des affrontements acharnés, voilà ce que je vous promets. C'est l'unique chemin qui nous est offert : ou bien nous vaincrons, ou bien nous serons anéantis. Et le triomphe repose sur une exigence : que Thèbes batte d'un seul cœur.

Cette déclaration fut suivie d'un long silence.

Chacun comprit que la longue période de fausse tranquillité s'achevait et qu'un terrifiant conflit était sur le point de débuter.

Héray se frappa la poitrine de son poing fermé.

— Jusqu'à la mort, je m'engage à servir Pharaon, mon pays et son peuple.

D'une seule voix, les Thébains répétèrent la formule du serment.

Le cœur d'Ahotep se dilata.

Enfin naissait le véritable espoir.

Le nouveau jeu de l'empereur le distrayait au plus haut point. Désormais, c'était une grande faveur d'être invité à s'asseoir près de lui sur l'estrade qui dominait l'arène et le labyrinthe, où les malheureux élus succombaient les uns après les autres. Assister à leur agonie était un plaisir inépuisable.

Par bonheur, les cobayes ne manquaient pas. Il y avait les ambitieux qui irritaient l'empereur, les amants de Venteuse qui commettaient une erreur fatale en se laissant aller à critiquer l'empereur sur l'oreiller, les imprudents qui refusaient d'être rackettés par Khamoudi, les femmes trop belles que la dame Tany prenait en grippe, et même quelques innocents, robustes et en bonne santé, prélevés au hasard dans la population égyptienne.

Apophis était conscient qu'il faudrait bientôt rétablir son processus de conquête, notamment en colonisant la Crète et les îles environnantes de manière plus radicale, puis en détruisant une kyrielle de petits royaumes d'Asie, incapables de se fédérer. Les troupes de l'amiral Jannas avaient besoin d'exercice, et le renom de l'empereur ne devait pas cesser de s'étendre.

À présent, la ville d'Avaris correspondait à son rêve : elle était devenue une immense base militaire, un paradis pour des soldats que servaient des esclaves égyptiens. Et il en allait de même pour les principales cités du Delta et de Syro-Palestine où régnait l'ordre hyksos.

Lui, Apophis, était parvenu à briser l'échine de la civilisation qui avait construit les pyramides. Un jour, il les briserait pierre par pierre et se ferait construire un monument à sa gloire, plus grandiose que ceux des pharaons.

Lorsque Khamoudi pénétra dans son bureau, l'empereur remarqua aussitôt le teint verdâtre du Grand Trésorier.

— De quoi souffres-tu ?

— Ma femme et moi, nous nous sommes amusés avec des Libanaises, hier soir, et nous avons eu le tort de goûter à une liqueur de leur pays.

— Une tentative d'empoisonnement ?

— Je ne crois pas, mais les Libanaises seront de jolies victimes pour le taureau. Majesté, je dois vous signaler un incident grave.

Apophis fronça les sourcils.

— Grave... Le terme ne serait-il pas excessif?

— Jugez vous-même : je viens de recevoir un message en provenance de Thèbes, avec ces simples mots : « Les hippopotames empêchent l'empereur de dormir. Le bruit qu'ils font déchire les oreilles des habitants d'Avaris. »

— Que signifie ce charabia ?

— C'est un code mis au point avec notre informateur, le ministre de l'Agriculture. Il signifie que des troubles se sont produits.

— Une insurrection à Thèbes... N'est-ce pas invraisemblable ?

— *A priori*, oui. Mais le message est formel.

— Ce médiocre ministre ne tente-t-il pas de se faire remarquer ?

— Ce n'est pas impossible, Majesté, mais supposons qu'il ait raison... Le moment n'est-il pas venu d'écraser Thèbes une fois pour toutes ?

— J'avais complètement oublié cette bourgade agonisante ! Il est probable qu'une dizaine de va-nu-pieds ont essayé de voler du blé et que ton petit ministre désire s'attirer nos bonnes grâces en les dénonçant. Mais tu as raison, mieux vaut vérifier.

— J'envoie Jannas ?

L'empereur enduisit de pommade son nez bourgeonnant et ses chevilles qui, depuis quelques jours, avaient tendance à enfler.

— Procédons de manière plus subtile en envoyant un ambassadeur sur place. S'il existe bel et bien un début de révolte, les Thébains le tueront. Notre riposte sera immédiate et définitive. Dans le cas contraire, nous saurons que ton informateur affabulait et nous en choisirons un autre. Inutile de fatiguer nos meilleurs soldats pour rien, alors que de nouvelles conquêtes les attendent.

55

— Un seul bateau ? s'étonna Séqen. C'est forcément un leurre !

— Il ne semble pas, Majesté, estima Héray. D'après les guetteurs, c'est un bâtiment civil et sans escorte.

— S'il accoste, nous le détruirons !

— Puis-je vous recommander la patience ? Même si des Hyksos se cachent à son bord, ils ne peuvent être qu'un petit nombre, et nous en viendrons facilement à bout.

— Mais pourquoi la réaction de l'empereur serait-elle si modérée ?

— Peut-être nous envoie-t-il un ultimatum, avança Ahotep.

— En exigeant que nous détruisions nous-mêmes Thèbes et que nous nous rendions ensuite ? Bien sûr, tu as raison !

— Pour le savoir, Majesté, un moyen simple : monter à bord, proposa le Moustachu.

— Pourquoi risquerais-tu ta vie ?

— Avec l'Afghan et une cinquantaine d'hommes derrière moi, je me sentirai en sécurité.

L'ambassadeur était le plus important négociant en vins d'Avaris. Khamoudi lui avait confié cette mission avec l'espoir qu'il n'en sortirait pas vivant. Et, s'il réapparaissait, son sort ne serait guère enviable. Pendant son absence, en effet, le Grand Trésorier saisirait sa comptabilité et la trufferait de malversations qui conduiraient le fraudeur au labyrinthe. Et son entreprise tomberait dans le giron de Khamoudi.

Sexagénaire, le négociant détestait les voyages, surtout en bateau. Mais on ne refusait pas une mission imposée par l'empereur. Malade tout au long de la remontée du Nil et couché dans sa cabine, le nouvel ambassadeur n'avait nullement apprécié la beauté des paysages.

Se savoir à Thèbes, bourgade perdue d'une province reculée, ne lui procurait d'autre satisfaction que d'être parvenu à destination. Il réussit à se lever, but un peu d'eau et monta sur le pont.

— Un émissaire de la reine de Thèbes désire vous voir, l'avertit le capitaine.

— Qu'il entre.

— Dois-je le fouiller ?

— Inutile... Personne n'oserait s'attaquer à un ambassadeur hyksos.

En grimpant à bord, le Moustachu constata qu'aucun commando ne s'y dissimulait.

À voir le teint du diplomate, il survivrait difficilement à un nouveau voyage.

— Je suis l'ambassadeur de l'empereur et pharaon Apophis, notre souverain tout-puissant, et je viens porter à votre reine un message de sa part. Conduisez-moi immédiatement au palais.

Le Hyksos jeta un œil étonné sur l'escouade disposée au pied de la passerelle.

— Service de sécurité, expliqua l'Afghan.

— Y aurait-il des troubles, ici ?

— Aucun, mais on n'est jamais trop prudent.

L'ambassadeur ne risquait pas de rencontrer un seul collaborateur, car Chomou et ses séides avaient été exécutés par des archers deux jours auparavant, à l'issue d'un procès où n'avait été décelée aucune circonstance atténuante.

Thèbes lui parut pauvre, mais propre. Aucun soldat dans les rues, des vieillards assis sur le seuil de leurs demeures, des enfants qui jouaient, des femmes revenant du marché, des chiens se disputant un chiffon sous le regard d'un chat prudemment perché sur un toit... À l'évidence, la modeste cité ne constituait pas une menace pour l'empereur.

La découverte d'un palais défraîchi conforta la conviction de l'ambassadeur. Quant aux deux vieux gardes qui s'inclinèrent sur son passage, ils n'étaient équipés que d'une lance si usée qu'elle se serait brisée au premier choc.

Tenant par la main ses deux fils, Ahotep accueillit le diplomate à l'entrée de la modeste salle d'audience.

— Bienvenue à Thèbes. Votre visite est un très grand honneur pour nous, jamais nous n'aurions osé l'espérer. Nous n'avons malheureusement que peu de confort à vous offrir, mais soyez certain que mon mari et moi-même déploierons tous nos efforts afin de vous satisfaire.

Ahotep semblait si fragile que l'ambassadeur en fut ému. Oubliant le discours viril que tout bon Hyksos se devait d'adresser à une Égyptienne vaincue, il bredouilla quelques remerciements.

— Combien de temps comptez-vous rester parmi nous ?

— Juste le nécessaire pour vous délivrer le message de l'empereur.

— Mon mari, le Prince Séqen, sera ravi de l'entendre. Mes enfants, rejoignez votre grand-mère. Je me dois à notre hôte.

Vêtu d'une tunique qui avait connu des jours meilleurs, Séqen éprouva la plus grande difficulté à saluer cet ennemi qu'il aurait préféré étrangler. Mais il se soumit aux recommandations d'Ahotep, décidée à donner le change afin de gagner un peu de temps.

L'ambassadeur trouva décrépite la salle d'audience du dérisoire palais thébain.

— Ne perdons pas de temps et soyons précis : l'empereur est dérangé par le bruit que font vos hippopotames. Vous saisissez, je suppose ?

Ahotep comprit que Chomou avait eu la prudence d'envoyer un message codé dont le sens n'était pas difficile à deviner.

— À l'est de Thèbes, il existe bien un étang où les hippopotames aiment à jouer... Mais comment leurs cris pourraient-ils atteindre Avaris ?

— Ne jouons pas au plus fin, princesse ! Il y a des rebelles à Thèbes, n'est-ce pas ?

La reine prit un air consterné, Séqen l'imita.

— Il y en avait, c'est exact. Un petit groupe de séditieux mené par un marchand de vases nommé Chomou.

— Je vous ordonne de me remettre ces rebelles.

— Nous les avons exécutés, sur la recommandation de notre ministre de l'Agriculture.

— Ah... Fort bien. Pourrais-je le féliciter ?

— Le malheureux vient de mourir, et il sera bien difficile à remplacer. Sa fidélité envers l'empereur était un exemple pour tous les Thébains.

— Bien, bien... Êtes-vous certaine que plus aucun résistant ne sévit dans cette région ?

— Les exécutions publiques auront servi de leçon, affirma Séqen.

— Notre cuisinier vous a préparé un bon repas, avec de la viande et des gâteaux, révéla Ahotep, souriante. Nous espérons que vous y ferez honneur.

— Certainement, certainement... Il y aura du vin ?

— Nous vous avons réservé le meilleur.

Avoir un Hyksos sous la main et le laisser repartir indemne... Séqen enrageait, mais il devait admettre que la stratégie d'Ahotep était la bonne. Convaincu du caractère inoffensif des Thébains, l'ambassadeur ne recommanderait pas à l'empereur une intervention immédiate. Aussi les menuisiers auraient-ils le temps de terminer le dernier bateau en cours.

— L'ambassadeur est loin, Majesté, annonça Qaris. Il avait l'air ravi de son bref séjour parmi nous.

— Aucun incident en ville, Héray ?

— Aucun, Majesté. Personne n'a tenté d'approcher le Hyksos, la population entière est avec nous.

Les deux nouveaux officiers de l'armée thébaine rejoignirent le pharaon au bord du Nil.

— Vous avez sauvé mes enfants, leur dit-il, et je vous en suis reconnaissant à jamais. Pendant la guerre, beaucoup d'hommes mourront. Souhaitez-vous partir au combat ou bien rester à Thèbes et diriger la garde du palais ?

Le Moustachu se gratta l'oreille.

— On s'est bien reposés, ici, mais moi, je suis né dans le Nord et j'aimerais bien y retourner.

— Moi, rappela l'Afghan, je suis un étranger qui désire rentrer chez lui après avoir vaincu les Hyksos.

— Entendu... Vous commanderez chacun un bataillon d'assaut.

Le Moustachu se montra gêné.

— Si l'on additionne les gardes du palais et les vrais soldats que vous avez ramenés à Thèbes, Majesté, ça ne forme quand même pas une armée. Même en y ajoutant les résistants du Nord dont le nombre n'a guère augmenté d'après les informations reçues, on ne disposera pas de forces suffisantes pour entailler la cuirasse hyksos.

— Vous n'avez pas encore tout vu.

Une base secrète, avec des installations en dur et une véritable armée, formée d'hommes bien entraînés et impatients de combattre... L'Afghan et le Moustachu ne dissimulèrent ni leur étonnement ni leur satisfaction.

— Fabuleux, murmura le Moustachu. Alors, on n'a pas ramassé des silex pour rien !

— Je vais vous faire rencontrer les autres officiers, décida Séqen. Il faut qu'un parfait esprit de corps nous unisse.

— Auparavant, Majesté, l'Afghan et moi, on sollicite une faveur : nous entraîner avec vos fantassins afin de leur apprendre quelques bons coups tordus dans le combat de près.

56

Surmontée de nuages gris venus de la mer, la forteresse d'Avaris était encore plus sinistre qu'à l'ordinaire. Nauséeux et oppressé à l'idée de comparaître devant Apophis, l'ambassadeur ne leva même pas les yeux vers le ciel.

— As-tu été bien reçu ? lui demanda l'empereur.

— On ne peut mieux, Majesté ! Thèbes est une ville pauvre et désarmée qui ne représente aucun danger. La princesse Ahotep et le prince Séqen ne sont préoccupés que par leur petite famille et n'ont aucune volonté de nous nuire.

— T'es-tu entretenu avec le ministre de l'Agriculture ?

— Il vient de décéder. Mais rassurez-vous : le bruit des hippopotames ne vous dérangera plus. La région est parfaitement calme.

Apophis caressa sa gourde en faïence bleue sur laquelle était dessinée la carte de l'Égypte. Quand il la sentit chaude, son index se posa sur la province thébaine qui brilla d'une rassurante lueur rouge, preuve de sa soumission. Mû par une inquiétude qui ne lui était pas familière, l'empereur insista. Et la lueur vacilla.

— Imbécile, tu t'es fait berner !

— Majesté, je vous assure que...

— Vu ton âge, l'épreuve du taureau n'aurait rien d'amusant. Ce sera donc le labyrinthe.

Le Grand Trésorier Khamoudi et l'amiral Jannas avaient été convoqués d'urgence dans la pièce secrète de la citadelle, où aucune oreille indiscrète ne pourrait surprendre l'entretien.

— Il se passe quelque chose d'anormal à Thèbes, déclara l'empereur. Notre ambassadeur n'a rien remarqué, mais je suis persuadé que des séditieux travaillent dans l'ombre.

— Mes informateurs ne m'ont rien signalé, Majesté, précisa Jannas. La province thébaine est l'une des plus riches d'Égypte, mais l'essentiel de sa production nous est livré. Peut-être une révolution de palais se prépare-t-elle ; que la reine Ahotep soit remplacée par une autre Thébaine présente-t-il la moindre importance ?

— Cette incertitude m'exaspère, Thèbes m'exaspère ! Nulle part, et surtout pas en Égypte, la souveraineté hyksos ne saurait être contestée, si peu que ce fût.

— Souhaitez-vous que mes troupes occupent la ville ? suggéra Jannas.

— Thèbes doit être détruite, décida Apophis. Et nous avons à proximité l'homme qu'il nous faut. Donne au gouverneur Emheb l'ordre de raser cette insupportable cité.

— Impossible, Majesté, décréta le grand prêtre de Karnak.

— Pour quelle raison ? s'insurgea Ahotep.

— Parce que les quatre orients sont fermés. Aussi longtemps qu'ils ne s'ouvriront pas, toute attaque serait vouée à un échec total.

La reine ne pouvait négliger les avertissements des dieux.

— Comment provoquer leur ouverture ?

— D'après la tradition, le couple royal ne règne vraiment qu'après avoir traversé le grand fourré de papyrus, au nord de Thèbes. Mais il doit être infesté de serpents et de crocodiles. Vous y aventurer, c'est risquer la mort.

— Ce que veulent les dieux, il faut l'accomplir.

Malgré l'opposition formelle de Téti la Petite, à laquelle Ahotep confia ses deux fils, la reine et le pharaon partirent seuls et sans armes vers l'endroit le plus dangereux de la province, qu'évitaient même les chasseurs les plus expérimentés.

Séqen n'avait pas hésité un seul instant. À bout de nerfs, ses soldats supportaient de plus en plus mal une attente qui rongeait leurs forces.

La barque légère s'approcha lentement de l'énorme fourré de papyrus, d'où s'envolèrent des dizaines d'oiseaux, les compagnons de Seth.

Ahotep réunit plusieurs tiges de papyrus et les froissa. Les sons qui fécondèrent un silence pesant apaisèrent les puissances hostiles, prêtes à dévorer le temps de vie des intrus.

Le couple pénétra à l'intérieur du fourré, où régnait l'obscurité en plein jour. Des frémissements d'un autre monde leur mirent la peur au ventre.

Et soudain il jaillit, immense, flamboyant!

Un cobra royal femelle, celle que les textes appelaient « la massacreuse », « la déesse de la stabilité », « celle qui ruisselle de lumière », « la première mère qui fut au commencement et connaît les frontières de l'univers ».

Ahotep soutint le regard du serpent.

— Tu peux me tuer, mais je ne te crains pas, car tu es la dame de l'épanouissement du cœur. Donne-moi ta flamme, afin que je détruise pour créer.

Le cobra se balança d'avant en arrière, de gauche à droite, puis enlaça une tige de papyrus avant de disparaître.

Ahotep s'aperçut qu'elle était seule à bord de la barque.

— Séqen, où es-tu? Réponds-moi!

La fragile embarcation avait heurté un îlot, au cœur du fourré.

Croyant trouver refuge sur la terre ferme, le pharaon voyait avancer vers lui deux énormes crocodiles qui ne lui laissaient aucune chance de s'échapper.

— Allonge-toi, Séqen, et ne bouge plus !

Le roi suivit le conseil de son épouse, mais les deux reptiles n'interrompirent pas leur progression.

Certain d'être dévoré, Séqen fixa le visage d'Ahotep et ferma les yeux.

Les deux monstres encadrèrent le monarque, leur gueule collée à sa tête. Ils posèrent leurs pattes avant sur ses épaules et leurs pattes arrière sur ses poignets, reconnaissant ainsi le roi d'Égypte comme l'un des leurs, capable de surgir des profondeurs en un instant et de resserrer ses mâchoires sur l'adversaire.

— Trois des quatre orients sont ouverts, constata le grand prêtre de Karnak : l'Est, l'Ouest et le Sud. Mais le Nord demeure fermé.

— Quelle nouvelle épreuve nous imposes-tu ? demanda Ahotep.

— Les textes sont muets, Majesté. La décision n'appartient qu'à vous.

— Il faut attaquer ! préconisa Séqen.

— Notre armée se dirigera vers le Nord, objecta Ahotep, mais il nous refuse ses faveurs.

— Qu'exigent donc encore les dieux ?

— À nous de le percevoir, Séqen. Tant que nous serons sourds et aveugles, comment espérer vaincre ?

— Mes hommes trépignent. Si nous tendons trop la corde, elle se brisera.

Au palais les attendait le gouverneur Emheb. Lui, d'ordinaire si calme, était en proie à l'agitation.

— Je reçois à l'instant un ordre de l'amiral Jannas, Majesté : Thèbes doit être rasée.

— Apophis n'a donc pas cru son ambassadeur... Vos troupes sont-elles prêtes à combattre ?

— Elles deviennent impatientes.

Héray interrompit l'entretien.

— Venez voir, vite !

Le ton du Supérieur des greniers était si impérieux que le couple royal et le gouverneur Emheb le suivirent jusqu'au Nil.

— Regardez ces œufs.

— Les sarcelles se sont mises à pondre, constata Emheb. Avec au moins trois semaines d'avance ! Ça signifie que la crue débutera beaucoup plus tôt que d'habitude, et que nous ne pourrons pas lancer nos bateaux sur le fleuve avant que sa furie ne se calme.

— Autrement dit, déplora Séqen, impossible d'attaquer dans l'immédiat.

— Profitons de ces circonstances exceptionnelles, préconisa Ahotep. Il est indispensable de découvrir la raison pour laquelle le Nord nous reste hostile. Toi, Emheb, rédige un rapport à l'intention de l'empereur et affirme que tu as rempli ta mission avec zèle. Thèbes est détruite, son prince et sa princesse sont morts.

— Me croira-t-il ?

— Oui, si tu lui envoies un diadème, ma robe et la tunique de Séqen tachées de sang.

57

— Médiocre diadème, robe de pauvresse, tunique de mécréant... Les reliques de la défunte Thèbes ne méritent pas d'être conservées, jugea l'empereur.

— Le rapport du gouverneur Emheb est fort réjouissant, ajouta Khamoudi. Ses soldats ont incendié une ville de peureux qui n'ont même pas osé se battre. Tout a brûlé, cadavres compris. À la place de la cité d'Amon, Emheb propose de construire une caserne.

— Excellente initiative. Envoie quand même un observateur pour nous confirmer ce rapport. Et qu'il revienne accompagné de cet Emheb. Je désire le connaître et le féliciter.

— Il nous faudra un peu de patience, Majesté. La crue est particulièrement forte, cette année, et la navigation sera impossible pendant quelque temps.

— J'ai un nouveau candidat pour le labyrinthe, susurra Apophis avec un sourire glauque.

La consultation de sa gourde de faïence bleue avait rassuré l'empereur : Thèbes la pitoyable avait bien été victime d'un incendie.

Sous les yeux ébahis des Thébains, le palais royal et plusieurs maisons brûlaient.

— Pourquoi cette décision ? s'étonna Séqen.

— Parce qu'un adversaire aussi redoutable qu'Apophis dispose de perceptions plus intenses que celles du commun des mortels, répondit Ahotep. Il lui fallait une preuve, même à distance, que notre cité était bel et bien détruite.

Le matin même, Téti la Petite, Kamès et Amosé étaient partis pour la base secrète où ils résideraient désormais.

Ahotep et Séqen se rendirent au temple de Karnak, où les accueillit le grand prêtre.

— J'ai de nouveau contemplé les angles du ciel. Trois des quatre orients sont ouverts et favorables. Mais le Nord demeure obstinément fermé, et nulle litanie ne parvient à le déverrouiller.

— N'existe-t-il pas une chapelle inaccessible, dans ce temple ? interrogea la reine.

— Si, la chapelle centrale d'Amon. Mais vous savez bien qu'elle ne s'ouvrira que le jour où l'Égypte aura recouvré sa liberté.

— Amon est le dieu du vent vivifiant, du vent du Nord. C'est lui qui exige que nous brisions ce tabou.

— N'agissez pas ainsi, Majesté ! Ce serait offenser le destin.

— Je suis persuadée du contraire. C'est en restant passifs que nous maintenons l'Égypte en esclavage. Seul Amon peut nous ouvrir la route du Nord.

— Le maître de Karnak va vous foudroyer !

— Je ne suis pas son ennemie.

Ahotep se recueillit devant la porte close.

Puis elle tira le verrou en bois doré, tout en implorant Amon, « le Caché » et « le Stable » sur lequel reposait la création, de lui venir en aide.

Entrouvrant la porte, la reine se glissa à l'intérieur de la petite chapelle où ne pénétra qu'un rai de lumière, suffisant pour lui permettre de discerner la statue du dieu, assis sur son trône.

Dans la main droite, Amon tenait un glaive recourbé en bronze recouvert d'argent, avec des incrustations d'électrum. À son extrémité supérieure, un lotus d'or.

— Nous avons besoin de ton épée, seigneur. Elle nous donnera la capacité de vaincre l'empereur des ténèbres.

Ahotep posa sa main sur la main de pierre, au risque de ne plus pouvoir la retirer.

Le granit n'était pas froid. En lui circulait une énergie inaltérable.

Quand le dieu accepta de confier l'arme à la reine, l'épée produisit un rayonnement intense qui illumina la chapelle.

Ahotep se retira en marchant à reculons et tête baissée.

Lorsqu'elle brandit l'épée de lumière, aussi éblouissante que le soleil de midi, Séqen et les prêtres se voilèrent la face.

— La porte de la chapelle d'Amon restera fermée jusqu'à la victoire totale, annonça Ahotep. Ton bras est désormais armé, Pharaon, et la route du Nord ouverte.

Devant le petit palais de la base secrète avait été aménagé un jardin qui commençait à devenir séduisant. Autour de la tonnelle poussaient des tamaris et des palmiers.

À l'abri des arbres, oubliant l'agitation qui régnait autour d'eux, Ahotep et Séqen partageaient un moment de bonheur d'autant plus intense qu'ils allaient bientôt se séparer.

L'un et l'autre étaient conscients à la fois de l'enjeu et des risques qu'il impliquait. Mais c'était au pharaon de mener ses troupes au combat et à la reine de gouverner Thèbes en son absence.

— J'ai tellement envie de vivre, lui avoua-t-il en caressant son corps splendide, j'ai tellement envie de t'aimer jusqu'à ce que le grand âge nous emporte vers l'autre rive, si unis que même la mort ne parviendra pas à nous séparer.

— Aucune mort ne nous séparera, lui promit-elle. Si tu disparais en luttant contre les ténèbres, mon bras reprendra ton épée, et c'est ta force qui m'habitera. Tu seras le seul homme de ma vie, Séqen. J'en fais le serment sur le nom de Pharaon.

Enlacés, ils contemplèrent le ciel immense dans lequel leurs regards se perdirent. Pourquoi les dieux les avaient-ils choisis, eux, afin d'accomplir une tâche surhumaine ?

Dans le camp, on s'apostrophait. Les petits chefs tentaient d'en imposer.

— Je crois qu'ils ont besoin de moi, constata Séqen.

— Puis-je vous présenter mon jeune fils, Majesté ? demanda le capitaine Baba, que le roi avait nommé à la tête des troupes venues d'Elkab, tandis que le gouverneur Emheb commandait celles d'Edfou.

— Je m'appelle Ahmès, fils de la dame Abana, déclara fièrement le garçon, et je tuerai beaucoup de Hyksos !

— N'es-tu pas un peu trop jeune ?

— Je sais déjà manier toutes les armes, Majesté, et je n'ai pas peur de combattre en première ligne.

— L'Égypte a besoin d'hommes comme toi, Ahmès fils d'Abana.

Séqen prit le temps nécessaire pour dire quelques mots à chaque soldat. Les visages étaient graves, souvent angoissés. Nul n'ignorait la valeur des Hyksos qui, de plus, possédaient l'avantage du nombre. Qui réfléchissait un peu aboutissait à la conclusion que la petite armée égyptienne serait exterminée. Mais la présence de la reine avait dissipé bien des craintes et empêché toute désertion.

Une petite main se glissa dans celle du pharaon.

— Moi aussi, je veux partir pour la guerre.

— Amosé !

Séqen souleva de terre son fils de quatre ans.

— Il a raison, confirma Kamès avec l'assurance de ses quatorze ans. Depuis que nous sommes arrivés ici, nous nous entraînons tous les jours avec les soldats.

Le roi reposa le garçonnet et serra ses deux fils contre lui.

— Deux crocodiles m'ont communiqué ainsi leur puissance... Moi, je vous donne la mienne. Si je ne revenais pas du front, à vous de continuer la lutte sous l'autorité de la reine d'Égypte. Juré?

Kamès et Amosé prêtèrent serment avec solennité.

— Mais tu reviendras vite, dis? questionna le plus jeune.

C'est à une nuit délicieuse que Khamoudi fut arraché par Jannas en personne. L'amiral avait forcé la porte de la villa où le Grand Trésorier et sa femme apprenaient des jeux pervers à des adolescentes affolées.

Écœuré, Jannas préférait ne rien voir, puisque l'empereur tolérait ces pratiques ignobles.

En sueur, Khamoudi ordonna à une servante de l'éponger.

— Qu'y a-t-il de si urgent, amiral?

— Nos navires de commerce ont été attaqués par des pirates dont la base se trouve dans l'archipel de Théra.

— La partie méridionale des Cyclades?

— Exact.

— Voilà longtemps que nous aurions dû nettoyer cette zone!

— À cette heure tardive, j'ai pensé qu'il serait inopportun de réveiller l'empereur, mais j'ai estimé devoir vous avertir sans délai.

— Vous avez bien fait. Je croyais que ces maudits pirates s'étaient calmés, mais l'appât du gain a été le plus fort! Ils ne survivront pas à cette erreur. Et si les Crétois les ont aidés d'une façon ou d'une autre, ils le paieront très cher. Avant de nous rendre au palais à la première heure, ne désirez-vous pas goûter à l'une de ces jeunes beautés ?

— Sans façon, Khamoudi.

— Elles sont pourtant succulentes... Vous ne savez pas ce que vous perdez, Jannas !

La colère froide de l'empereur glaça le sang de l'amiral.

Celui-ci reçut l'ordre de quitter immédiatement Avaris avec plusieurs navires de guerre et d'exterminer les pirates jusqu'au dernier.

Quant à Khamoudi, il fut chargé d'envoyer des troupes en Syro-Palestine et en Asie pour démontrer que personne ne pouvait s'attaquer à l'ordre hyksos.

58

— Filou et son équipe de pigeons messagers partirent pour le Nord, porteurs de messages destinés aux résistants avec lesquels l'armée de Séqen comptait établir une jonction.

À bord des bateaux, les soldats les regardèrent prendre la direction de la Basse-Égypte, cette terre à la fois si proche et si lointaine que seul le sacrifice de nombreuses vies permettrait de reconquérir.

Dans le secret du palais, Ahotep avait fait toucher à Séqen le sceptre avec lequel elle espérait un jour arpenter leur pays ; mais c'était sur le vaisseau amiral, en présence de tous ses officiers, qu'elle l'avait coiffé d'un diadème servant de support à un uræus en or. Le cobra femelle cracherait le feu qui éclaircirait le chemin du pharaon en brûlant ses ennemis.

Ce n'était, certes, qu'un médiocre substitut au regard des couronnes traditionnelles, la rouge de Basse-Égypte et la blanche de Haute-Égypte, que l'empereur avait dérobées et vraisemblablement détruites.

Qaris et Héray déposèrent la maquette dans la cabine du roi, avec l'espoir qu'il repousserait jour après jour les limites du territoire libéré.

Et ce fut l'instant du dernier baiser et de la dernière étreinte. Ahotep n'aurait voulu être qu'une épouse amoureuse, la mère de deux superbes garçons et une simple Thébaine, mais l'empire des ténèbres en avait décidé autrement.

— Va vers le nord, Pharaon, enfonce le barrage de Coptos et progresse le plus loin possible. À l'annonce de tes victoires, l'espérance renaîtra dans le pays entier.

— Des bateaux, dit le douanier hyksos à son collègue, qui faisait la sieste à l'ombre d'un palmier.

— Ce doit être une flotte marchande en provenance du nord... On ne nous a pas prévenus.

— Non, ils viennent du sud.

— Tu as bu trop d'alcool de dattes.

— Lève-toi et regarde... Il y en a plusieurs !

Le douanier sortit de sa torpeur et resta bouche bée devant l'incroyable spectacle.

— Vite, aux barques !

Les douaniers de Coptos établirent à la hâte un barrage flottant dont la seule présence devait dissuader les contrevenants, probablement nubiens, de continuer leur progression. Car de qui pouvait-il s'agir, sinon de commerçants du Grand Sud qui tentaient d'échapper aux taxes ?

— Au nom de l'empereur Apophis, halte ! hurla le chef douanier.

Tels furent ses derniers mots, juste avant que la flèche de Séqen ne lui transperçât la gorge. Le pharaon tenait à supprimer lui-même le premier des Hyksos qui tenterait de lui barrer la route.

En quelques minutes, les archers égyptiens exterminèrent leurs adversaires, puis percèrent sans peine le fragile barrage.

— On ne s'arrête pas à Coptos ? demanda le gouverneur Emheb.

— Nous n'avons qu'une confiance limitée en Titi, le maire de la ville, mais il se rangera du côté du plus fort.

À Dendera, la flotte du pharaon se heurta à deux bateaux de guerre hyksos. Pris au dépourvu par cette attaque surprise, leurs équipages n'eurent pas le temps de s'organiser et n'opposèrent qu'une faible résistance.

— Notre deuxième victoire, Majesté ! constata le capitaine Baba.

À la hauteur d'Abydos, il y avait cinq bateaux hyksos.

L'un d'eux se sacrifia pour ralentir l'avant-garde égyptienne, tandis que les autres se disposaient en travers.

Cette fois, l'engagement mit à l'épreuve l'armée de libération. Trop sûrs de leur supériorité, les Hyksos commirent l'erreur de tirer leurs flèches à découvert, tandis que les Égyptiens se protégeaient avec des boucliers.

Le navire d'Emheb percuta le flanc d'un bateau ennemi et les soldats d'Edfou se ruèrent à l'abordage pendant que ceux d'Elkab s'emparaient du capitaine hyksos. Cette capture démoralisa ses marins, brutalement privés d'ordres clairs.

— Pas de quartier ! cria Baba en embrochant de sa lance un officier asiatique qui essayait de rameuter ses subordonnés.

Dès lors, l'issue de l'affrontement fut scellée. Les soldats formés par Séqen piétinèrent l'adversaire.

— Quatre bateaux de plus pour notre flotte et une belle quantité d'armes à récupérer, nota l'Afghan en essuyant son bras couvert du sang ennemi. On devient une armée sérieuse.

Filou se posa sur l'épaule de l'intendant Qaris.

— Un message du pharaon Séqen, Majesté !

— Lis-le d'abord, exigea Ahotep. Et ne me communique que les bonnes nouvelles.

La gorge serrée, Qaris déchiffra le texte codé par Séqen en personne.

— Notre armée a franchi Abydos ! C'est la troisième

victoire, après Coptos et Dendera. La bataille a été rude, mais nos soldats se sont admirablement comportés.

— Nos pertes ? s'inquiéta Ahotep.

— Très légères. Un bateau rapatrie les blessés.

— Que tout soit prêt pour les soigner.

— Vous pouvez compter sur moi, Majesté.

Ahotep commandait elle-même les soldats restés à la base secrète. Après avoir enragé de ne pas partir avec leurs camarades, ils ne regrettaient plus leur sort. Obéir à la reine et assurer la protection de la famille royale, n'était-ce pas un noble devoir ?

Sans rien perdre de sa grâce et de sa féminité, Ahotep prouvait son aptitude à manier l'épée et à tirer à l'arc. De nombreux costauds, persuadés de la terrasser facilement à la lutte, avaient mordu la poussière sans comprendre ce qui leur arrivait, tant Ahotep se révélait habile dans l'art de l'esquive et dans celui de porter des prises inattendues.

Devenu un jeune homme, Kamès participait à l'exercice avec une telle fougue qu'il s'était déjà blessé à plusieurs reprises. Il se montrait dur au mal, sous le regard parfois effrayé du petit Amosé, auquel sa grand-mère déconseillait en vain ce genre de spectacle.

— Ce n'est pas une éducation, reprochait-elle à Ahotep.

— En temps de guerre, en proposes-tu une meilleure ? lui demandait sa fille.

— Bien sûr que non, mais ce n'est tout de même pas une éducation ! Des fils de roi doivent connaître les grands textes classiques et posséder une solide culture générale. Or Kamès souffre d'un retard de lecture. Par conséquent, je souhaite qu'il travaille avec moi au moins une heure chaque soir.

— Accordé, Majesté.

Khamoudi était malade.

Sa peau s'était couverte d'urticaire et ses intestins le mettaient à la torture. Mais il ne pouvait retarder davantage le moment où il dévoilerait à Apophis le contenu des messages que lui avait fait parvenir son nouvel informateur thébain, le remplaçant du ministre de l'Agriculture.

D'abord, il avait cru à une affabulation découlant d'un banal incident à la frontière de Coptos et du désir de l'espion d'être pris en considération. Mais d'après ce dernier, des équipages hyksos avaient été tués à Dendera et à Abydos.

Comment annoncer une pareille nouvelle à l'empereur ? Pourtant, il fallait prendre des mesures d'urgence afin de stopper les révoltés.

Hélas ! l'amiral Jannas pourchassait des pirates dans les Cyclades et les meilleures troupes semaient la terreur en Syro-Palestine. Néanmoins, il restait suffisamment de régiments en Égypte pour écraser la vermine qui osait égratigner l'empire.

Un soleil ardent accablait la citadelle, et la chaleur aggravait les symptômes dont souffrait le Grand Trésorier. Malgré l'heure matinale, elle lui paraissait déjà insupportable.

Grimper les marches fut un supplice.

Quand l'empereur le reçut, Khamoudi avala sa salive à plusieurs reprises.

— Rien de plus détestable que l'été, dit Apophis. Par bonheur, ces murs épais préservent un peu de fraîcheur. Tu devrais te ménager, mon ami. À voir ta mine, tu passes trop de nuits agitées.

Khamoudi se jeta à l'eau.

— Nous avons été attaqués en Haute-Égypte.

Le visage de l'empereur se transforma en lame de couteau.

— Où exactement ?

— À Coptos, à Dendera et à Abydos.

— Qui est l'agresseur ?

— Les Thébains.

— Qui les commande ?

— Séqen, l'époux de la reine Ahotep. Il se prétend... pharaon.

— Continue-t-il sa progression vers le nord ?

— Je l'ignore encore, mais c'est probable.

— Que cette révolte soit écrasée et que ce Séqen me soit amené, mort ou vif.

59

Depuis Abydos, l'armée de libération avait parcouru près de deux cents kilomètres sans rencontrer de résistance, comme si les Hyksos avaient battu en retraite à l'annonce des premières victoires remportées par les Thébains.

— Je n'aime pas ça, dit le gouverneur Emheb.

— L'effet de surprise a été tel que l'ennemi est désorganisé, avança le capitaine Baba.

— Plutôt que de nous opposer de petites unités qui suffisaient à faire régner l'ordre dans les provinces, ils massent leurs troupes à un endroit précis afin de stopper notre progression.

Aussi brutal que soudain, un orage se déclencha. Un vent furieux brisa des branches d'arbre, les palmiers se tordirent, le sable du désert recouvrit les cultures et des vagues rendirent le Nil hostile.

— Accostons, ordonna le roi.

La tempête dura plusieurs heures pendant lesquelles les soldats s'abritèrent du mieux qu'ils purent, la tête sur les genoux. La colère du dieu Seth, protecteur d'Apophis, ne leur promettait-elle pas un sort funeste ?

Dès que le ciel et le fleuve commencèrent à s'apaiser, le Moustachu s'aventura sur le pont de son bateau afin de vérifier qu'il n'avait pas trop souffert.

Et c'est alors qu'il les vit.

Une vingtaine de bateaux de guerre hyksos, à la hauteur de la ville de Cusae.

— Cette fois, dit-il à l'Afghan qui venait de le rejoindre, on va en baver. Ceux-là, on ne les prendra pas par surprise.

— Ça dépend, mon ami. Ils s'attendent sûrement à ce qu'on fonce dans le tas. Alors, conseillons au roi de changer de tactique.

Les meilleurs archers égyptiens, parmi lesquels figurait le jeune Ahmès fils d'Abana, tirèrent des centaines de flèches enflammées à une cadence que seuls pouvaient soutenir des hommes bien entraînés. La plupart des traits touchèrent leur but : les voiles que les Hyksos avaient omis de ramener. Avec l'aide du vent, elles s'enflammèrent rapidement, et le feu se communiqua aux mâts, malgré les efforts des marins pour éteindre l'incendie. Comme les navires se trouvaient à couple, aucun n'échapperait à la destruction.

— Ils sautent sur la berge et ils s'enfuient ! constata le capitaine Baba. Poursuivons-les et tuons-les !

Séqen donna son accord, les Égyptiens débarquèrent. C'était l'occasion de réduire à néant une partie de l'armée d'Apophis.

À la hache, à la lance et à l'épée, ils abattirent un bon nombre de marins. Menés par Baba, les Thébains respiraient à pleins poumons l'air de la victoire.

Soudain, ils s'immobilisèrent, et les cris de triomphe rentrèrent dans les gorges.

— Que se passe-t-il ? demanda Séqen qui remontait rapidement vers l'avant.

— Nous sommes tombés dans un piège, dit le gouverneur Emheb.

Face aux libérateurs, c'était une tout autre armée qui les défiait.

— Je n'ai jamais vu ça, avoua le capitaine Baba. Jamais vu ces engins et ces animaux...

Des chars tirés par des chevaux.

Des épées en bronze plus solides que celles des Égyptiens, des arcs plus puissants, des armures et des casques... Dans tous les domaines, le régiment hyksos était supérieur.

— Sale temps pour mourir, estima le Moustachu.

— Comme ça, ajouta l'Afghan, on regrettera moins cette vieille terre.

Les soldats de Séqen étaient terrorisés.

— Battons en retraite, Majesté, recommanda Emheb.

— Nous serions massacrés comme des lâches.

Le pharaon se tourna vers ses hommes.

— Voilà plusieurs années que nous espérons cette confrontation. C'est Apophis qui a peur. Il croit que nous allons nous disperser comme des moineaux car personne, jusqu'à cet instant, n'a osé affronter ses troupes d'élite. Nous serons donc les premiers et nous prouverons que les Hyksos ne sont pas invincibles.

Tous les soldats de l'armée de libération brandirent leurs armes en signe d'approbation.

— À l'attaque! ordonna Séqen en pointant l'épée d'Amon vers les chars hyksos, qui s'ébranlèrent dans un fracas de roues et de sabots de chevaux heurtant le sol pierreux.

La première ligne égyptienne fut écrasée. Les archers et les lanceurs de javelot asiatiques décimèrent la deuxième ligne, et il fallut l'énergie du désespoir pour que Séqen évitât la débandade.

Après avoir tranché le bras d'un conducteur et la gorge de l'archer qui se tenait à ses côtés, le pharaon parvint à faire verser un char. Ce succès inespéré inspira Baba et les soldats d'Elkab qui, au prix de lourdes pertes, réussirent à en immobiliser plusieurs autres.

En voyant des cuirasses hyksos tachées de sang, les Égyptiens comprirent qu'ils n'étaient pas invulnérables. Et le combat commença à s'équilibrer.

— Sur le flanc gauche de l'ennemi ! s'écria le Moustachu qui éventrait un Iranien, ce sont nos hommes !

Mobilisés par les messages des pigeons voyageurs, les résistants amorçaient une offensive qui surprit les Hyksos et brisa leur élan.

— Le roi ! hurla le gouverneur Emheb, qui venait de terrasser deux Anatoliens. Le roi est isolé !

Séqen s'était démené avec tant de fougue que sa garde rapprochée n'avait pu le suivre. Enfermé dans un cercle que formaient des chars et des fantassins, le pharaon tentait de parer des assauts qui venaient de partout.

Se glissant sous sa garde, un Cananéen de petite taille lui assena un coup de hache à tranchant mince au-dessous de l'œil gauche.

Ignorant la douleur, Séqen plongea son épée dans la poitrine de son adversaire. Mais un autre Cananéen planta son poignard dans le front du monarque.

Le visage ensanglanté, privé de la vue, le roi frappait dans le vide.

Le capitaine Baba finit par briser le cercle, tua le second Cananéen et, l'espace d'un instant, crut qu'il arriverait à dégager Séqen. Mais une lance lui perça les reins, tandis qu'un officier asiatique abattait le tranchant de sa lourde hache sur la tête du roi.

Mourant, le pharaon s'affala sur le côté droit. Un Syrien lui écrasa le nez d'un coup de masse et l'acheva d'un dernier coup à la base du crâne.

Rendu furieux par la mort de son père et celle de son roi, le jeune Ahmès fils d'Abana tirait flèche sur flèche. Il tua un à un les assassins pendant que l'Afghan et le Moustachu, au terme d'une ruée furieuse, parvenaient à s'approcher du cadavre de Séqen*.

Scrutant le ciel en vain, Ahotep n'osait plus compter le nombre de jours depuis que les pigeons n'apportaient plus de nouvelles du front.

Chaque soir, après avoir rassuré sa mère, ses enfants et les soldats de la base fortifiée, la reine était épuisée. Ce silence lui rongeait l'âme, et elle ne pouvait compter que sur elle-même pour l'affronter.

Le soleil brillait et, malgré la chaleur, les soldats vaquaient à leurs occupations habituelles. Kamès apprenait à son petit frère le maniement d'une épée en bois, Téti la Petite lisait des prières à Amon, Qaris veillait sur les blessés auxquels la reine rendait visite matin et soir.

— Un bateau, Majesté, l'alerta Héray. Je vais aux nouvelles.

— Non, je veux être la première à savoir !

La manœuvre d'accostage fut interminable.

Le premier à emprunter la passerelle fut le gouverneur Emheb, qui avait vieilli de dix ans.

Le visage creusé, il portait l'épée d'Amon et le diadème royal, tachés de sang.

La reine s'avança vers lui.

— Nous avons atteint la ville de Cusae, Majesté, et nous avons affronté un régiment d'élite hyksos. Grâce au courage du pharaon, nous ne sommes pas vaincus.

— Séqen...

— Le pharaon est mort, Majesté. Nous avons ramené son corps afin qu'il soit momifié. Les blessures sont telles qu'il vaudrait mieux...

* La momie du pharaon Séqen-en-Râ a été préservée. Elle est aujourd'hui exposée au musée du Caire.

— Je veux le voir. Et les momificateurs laisseront les blessures apparentes, afin que la postérité sache comment est mort le héros qui a livré les premières batailles de la guerre de libération. Que son nom soit à jamais honoré comme celui d'un authentique pharaon.

Les soldats de la base fortifiée s'étaient rassemblés derrière la jeune reine, qui devrait expliquer à ses deux fils pourquoi ils ne reverraient plus leur père.

— Pardonnez-moi le caractère impitoyable de cette question, Majesté, dit Emheb, la gorge serrée, mais des milliers d'hommes attendent votre réponse : devons-nous signifier notre reddition à l'empereur ou bien décidez-vous de continuer la lutte en prenant la tête de notre armée ?

Ahotep monta à bord du navire et contempla longuement le cadavre martyrisé de l'homme qu'elle avait tant aimé et qu'elle aimerait au-delà de la mort.

Elle l'embrassa sur le front puis se rendit à la proue du bateau, vers laquelle convergèrent tous les regards.

— Donne-moi l'épée d'Amon et le diadème du roi, ordonna-t-elle à Emheb.

Ahotep se coiffa du diadème taché de sang et pointa l'épée vers le nord.

— Dès que possible, Kamès succédera à son père et deviendra notre nouveau pharaon. Jusqu'à ce moment, j'assurerai la régence et nous poursuivrons le combat contre l'empire des ténèbres. Que l'âme de Séqen brille parmi les étoiles et qu'elle nous guide sur le chemin de la lumière.

BIBLIOGRAPHIE

ABD EL-MAKSOUD, M., *Tell Heboua (1981-1991). Enquête archéologique sur la Deuxième Période intermédiaire et le Nouvel Empire à l'extrémité orientale du Delta,* Paris, 1998.

ALT, A., *Die Herkunft der Hyksos in neuer Sicht,* Leipzig, 1954.

BECKERATH, J., *Untersuchungen zur politischen Geschichte der Zweiten swischenzeit in Ägypten,* Glückstadt, 1965.

BIETAK, M., *Avaris. The Capital of the Hyksos. Recent Excavations at Tell el-Daba,* London, 1996.

BIETAK, M., « Hyksos », in *Lexikon der Ägyptologie,* 1977, 93-104.

BIETAK, M., STROUHAL, E., « Die Todesumstände des Pharaos Seqenenre (XVIIe dynastie) », *Annalen Naturhistorischen Museums,* Wien, 78, 1974, 29-52.

CAUBET, A. (éd.)., *L'Acrobate au taureau. Les Découvertes de Tell el-Dab'a et l'Archéologie de la Méditerranée orientale,* Paris, 1999.

DAVIES, W.V., SCHOFIELD, L. (éd.), *Egypt, the Aegean and the Levant. Interconnections in the Second Millenium BC,* London, 1995.

ENGBERG, R.M., *The Hyksos reconsidered,* Chicago, 1939.

GABOLDE, L., *Le « Grand Château d'Amon » de Sésostris Ier à Karnak,* Paris, 1998.

GITTON, M., *Les Divines Épouses de la XVIIIe dynastie,* Paris, 1984.

GOEDICKE, H., *Studies about Kamose and Ahmose,* Baltimore, 1995.

HABACHI, L., *The Second Stela of Kamose and his Struggle against the Hyksos Ruler and his Capital,* Glückstadt, 1972.

HAYES, W. C., *The Scepter of Egypt, II : the Hyksos Period and the New Kingdom,* New York, 1968.

HEINSOHN, G., « Who were the Hyksos ? », *Sesto Congresso internazionale di Egittologia,* Turin, 1991, 1993, Atti II, 207-217.

HELCK, W., *Die Beziehungen Ägyptens zu Vorderasien im 3. und 2. Jahrtausend v. Chr.,* Wiesbaden, 1962.

JANOSI, P., « The Queens Ahhotep I and II and Egypt's Foreign Relations », *The Journal of Ancien Chronology, Forum 5,* 1991-1992, 99-105.

KEMPINSKI, A., *Syrien und Palästina (Kanaan) in der letzten Phase der Mittlebronze II B — Zeit (1650-1570 v. Chr.),* Wiesbaden, 1983.

LABIB, P., *Die Herrschaft der Hyksos in Agypten und ihr Sturz,* Glückstadt, 1936.

LACOVARA, P., *The New Kingdom Royal City,* London and New York, 1997.

MAYANI, Z., *Les Hyksos et le Monde de la Bible,* Paris, 1956.

OREN, E.D. (éd.), *The Hyksos : New Historical and Archeological Perspectives,* Philadelphia, 1997.

REDFORD, D.B., « The Hyksos Invasion in History and Tradition », *Orientalia,* 1970, 1-51.

ROBINS, G., « Ahhotep I, II and III », *Göttinger Miszellen,* 56, 1982, 71-77.

RYHOLT, K.S.B., *The Second Intermediate Period in Egypt,* Copenhague, 1997.

SÄVE-SÖDERBERGH, T., « The Hyksos in Egypt », *Journal of Egyptian Archaeology,* 37, 1951, 57-71.

SEIPEL, W., « Ahhotep », *Lexikon der Ägyptologie*, I, 1972, 98-99.

VANDERSLEYEN, C., « Les deux Ahhotep », *Studien zur Altägyptischen Kultur*, 8, 1980, 237-241.

VANDERSLEYEN, C., *L'Égypte et la Vallée du Nil*, 2, Paris, 1995,119 *sq.*

VANDERSLEYEN, C., *Les Guerres d'Amosis, fondateur de la XVIIIe dynastie*, Bruxelles, 1971.

VANDERSLEYEN, C., « Kamose », *Lexikon der Ägyptologie*, III, 1978, 306-308.

VANDERSLEYEN, C., « Seqenenrê », *Lexikon der Ägyptologie*, V, 1984, 864-866.

VAN SETERS, J., *The Hyksos, A New Investigation*, New Haven, 1966.

VYCICHL, W., « Le Nom des Hyksos », *Bulletin de la Société d'Égyptologie de Genève*, 6, 1982, 103-111.

WACHSMANN, S., *Aegean in the Theban Tombs*, Louvain, 1987.

WEILL, R., *XIIe Dynastie, Royauté de Haute-Égypte et domination hyksos dans le Nord*, Le Caire, 1953.

RECHERCHE ICONOGRAPHIQUE :
Julia Cavanna

CRÉDITS PHOTOGRAPHIQUES DU HORS-TEXTE :
G. Dagli Orti : 7, 8b ; photos12.com – Institut Ramsès : 6 ; photos12.com – Jean Guichard : 4-5, 5, 8h ; photo RMN-R.G. Ojeda, statuette de Iahhotep (Louvre) : 1.

Aubin Imprimeur
LIGUGÉ, POITIERS

Achevé d'imprimer en août 2002
pour le compte de France Loisirs
123, bd de Grenelle, 75015 Paris

N° d'édition 37338 / N° d'impression L 63937
Dépôt légal, août 2002
Imprimé en France